献给我的父亲范国振

范庭略 著

饮一杯城市之光

电子工业出版社
Publishing House of Electronics Industry
北京·BEIJING

未经许可，不得以任何方式复制或抄袭本书之部分或全部内容。
版权所有，侵权必究。

图书在版编目（CIP）数据

饮一杯城市之光 / 范庭略著. -- 北京：电子工业出版社, 2024.9. -- ISBN 978-7-121-48716-3

Ⅰ.I267

中国国家版本馆CIP数据核字第2024AK2764号

责任编辑：白　兰
印　　刷：中国电影出版社印刷厂
装　　订：中国电影出版社印刷厂
出版发行：电子工业出版社
　　　　　北京市海淀区万寿路173信箱　　邮编：100036
开　　本：880×1230　1/32　印张：12　字数：258千字
版　　次：2024年9月第1版
印　　次：2024年9月第1次印刷
定　　价：98.00元

凡所购买电子工业出版社图书有缺损问题，请向购买书店调换。若书店售缺，请与本社发行部联系，联系及邮购电话：(010) 88254888, 88258888。

质量投诉请发邮件至zlts@phei.com.cn，盗版侵权举报请发邮件至dbqq@phei.com.cn。

本书咨询联系方式：bailan@phei.com.cn，(010) 68250802。

自序

你吃的东西可能是自我的另外一种投射。

食物包含了无限的多样性和文化的复杂性，也许这些文章并不适合所有人，但我还是希望好的美食写作可以打动那些了解它且理解它的人。

希望大家不要用僵化的或者孤立的观点去看待我们为之努力的生活，一种全新的、多元化的生活方式应该会在一个停滞的时期之后形成。

餐厅的意义远不局限于食物，就好像艺术展览的意义绝不会局限于艺术，更多时候美食以及审美都会带有一种浓厚的时代风格。

当我们把时间的跨度拉长，我们会感受到这个时代的变化，以及这种变化带给我们的影响。而我们有幸经历了这个难忘的时代，食物以及艺术，或者与生活方式相关的娱乐都是这个时代记忆中的点点滴滴，而我们恰好有机会将这些感受记录下来。

本书插图由金宇澄先生提供，在此深表谢意。

2024 年 5 月 25 日

推荐序

我认识的范庭略充满热情——对生活、对文化、对朋友、对社会，都投入了颇深的感情。尤其令我感到有趣的是，他往往用迂回曲折的方式，来表达他对一些荒诞的人和事的看法，机智又带点狡黠，令人忍俊不禁，然而，笑罢又不由有些黯然。我想起巴金说过的话："我相信过假话，我传播过假话，我不曾跟假话做过斗争。别人'高举'，我就'紧跟'；别人抬出'神明'，我就低首膜拜。即使我有疑惑，我有不满，我也把它们完全咽下。我甚至愚蠢到愿意钻进魔术箱变'脱胎换骨'的戏法。正因为有不少像我这样的人，谎话才有畅销的市场，说谎话的人才能步步高升。"

说直话、说真话无比困难和沉重的年代不是早就过去了吗？我不知道。但显而易见的是，有很多朋友就像范庭略一般，逐渐将人文关怀转向对美酒美食的追求。我在说别人，同时也在说自己——我二十多年来写文化、写艺术、写社会现象，甚至评论时政，但到头来，美食文章写得越来越多，其他事物写得越来越少，不自觉地变成了"美食家"。是人老了变得自私还是世事变化太快追不上了？这是我常常自省和自咎的，但无论如何，"初心"杳然无影踪了。将来撰写历史的人，也许值得研究——为什么许多即使百无一用的书生，开始时都有用世之志，但到了最后都万法归一，以美食作为归宿？

一个"知识分子"蜕化为"知食分子"的年代。

并不是说美食没有其价值——那也是重要的文化构成，由初民开始，食是生存的必须，也是文化的起源，每个地方、每段历史时期，都有不同的饮食文化。书画文物，饥不能食、寒不可衣，但饮食可以，不仅疗饥，也予人以精神上的满足。尤其到了当代，烹饪讲求创意——味觉以外，厨师的创意已成品评标准之一。尝多了当代烹饪，我的

"胃口"也大了，对一二线厨师的出品，不再仅以口腹之欲为满足，而是期待能从味道中体会到厨师抽象的创意思维，就像欣赏一件艺术品。

我在大学主修艺术史，卒业后又写了约十年视觉艺术评论文章，后来亲美食远艺术，原因之一是心有不忿——社会对艺术的定义太狭窄了，走进博物馆，怎么只有绘画、雕刻、建筑、装置艺术、影像之分类？为啥一道充满创意的菜式不是艺术，反而一些摹古的绘画却是？那是完全没道理的事。

幸而，世界在改变。2008年，西班牙斗牛犬餐厅（El Bulli）名厨费兰·阿德里亚（Ferran Adria）受邀参加世界最重要的当代艺术展之一——德国卡塞尔文献展（Documenta），此事颇具象征意义，意味着艺术界对烹饪艺术的认同。当然，这仅仅是个开始——连艺术界的改变都那么缓慢，很难期待大众十年八载会把既有观念调整过来。然而，过去十来年，厨师的社会地位的确提高了，这也是可喜的事。

所以，怎么可以小觑美食的文化意义？那是大文化重要的组成部分。

读范庭略的文章，可喜的是他不像好些"美食家"撰写美食文章，仅以个人品位批评食肆优劣，以此自我定位，争夺话语权。他更多是从文化角度体验和推介饮食文化——与过去数年以上海为中心的饮食发展与时俱进，由米其林星级餐厅到连锁餐馆的发展，再由日本料理、威士忌、雪茄、鸡尾酒、茶餐厅到月饼……无所不谈，很多都是新生事物，范庭略扮演了见证者的角色，与之对话，又向大众推介。

小津安二郎说："我是卖豆腐的，所以我只做豆腐。"文化人，也做好本分的文化事。其实那也并不容易——且看写饮食的，有几个人是从文化角度出发写饮食？所见更多是商业帮忙或帮闲。

不必慷慨激昂，也不用抛头颅洒热血。对抗野蛮与愚昧，发掘、发扬或创造出美好的事物，是文化人可以做的事。从这个角度看，饮食岂是小道？！与范兄共勉之。

刘健威

目 录 | CONTENTS

自序

推荐序

Chapter 1 城市 · 记录

当建筑为街区带来久违的新奇　　　　　　　　　2
City Walk——在上海的高楼与小径间走走停停　　8
都市生活的大隐之处　　　　　　　　　　　　　14
美好时代的凝视　　　　　　　　　　　　　　　20
一家上海亚文化俱乐部和它的创意年代　　　　　28
城市外卖与城市生活　　　　　　　　　　　　　36
"拿破仑"千层酥和上海往事　　　　　　　　　　42
老友与往事　　　　　　　　　　　　　　　　　48
醒来闻到咖啡香　　　　　　　　　　　　　　　54
今天，我们为什么还需要书店　　　　　　　　　62
深圳的风雨云　　　　　　　　　　　　　　　　68

Chapter 2 餐桌 · 往事

用不严肃的态度解决严肃问题　　　　　　　　　80
菜单就像一张节目单　　　　　　　　　　　　　86
关于我和父亲的美食记忆　　　　　　　　　　　92
大城与小面　　　　　　　　　　　　　　　　　98
烟酒、咖啡和上海的日与夜　　　　　　　　　　104
人人都是美食评论家　　　　　　　　　　　　　110

餐饮业的新钱与老钱	116
算法时代的米其林指南	122
小酒馆的朴素与热情	128
记忆的余味	136
论一个厨师的成长	140
深圳高端日料：拿来主义的成功	146
一家广州餐厅在上海的第 22 年	152
海纳百川的上海饮食	160
从餐饮到时尚：那些抄袭与原创的缠斗	166
在"食无定味"的世界，为何还需要一份美食指南	172
米其林指南的商业逻辑	178
米其林星级：光环与魔咒	184
用春天回忆春天	192
摆上餐台的不仅是鲜花和美食	198
吃相与卖相	204
节气轮转中的汤汤水水和千滋百味	210
餐饮业的冬日怀旧	216
肉食西东：关于牛肉的前尘往事	222
牛排滋滋作响	228
得闲一起饮茶	234
美食与才子	240
面条之旅 意犹未尽	246
从全家餐到一人食：寻找饮食中的幸福感	252
天南海北一碗面	258
念念不忘的港式茶餐厅	262
乡愁电商化时代的美食之路	266
如果牛腩真的好吃，为什么还有牛排馆	270
品位让你尊敬食物	276
心情不好的时候"食餐劲嘅"会好吗	280

Chapter 3 酒・风云

喝威士忌的时候在喝什么	288
结束盲目崇拜舶来品的东方魅力	294
喝一杯威士忌，品尝岁月余味	298
再来一杯 Martini	306
酒吧的苦与甜	312
威士忌薄雾	320
日本威士忌：神话的缘起	322
抽一根无产阶级的雪茄	330
20 世纪流行的十杯酒	334
一杯朗姆酒的历史风云	342

Chapter 4 艺文

金宇澄：当一切归于平静	350
中国当代艺术家们的聚宴	356
挂在餐厅里的艺术品	362
他们用照片捕捉变化的时代	368

CHAPTER 1

城市·记录

当建筑为街区带来久违的新奇

建筑正变得比以往任何时候都更加重要，它用人们所了解的方式影响着每一个人。建筑也从来没有像今天这样被更多地谈论过，当北京成为世界著名建筑设计师们竞相登陆的赛场的时候，上海依旧小心翼翼地维续着东方明珠的遗韵。中山东一路的外滩"万国建筑群"被视为上海最早与西方现代文化潮流接轨的街区，它的存在也让对岸的摩天大楼丛林更加显现出走进新时代的成就感。虽然大众对设计平庸、粗陋的建筑会加以猛烈抨击，但更广泛的受众其实并没有专业人士想象的那么保守。而今天的建筑师也更加懂得如何面对公众的关注了，他们非常清楚，建筑很重要，因为它的年深岁久，因为它的巨大体量，已经成为塑造人们日常生活方式的景观。

站在外滩这个每逢节假日就会有几百万游客光临的景点，建筑比任何形式都能更好地见证历史。建筑师们绞尽脑汁在年代印记、人文地理和建筑艺术中广泛搜寻，他们对周围环境的关注程度，使得建筑设计本身具有了令人惊异的纪念意义。

二十年前，当上海新天地成为一个举世闻名的新型商业体的时候，伦敦建筑师戴卫·奇普菲尔德（David Chipperfield）在上海的设计工作比以往更显得雄心勃勃。在1988年为日本服装品牌三宅一生设计具有博物馆品质的伦敦专卖店的时候，他就意识到用一种简约、时尚、高贵的态度，可以体现当年时尚零售行业正在兴起的极简主义浪潮。此后，他的建筑设计作品获奖无数，为世界呈现了更多极简主义佳作。

上海洛克·外滩源的整个文化保护和开发项目从2005年开始，前后耗时18年终于全部完成。圆明园路东侧曾是英国驻沪总领事馆和半岛酒店，而在这边则是上海公共租界时期最显赫的洋行的办公楼。位于南苏州河107号的新天安堂，则是一座由当时旅沪的英国侨民在1886年建成的联合礼拜堂，1920年英国哲学家罗素曾在这里发表过演讲。上海解放后，钟楼成为上海照明灯具厂的办公楼，灯具厂随之将教堂内部结构改造成了三层。2010年上海世博会之后，全部构件被拆卸，重新进行落架大修的教堂重建完成，现在这里已经成为经常举办古典音乐会以及锐舞派对的场地。

全长462米的圆明园路，是1860年上海公共租界工部局修筑的。当年的美丰大楼、中实大楼、亚洲文会大楼、安培洋行大楼、圆明园公寓、女青年会大楼、哈密大楼、协进大楼、兰心大楼、广学大楼、光陆大楼、真光大楼以及众安大楼等历史建筑已经在2023年9月全部修缮完成，高档餐厅以及酒店式公寓、奢侈品商场和高档写字楼进驻。加上对面的新天安堂、划船俱乐部、半岛酒店以及金融家俱乐部和外滩酒窖，与临近的座落于北京东路上的中国现存最长的巴洛克式建筑益丰大楼，一起构成了今天上海奢华的商业建筑群。如果说 20 年前的上海新天地让全世界的游客看到了上海石库门背景的生活方式，那么可以说今天的洛克·外滩源让全世界的游客以及上海的居民感受到的则是历史空间的现代化品质。

很多人说戴卫·奇普菲尔德有一种让极简主义建筑看起来很清新的诀窍，他可以让建筑物锋利的边缘轮廓以及被精心打磨的表面看上去是柔和与舒适的。在上海外滩的发源地周围各种老旧黯淡的砖砌建筑物的围绕中，这些大楼显得时尚性感又冷酷无情。翻看英国人兰宁和库寿龄根据英国驻沪总领馆以及上海公共租界工部局的文件、会议记录等资料撰写的两卷的《上海史》，可以一窥当年外滩建立的全貌。这部被称为上海近代开埠之初至 20 世纪 20 年代的百科全书，对了解一百二十多年前的上海区域的政治、商业、社会以及外侨对本地的影响都非常有帮助。而奇普菲尔德在 2023 年获得普利兹克建筑奖时，评审团关注的重点之一就是他如何将建筑物转变为既具现代感体验的同时又不牺牲其历史魅力的特性。

其实，对大部分在国庆长假来上海外滩打卡的游客而言，他们似乎更喜欢在这些古老大楼中央的博物院广场上的艺术表演。国庆节的下午，我在挤满了游客的广场上看到了意大利歌曲的快闪表演，当国人耳熟能详的《我的太阳》飘荡在广场上空的时候，久违的愉悦感也回荡在我的心头，那一瞬间，眼前的广场恍然变成了电影《天堂电影院》中那个人群聚集的小广场。虽然戴卫·奇普菲尔德希望整个设计要恢复上海传统社区特有空间的珍贵记忆，但是在荡气回肠的歌曲和晴朗天气的映衬下，这个广场成了一个户外表演厅，声音在红砖与大理石的墙面上优美地投射，时光倒流的美景像是一种奢侈的奖励，让人们在干燥的夏秋之交感受到室内与室外的区别正在消失，这或许也是人们最早聆听到西方古典音乐作品的生理反应吧。通过这种朴素的方式来改变公共领域，也是设计师服务公共利益的设计初衷。或许有一天，这里也会出现常常在公共场合看到的广场舞，但是我更加期待的是，我在北京的那些跳阿根廷探戈舞的朋友们可以来这里开一次探戈舞广场派对。公共空间中人与人的默契，本来就应该像跳探戈舞的男女舞伴一样彼此心有灵犀。

在中国获得米其林三星评级和黑珍珠三钻评级的新荣记餐厅，也进驻了洛克·荣府大楼，未来将会有高档餐厅及小酒馆等餐饮业态出现，当然，位于顶楼的荣府也是一票难求。现在开门营业的是我最喜欢的理想国书店暨理想国Naive酒吧。是啊，我们有的时候太年轻太简单，有的时候又太天真，等到可以莞尔一笑的时候，都已经人到中年了。位于一楼的书店里当然少不了个性的咖啡馆，墙上写着的各种名著中的金句会让人产生一种读书让你孤独但不寂寞的优越感。

书店的入口处用蓝色的霓虹灯写出了一句耐人寻味的话："我们不要为了每况愈下而喝酒，我们见过好日子。"二楼的理想国Naive酒吧，小小的包间里摆放着一只陶瓷浴缸，里面堆满了理想国出版的那些熟悉的灰色封面的大部头著作。躺进浴缸，书籍会垫在你的身下，感受一下"文化的泡澡"也是很有意思的。酒吧座椅一如文艺书店的椅子，都是属于那种拍出照片好看但坐上去并不舒服的感觉,我想这不正是文艺青年喜欢的嘛,坐在深陷的椅子上,我开始怀念雪茄俱乐部里那种深厚的沙发了。

酒吧的鸡尾酒酒单很有意思,上面写的都是理想国出版的各种作品里的名言。我按照那本隐藏在《非普通读者》书中的酒单点了几杯酒,这本描写英国女王私密阅读史的小书,中间几页印着非常有趣的几款鸡尾酒的名字,一杯"漫长的余生"是这样解释的:"历史和故事不同,历史是江河,有源头有终潮,历史是海洋,没有起点也没有终点"。一杯如此具有沧桑感的鸡尾酒,居然在银杯的杯底赫然印着"魂兮永逝,名举风旋",这杯巷贩小酒掺了辣椒、白胡椒、海盐和橄榄水,有几丝腥风血雨的意思。而另一杯用黑麦威士忌以及焦糖、黄油、玉米片、巧克力调出来的"纽约客",则在酒单后注明了这样一句话:"在纽约最大的好处,便是渐渐忘却了自己的身份",我估计很多人在外滩这些建筑物中也会忘记自己的身份。而用佛手柑配制酒以及草本配制酒和味美思混合的"罗马日记",则忧伤地写着:"每一种欢乐中都有痛苦,每一种炽热的激情下都有阴暗面。"

如果说上海的灵魂会不经意间从这片深厚且从未被完全掩埋的历史、神话、文化和记忆层的建筑物里飘出的话,我还是认为一间书店带来的思考会更加深刻。在这些建筑物的通道中穿行,基调仍然是轻松愉快的,虽然使命感完全是个人化的表现,但更像是一次智力上的欢乐之旅,而非标准的历史回顾。

夜深了,从理想国 Naive 酒吧出来,保洁人员在清扫广场,他们用水洗刷着地面,此时的建筑群显现出更多冷峻意味:现代主义冷峻的线条,冷峻的大理石外立面泛着淡淡的光彩。广场后面洛克·安仁大楼的墙体上，艺术家郑波用12种古树做成的霓虹灯作品已经熄灯了，我开始期待若干年之后整个墙面布满了爬藤植物的震撼效果。在一个过度商业化、过度设计、过度夸张的时代，优雅与克制也只有在喧嚣之后才会慢慢浮现出来。看完伟大的作品之后，总会产生一种"贫乏"的晕眩感，它会让人摆脱多余的东西。在作品全部读完之后，会不可避免地陷入一种空虚之中，这种空虚缘于丰富，而这种丰富是通过做减法而创造出来的。（2023.10.13）

City Walk——
在上海的高楼与小径间走走停停

在我的印象里，最热爱上海这座城市的西方人中有一群客居在此的意大利人，他们不是那些在安福路用奇装异服以及夸张表情自拍或者以此吸引摄影爱好者拍照的打卡者，他们是一群喝了整晚啤酒或香槟的醉醺醺的意大利男人。

2006年7月的一个凌晨，意大利男足通过罚点球以5:3战胜法国队夺得世界杯冠军，一群狂喜的意大利人在著名的Park 97酒吧看完整场紧张刺激的世界杯决赛之后，载歌载舞地开着挎斗摩托车去人民广场庆祝属于他们的胜利。

上海夏天的早晨，阳光并不是那么强烈，那些人的身上充满了香烟以及那种热乎乎的啤酒的味道，其中还混杂着浓郁的香水味。这些夜生活的气味混杂在一起，被升起的太阳照耀之后一下子都消失了，我甚至可以闻到一丝露水或青草的气味，之后就是"长江750"挎斗摩托车从发动到剧烈轰鸣所排出的油烟味，这些气味构成了那样一个奇妙的上海早晨的印记，也成了我对足球球迷最美好的一次回忆。

十几年前，城市里的娱乐场所内还没有禁烟，也没有那么频繁的例行酒驾检查，甚至马路上的摄像头都还不像今天这么完备，放纵和狂欢都以足球的名义完成了那次浩浩荡荡的庆祝活动。

上周一次餐聚之后，我突然发现当天正好是我搬到上海20周年的日子，我也发现我对这座城市的归属感建立在各种城市漫步之中。

如今流行city walk，我发现一座适合步行的城市应该是一座友好的城市，因为无论步行在北京还是深圳，我总觉得平安大街以及深南大道都不是一条特别适合步行的路线。年轻人开始享受梧桐区的风采，其实更多时候是在享受上海城市中心区每隔五百米左右就会出现一个街口的步行便利。在这样的街道上散步，不会让人产生西天取经漫漫长路的绝望心情，马路两边尚未完全缙绅化之前，各种居民生活所需的小店依旧展现着社区朴素的魅力，或者是一间自行车行，或者是一间服装店，或者是一间杂货店，这些都是悠久的在地文化的体现。

后来，在我读完《杀死一座城市》之后才明白，我们现在看到的各种潮牌买手店以及精酿啤酒店、咖啡店、三明治店，都是一个个慢慢撕开的伤口，是流入城市的大量资本所引发的破坏而造成的创伤。还好，资本流入的速度在最近慢了下来。

从我住的地方一直向南走，穿过延安高架桥，穿过淮海中路、复兴中路、肇嘉浜路、斜土路，大概步行四十分钟就会来到徐汇滨江绿地。那里永远都有跑步的人群，无论白天还是傍晚，周末会有人支起帐篷，带着小孩在此野营聚餐，总能看到有人躺在草坪上吃东西或者打牌，我还是更喜欢那些运动的年轻人。

草地上经常会看到遛狗的人，很有意思的是人以群分，狗以类聚，好像永远都是一群同样的狗在周末聚集于此，穿插其中跑来跑去的都是一些小狗。还有在滑板场地玩滑板的，以及在打篮球的年轻人。在周末的徐汇滨江绿地，我最不喜欢看到的是露天唱卡拉OK的人群，扰民且毫无愉快可言，不过看着那些深情唱歌的中老年人，我觉得他们也是乐在其中的。

离草坪不远处是一群吹萨克斯的中年人，初学者的练习都是惨不忍听的。当然专业玩家也是有的，那是一群喜欢在草地上打手鼓的爱好者，闻鼓起舞，倒是比远处一排跳广场舞的阿姨们更有原始风情。

有时觉得在公共场合不打扰别人应该是品位与教养的表达之一，运动恰好让大家从这条沿江而建的跑步径上感受到一丝生命的活力，汗水流淌在健康的肌肤上，低沉有力的呼吸声在耳边滑过。还有在江边对着手机直播的Up主和网红，都与这运动着的和自然的环境相得益彰，每个人都能在这片城市绿地中找到自己的快乐。

"你开心就好！"这不就是人们出来溜达或city walk的理由嘛！

沿着内环高架桥下继续往东走，很快就到了中山南路，在这里可以看到著名的"浦东三件套"，可以看到锯齿形的天际线，犹如股票利润条形图一样向上升起。黄浦江对岸就是著名的陆家嘴，这是号称国内唯一一个地面上的建筑物投资和地下管道工程投资比例接近1:1的地块。谈到城市建设，很多人都喜欢看着摩天大楼抒发自豪感，经历了国内某座城市的大雨灾情之后，人们便开始谈论什么是城市的良心，这时他们才会明白为什么城市地下管道建设会那么重要了，显然陆家嘴是一个成功的案例。

从外滩继续向南走，一路都是非常好的跑步径。据说在政府规划中，今后在黄浦江两岸可以举办全程环江马拉松比赛，估计就是由两岸的塑胶跑步径构成马拉松赛道吧。穿过外白渡桥，路上有很多拍摄婚纱照的新人，虽然现在有很多年轻人选择不婚不育，但是在外白渡桥拍婚纱照，似乎跟永远拍不完的抗战孤岛时期的谍战片一样，总会有新人青睐那斑驳的铁架桥，以及临江神秘的俄罗斯领事馆，还有著名的浦江饭店。此前我曾在如今已歇业的茂悦酒店楼上的露天酒吧看过这段黄浦江的分叉交汇处，落日时分，两岸的高楼大厦以及夜晚的灯火通明都曾带给人们一种蓬勃向上的时代气息，那一艘艘闪着广告牌的游动的观光船，好像一只只小电熨斗，不停地在平整的黄浦江面上熨来熨去。

从外滩的中山东一路开始，经过南京东路走回静安寺的南京西路，正好是五公里，想想当年之所以叫作"十里洋场"，大概说的就是这个距离吧。不过彼时的静安寺对面还不是今天的静安寺公园，印象中是一座公墓。这一路的商业店铺几乎涵盖了全球各个著名品牌。

当然，在今天喜欢city walk的年轻人眼中，南京东路以及南京西路就显得太不文艺了。游客的city walk似乎只能叫溜达，只有在梧桐区的溜达，才可以用英文去体现，这是今天互联网社交平台为年轻人营造出的时髦，我们总是会产生一种雾里看花的憧

II

懵懵懂懂。

我们属于这座城市,但是不知道为什么,走在人来人往的外滩的马路上,总会有一种不在其中的抽离感。在满是游客的人群中,这座城市的辉煌与虚幻好像特别明显。闲逛者总是给人一种现代艺术家或诗人的感觉,因为他们更像是一座城市的业余侦探或者保险公司的调查员,这些对城市喧嚣生活有着敏锐观察的人们,也是这座城市的标志。当他们一遍又一遍在同一片土地上行走徘徊的时候,他们会获得更深一层的探索与发现,无论是在物质上还是在智力方面,都会逐渐发现一些此前没发现的精神或象征寓意。这时候他们似乎更像一个矿工或者潜水员,有时也更愿意平稳地漂浮在由那些狭窄马路所形成的记忆的溪流上。

2017年我曾受某旅游机构的邀请,策划过一次以"喝杯小酒"为主题的"Martini 城市之旅",那次活动不幸夭折,因为没有人报名。后来想想这一段要喝六七杯 Martini 的 city walk,主要是因为想报名的人觉得不胜酒力之后会更加不胜脚力。

那段行程从新天地的誉八仙酒楼开始,走到永嘉路的 The Roof 大楼,之后再走到高邮路的 Labella 餐厅,再从高邮路折返回到当时还在茂名南路营业的酒池星座,最后一站来到修葺一新的张园 el ocho 酒吧(这家酒吧如今也搬离张园了)。每一站都有我喜欢的酒吧,以及一杯我喜欢的 Martini。这种在我熟悉的酒吧之间的步行,经常登上每天一万步的朋友圈运动排行榜。当我花了无数个小时在上海的大街小巷闲逛的时候,细细品味其中的细节,我就会更加热爱这座城市。

"不识庐山真面目,只缘身在此山中。"知道的你已知了,不知的，将来可能依然不知。当我跨越了街道的距离并且去证明和收集沿途观察结果的时候，无数次在街道上看到的历史痕迹都会让我觉得在放大历史的细节，其他一切感觉都会变得遥远，那种感觉越遥远，随之而来的渴望也就越强烈。

家是一种离开和返回的地方，为我们提供了一个立足之地，以便让我们可以重新调整自己的注意力。夏夜里走在衡山路上，会闻到各种旧建筑特有的霉味，而气味和景象也会深深地留在我的脑海里。每次从虹桥机场降落，走出航站楼看到一排排出租车的顶灯，我会感觉好像从来没有离开过这里一样的熟悉与亲切。

（2023.8.11）

都市生活的大隐之处

互联网带来了翻天覆地的变化，不是"坏人"变老了，而是"坏人"都有了自己的俱乐部，当然，"好人"也有了自己的俱乐部。互联网一直在做的一件事，就是不断通过各种标签把具有相同兴趣的人聚在一起，进行虚拟社交以及落地活动。

互联网最初带来的一个惊喜，是我们开始有了朋友之外的另一个"友人"，我们称其为网友，这种陌生而带有意外期待的友谊，在互联网出现之前或许叫作笔友，可以有事儿没事儿写一封信，彼此聊聊近况。想想你多久没有写信了，就知道笔友多么珍稀了，他们几乎在邮政局开始减少报刊订阅业务的同时，就被日新月异的时代抛弃了。

互联网带来的最大改变之一就是社交的发展，从熟人社交到陌生人社交，每个人都需要找到自己的归属感，人们希望自己可以找到一种庞大的社会关系来帮助自己、支持自己以及推动自己，于是就有了组织，就有了生活中不可或缺的俱乐部。

谈到俱乐部，我相信没有人会说自己没有任何一个俱乐部的会员资格。2010年我曾去过巴西，圣保罗的朋友对我说，每个巴西男人都会加入三个俱乐部：足球俱乐部、沙滩排球俱乐部和桑巴舞俱乐部。从体育俱乐部开始，如足球、篮球、排球、羽毛球俱乐部，再到高尔夫球俱乐部和游艇俱乐部，已经属于意在彰显身份和地位的俱乐部。然后是各种同好俱乐部：影迷俱乐部、歌迷俱乐部、读者俱乐部，都是具有广泛群众基础的群体聚集地。在冷酷的商业社会，银行或保险公司组织的用户俱乐部可能更加关心你，他们会第一个发出短信来祝你生日快乐，当然这些都是程序设定的官方问候。

当美国达美航空公司宣布会员乘客的忠诚度计划将不再以飞行里程作为会员奖励而改为现金奖励之后，相信会有更多的企业开始修改自己的客户忠诚度计划，毕竟忠诚度高的客户值得用更好的奖励来挽留，当然，对新冠疫情之后的航空业来讲是一个可以理解的事情。每一个俱乐部的会员都有一个标价，这样的直白恐怕也是俱乐部背后努力运作的原始动力。

如果说英式俱乐部是男性成长的重要庇护所，那么各种美式乡村俱乐部也是每个家庭的周末娱乐最佳选择地之一。当然我们也有属于自己传统文化特有的俱乐部，比如从明清时期出现的各省会馆。最近读完了《中国会馆史》，对资本主义萌芽期的明清商人如何在异地聚集有了更为清晰的认识。不过看到本地的几家餐厅都把自己的新店改称为"荟馆"，也有一些清风不识字何故乱翻书的惶恐，后来发现珠宝品牌也都这样起名，才意识到可能这样能体现出一种高级的意味吧。

想到自己童年时期的工人俱乐部，依旧还有一种朴素的回忆。同样是朴素的工人阶级，英国的工人俱乐部则是在20世纪70年代中期到80年代中期孕育出不少新浪潮乐队。除了工人俱乐部的酒吧里供应的廉价啤酒，能在公共场所公开演出的诱惑则更加吸引那些未成名的乐队一试身手。成立于1862年的英国工人俱乐部和协会联盟（CIU），20世纪70年代末曾是全球最大的私人会员组织，拥有4000多个附属俱乐部。历史总是这样有趣，在这一年，以清朝成立同文馆为标志，洋务运动的序幕正式拉开。当然，在一群喝得醉醺醺的工人面前演出，朋克乐队面对的现实是，观众真的会把一只钢化玻璃啤酒杯扔到乐手的脸上，这种彪悍的成长也许就是摇滚乐队追求的乐与怒吧。

改革开放之后富而思进的一代人对财富想象力最大的教育，也来自各种私人俱乐部。除了不菲的入会费，还有橡木制成的护墙板以及烟雾缭绕的雪茄房、大汗淋漓的壁球室。最早进入内地的港澳地区同胞除了带来各种生猛海鲜之外，还带来了会所文化，好像在粤语里不太流行叫某某Club，而是以"某某会"作为俱乐部的名称。最有英伦绅士文化气质的"中国会"1996年在北京开业时，可以把俱乐部开在北京西单西绒线胡同，就知道其背景不同寻常。创始人邓永锵先生1991年在香港旧中银大厦13楼和14楼开办中国会时，强调会所里所有的物件都是老古董，而只有人才是新生的，这种卓尔不群的气势的确让人眼前一亮。

而在上海最为人津津乐道的是淮海中路796号的Kee Club，这个由奥地利人在香港经营多年的私人俱乐部和著名男装品牌登喜路以及名表江诗丹顿合作，于2008年9月开业。开业庆典的那天，英式风格的历峰双子别墅院子里挤满了从全球各地飞来的俱乐部会员以及宾客，各个衣冠楚楚气宇轩昂，与身着便服略有谢顶的英国明星裘·德洛形成对比，明星在保镖和闪光灯的护送下匆匆走入俱乐部，两座四层小楼不但有服饰和腕表的品牌展示中心，还有餐厅、客房、酒吧、理发室等消费设施。这个在2009年获得联合国教科文组织颁发的亚太地区文化遗产保护优秀奖的俱乐部，应该是当时上海最好的私人俱乐部。如今，香港中环威灵顿街32号镛记大厦的Kee Club和上海的Kee Club都结束了营业，一段风花雪月的往事也成为历史的回忆。如果还想回顾一下这个俱乐部的过往云烟，可以找一下他们出版了十多年的俱乐部季刊看看，这本可以在全球艺术书店买到的俱乐部杂志，艺术水准不输目前国内任何一本时尚大刊。

在Kee Club落地上海后不久，还有一家更广为人知的夜店同样以私人俱乐部的形式出现，那就是坐落在号称具有英国文化象征的高腾大厦顶楼的"M1NT"俱乐部。这家可以在天台眺望外滩和浦东天际线的夜店，留给人们最深的印象就是那条长达17米的鲨鱼缸，按下按钮，气泡不断密集升起，将鱼缸后面的贵宾休息区遮挡得严严实实，此时人们只能看到几条不停游动的小鲨鱼。今天依稀有印象的是，一群英国唱片工业经理人联手风险投资银行家，在上海推广了私人俱乐部的会员概念，当然卖点除了有一位英国著名调酒师之外，还有各种东南亚美食和明星主厨坐镇，以及耳目一新的全球DJ派对。风雨飘摇12年之后，这家著名的私人俱乐部也在2020年8月1日宣布停业了。

我们可以从电影《锅匠、裁缝、士兵、间谍》中感受到Kee

Club 所标榜的那种旧式英国传统俱乐部的风格，也可以从电影《疾速追杀》中感受到 M1NT 所追求的伦敦狂野俱乐部式的纸醉金迷。如今，我们又要迎来一家英国传统百货公司私人俱乐部登场：2010 年，英国媒体曾报道在伦敦东区已有 176 年经营历史的哈罗德百货公司，考虑在上海开设第二家大型商场。十三年过去了，可以说物是人非，也可以说斗转星移，总之在大型百货公司被网络电商冲击之后的 2023 年，哈罗德公馆会员俱乐部浮出了水面。9 月 1 日，哈罗德百货公司以及富勒姆足球俱乐部的前老板、白手起家的埃及商人穆罕默德·阿尔·法耶德，这个精明的商人和伤心欲绝的父亲，在他的儿子与戴安娜王妃的车祸丧生事件近 26 年之后去世，享年 94 岁，他在 2010 年将哈罗德百货公司以 15 亿英镑的价格出售给卡塔尔王室的投资控股公司，后者成为哈罗德百货公司自 1840 年创立以来的第五位所有者。

最具话题性的应该算是哈罗德俱乐部里由英国名厨 Gordon Ramsay 开设的餐厅了，这位全球知名的"地狱厨师"目前拥有 7 颗米其林评星，累计获得过 17 颗星之多。以前矗立在上海民立中学的这座中西合璧的百年建筑，2002 年由香港兴业公司购入大中里地块之后，于 2010 年 1 月开始历时两周，将这座老校舍平移了近 58 米，安放在今天这个靠近威海路南端的位置，为了纪念兴业公司创办人查济民先生，遂将民立中学四号楼命名为查公馆。

虽然哈罗德百货公司没有开到上海来，但是今天的会员俱乐部毗邻著名的兴业太古汇，有不输伦敦骑士桥的影响力。俱乐部的入会资格跟沪上其他俱乐部以预先支付一定数量的消费金额不同，十五万元的年费将会成为一张彰显社会地位的门票。活跃在上海众多的全国各地海外学成归国的有志青年，作为今天最不容忽视的消费主力军，撑起了沪上众多高级餐厅以及娱乐场所的营业额。

在哈罗德百货公司消费金额已超过美国顾客的中国顾客身上，卡塔尔人看到的不仅仅是百货公司琳琅满目的商品对中国消费者的吸引力，而是他们发现在伦敦可以担任世界的管家。这是从 20 世纪 50 年代开始，美国成为世界超级大国之后，英国人发现的一种新的商业模式，那就是来自世界各地的富豪人群，如果他们需要做些事情、买些东西，就会有英国人帮他们解决问题，这就是对围绕着骑士桥以及梅菲尔的巴士旅行指南中所指出的那些价值数十亿美元的外国人拥有的豪宅最好的注脚。在英国，管家几乎总是被视为工作和财富的来源，因为管家的工作是从管家的角度出发，而不是从客户或受害者的角度出发。从这个角度来看，很多人就会理解为什么每周在北上广深的五星级酒店里总是有各种伦敦房产说明会在举行，这是一个非常有趣的现象。

一个俱乐部就是一个圈层，商学院俱乐部和威士忌俱乐部，或者网球俱乐部和雪茄俱乐部，都代表着一种爱好或兴趣后面的人脉关系。"你想要它，但是你不能拥有它。"这种归属感以及需要获得尊敬的自我实现由此而来。虽然很多传统的英式绅士俱乐部最早都从一个个谈论政治和哲学的咖啡馆演变而来，但是最终都会成为一个阶层的庇护所。在那些由枝形水晶吊灯和橡木护墙板、厚厚的地毯以及燃烧的壁炉所组成的安静且不合时宜的场景中，人们或许对权力产生兴趣，或许对服务更感兴趣，然后大家一起看着这个世界从历史中苏醒过来。（2023.9.27）

美好时代的凝视

回忆起 Park97 俱乐部这座上海时尚地标的成功,就如同观看一部年代久远的纪录片。那是一个奇特而梦幻的时代,中国互联网初代的各种草根英雄、带着全球资本涌入内地市场的投资银行家、闪耀着旧日香港传奇余晖的影视明星,以及各种乐观向上的本地时髦人士,一起出演了这部时代作品。而纪录片的制作人张浩东先生,似乎并没有意识到他不经意的商业投机,竟颠覆了过去一成不变的上海不夜城的夜生活场景,而成为一个难忘的时代烙印,而 Park 97 俱乐部的过往,则成了编织时代锦缎的一根优质丝线。就好像电影《蝴蝶梦》中那句著名的台词:"昨天夜里,我在梦中又回到了曼德丽。"

近三年来的经历的确对我们的时间观念产生了很大影响,当我和张浩东先生坐在他的办公室里重新回忆他在 1997 年 10 月在上海复兴公园旁创建一间时髦俱乐部的过往时,我们都在感受着 20 世纪末以及 21 世纪初的二十年各种享乐主义的时代列车轰鸣驶过之后的振聋发聩。从追逐名人消遣的港媒狗仔队到抖音上追踪明星的粉丝，往事交织在一起，让各种美好派对的场景回忆充满着画面感。就好像安迪·沃霍尔在1979年的日记中所记述的那样，"我心目中的好照片是聚焦在焦点上的名人正在做着一些莫名其妙的事情。"热情开朗的"ABC"[①]、期待成为蝴蝶夫人的本地漂亮女郎、国际500强企业高管、充满想象力的创意人士，美酒、名人以及时髦的电子乐，为这个拥有巨大草坪的复兴公园披上了一件华丽的全球化晚礼服。

这座位于复兴公园后门的三层建筑在成为Park 97俱乐部之前曾是一家中餐厅，经营一直不见起色，张先生接手后进行了重新装修。而建议他接手的居然是一名常驻上海的外媒记者，这几乎是20世纪90年代一个独特的现象，当时在京沪两地很多酒吧中常驻的外籍人士，他们在酒吧的驻足与消费是夜生活匮乏年代的重要推手，不仅是在上海，北京三里屯之所以成为最有名的酒吧一条街也是因为毗邻各个驻外机构，而很多派驻中国的外交官以及企业高管都是狂热的音乐爱好者。今天回顾当年那些知名酒吧的诞生，无论是北京的乡谣俱乐部还是"隐蔽的树"酒吧，它们最初都不是普通市民光顾的场所，它们跟五星级涉外酒店的最大区别就是进入这些酒吧的时候不需要向酒店的安保人员出示外国护照，我想这个有趣的环节是今天的年轻人所不能理解的。在一本讲述中美建交往事的回忆录中，还清楚地记述了北京饭店为驻京的美国外交人员包括海军陆战队士兵专门开办了一个涉外俱乐部的经历。而那时一些本地人大多数是因为涉外婚姻以及留学经历而产生了开酒吧的念头，最著名的是今天还开在北京三里

---

① ABC：American-Born Chinese 的缩写，指在美国出生的华裔后代。

屯北小街的外交人员俱乐部，那里一度是中国摇滚乐队的主场。记得有一次去那里玩，甚至还看到朝鲜高丽航空公司张贴的宣传海报。很多在如今被认为是理所应当的生活方式，如泡吧、现场乐队演出甚至小瓶装啤酒在三十年前几乎都是闻所未闻的新鲜事物。而改革开放后的中国大陆对充满热情的外国人来说也同样充满了好奇，甚至连骑着"长江750"型号的挎斗摩托车都是一种有趣的尝试。如今可以获得这样一处景色宜人且非常安静的三层小楼，自然成了张浩东先生的首选之地。

当我把剪辑完的播客小样发给张先生时，他兴奋地告诉我他刚刚在洛杉矶机场降落。结束了 Park 97 俱乐部的经营，2012 年他已开始了新的商业投资。他的过往经历是一代上海人曾经羡慕的故事，20 世纪 80 年代全家移民到了美国，然后在 UCLA[①] 接受了高等教育之后又回到上海工作。在经历过十里洋场的老一代上海人心目中，学好英语并且获得一个国外身份以及受过良好的西式教育，是成功之路上必不可少的要素。1997 年，张先生在上海的一些外籍朋友苦于在当时还不是很繁华的上海找不到夜间消遣场所，于是他们便经常光顾林栋甫先生开的蓝调爵士酒吧，当时林先生身边也同样聚集着一批外籍朋友，他们有的是企业高管，有的是国际知名媒体驻上海的记者，他们经常会在酒吧里客串乐手。张先生成功获得了这栋小楼的租约之后，于是一群经常在一起玩的朋友在 1997 年的春天凑了 100 万美元，开始筹划开一家高级咖啡馆，是的，最初他们并不是想开一家酒吧，而是开一家咖啡馆，并且是可以就餐的地方。他们最先找到了在香港地区经

---

① UCLA：指加利福尼亚大学洛杉矶分校。

营俱乐部的外国朋友，之后找到了一位正在给国际饭店做改建设计的美国设计师，这位设计师因为当时给特朗普在纽约做装修设计而被酒店请来担任总设计师。构思草图的时候他们提出了一个即使在今天看来也很超前的设计要求，那就是让所有人都可以互相看见，那种"who is who"的社交气氛对今天依旧流行包房的中国餐饮行业来说的确是一个非常大的突破。之后，设计方案经过上影厂舞台道具设计师的细化之后开始大兴土木，他们希望这是一个可以为住在上海的外籍人士提供夜间消遣的地方。他们还找到了当时正在上海寻找餐厅场地的 M on the Bund（米氏西餐厅）寻求合作，来自澳洲的主理人 Michelle Garnaut 也来看了场地，不过她更喜欢黄浦江的景色，她的 M on the Bund 餐厅于 1999 年 1 月正式开业。虽然 Michelle 最终没有选择在复兴公园开设餐厅，但她把妹妹介绍给张浩东先生，她的妹妹在香港经营着著名餐饮集团 97 Group，该集团还经营 Post '97、La Dolce Vita 和 El Pomposo 等餐饮机构。2006 年，Post '97 被 Epicurean 公司收购，该公司还经营香港地区其他标志性时尚场所，如山顶瞭望台以及中环和九龙的 Jimmy's Kitchen。香港的 Club 97 也是一个在当地非常出名的俱乐部，于是双方一拍即合，共同打造这个未来将成为上海时尚地标的 Park 97 俱乐部。1997 年国庆节，Park 97 开门营业了，餐饮以意大利美食为主，还有专门从香港到上海工作的外籍服务员，显然让很多外籍驻沪人士感到宾至如归。两年后，最初的投资开始变得入不敷出，这个时候经营兰桂坊的盛智文先生加入了进来，由此 Park 97 迎来了一个新的经营阶段。如果你没有机会感受过 Park 97 的美好时光，建议你去观赏一下意大利导演保罗·索伦蒂诺执导的电影《绝美之城》，影片的每一帧画面都在纪念着那个令人难忘的时刻，一直到站在清晨的台伯河边进行甜蜜滑行的心碎镜头，那是通宵达旦狂欢之后的强烈诱惑。

从一间可以进餐的咖啡馆改为一个包含餐饮与加利福尼亚酒吧的混合业态，Park 97 很快就迎来了它的高光时刻，各种国际友人都想来这个位于前法租界公园里的夜店感受一下新时代中国的夜晚。当年 F1 赛事落户上海之后，舒马赫也要来这里一探究竟。张浩东先生跟我回忆起那些难忘的夜晚，Park 97 三楼的雪茄房里坐满了常见诸国际知名媒体头条的名人，几乎每张桌子前都有一位闪闪发光的重量级人物。那种时髦跟高级俱乐部不一样，那是一种上海风情生活方式的建立，从国际长途飞行的疲劳到通宵达旦的疲惫不堪，上海的夜生活正在建立一个有着自己风格的菜单，从 Park 97 那个有些像张爱玲模样的中国女性形象的标识，到国际 DJ 驻场以及锐舞派对的节目海报，从在红色丝绒链条的门禁处排队的红男绿女，到各种国际商业巨子的高谈阔论，总之在那个被称为镀金时代中进行的各种商业合作，都使 Park 97 成了一种标志性的记忆，而那些在 Park 97 里公开表达的感情，都是都市传奇极好的素材。纽约曾有 Studio 54 俱乐部，而上海也曾经有 Park 97，这些事情本身不仅具有一种象征的意义，更是一种象征的权利，一种在那个热火朝天的经济大潮中用全新的视角进行广泛思考的权利。

当然，这些过往的故事里还充满着金钱的味道以及财富的遗憾，而这些都和中国艺术家的成长以及他们的作品联系在一起。在 Park 97 开业后不久，张浩东先生就把临街的一处仓库租给了当时还在波特曼商城走廊里开画廊的瑞士人劳伦斯·何浦林（Lorenz Helbling）先生，劳伦斯开办的香格纳画廊因为代理了中国顶级的当代艺术家作品而一直与中国当代艺术史息息相关。在消遣之余参观一下中国当代艺术家的作品，这在当时还是未曾见过的新鲜事物。一位美国商人在Park97结识了他的妻子，每次用餐后总会在香格纳画廊购买他所喜欢的艺术家曾梵志的作品，虽然他在2008年北京奥运会之后当代艺术品价格疯涨就再也没有机会收藏了，但他也是一个不经意成为藏家的幸运儿。而最为疯狂的故事是某位驻沪外交官当年花了6万美元在香格纳画廊收藏了曾梵志先生的一幅画，后来在他退休回到家乡之后若干年，拍卖公司说服他将这幅作品参加拍卖会，结果拍出了1.2亿港元的高价。谈到这个令人兴奋的往事，张浩东先生平静地说，人永远只能挣到他认知范围以内的钱，在他经营Park 97的时候曾经在复兴公园附近租了房子用于休息，当时他卧室的墙上挂满了曾梵志先生的作品，但是他并没有任何收藏这些作品的冲动。

回顾这些颇具传奇性的往事，张先生始终非常淡定，他觉得这么多年他交了那么多的好朋友，而这些好朋友带给他的满足感远远要超过财富所带来的满足。他说他并不是认为财富不重要，而是觉得人应该在不同的风景去体验不同的感受。金钱是一种副产品，它是社会对人们成功的一种认可，但金钱并不就是终极目标，所以要分清楚我们究竟是为了钱去做这些事情，还是为了自己的兴趣去做这些事情。"如果说收藏了几幅曾先生的作品也许可以达到我的财富目标，但是也许今天我就不会坐在这里跟朋友一起分享我的故事了。"

结束了与张先生的对谈，我望着他窗外办公室的景色，延安高架桥下一排排整齐的石库门房子上洒满了金色的阳光，桥上的车流在缓缓地移动着。上海经历了长达近三十年的难忘的"青春期"，也经历过一场来自 Park 97 光芒四射的周末狂热之夜。想到那些深夜从皋兰路、香山路、思南路涌进复兴公园西门的年轻男女，即使是怀旧者也会同意复兴公园的迭代具有一种制度的潜力，它也向保守者展示了这个城市的夜晚充满活力的样子。我的眼前又浮现出洛克·外滩源理想国书店入口处那句由霓虹灯做成的格言："我们不要为了每况愈下而喝酒，我们见过好日子。"

（2023.11.24）

金宇澄绘画作品《吊灯》 纸本水笔水彩 33x40cm 2017

一家上海亚文化俱乐部和它的创意年代

上海亚文化俱乐部"SYSTEM 系统"在 2021 年国庆节开业时，用一个简单的黑白动画影像在社交媒体上宣布："系统正在初始化"。这个希望通过灵感和创意持续输出包容性的场地，试图带给上海一种新的文化生活体验。

两年过去了，我们似乎都已经远离了那些叛逆的派对场景。开始写这篇文章的时候，我的一位老友正在柏林寒冷的街道上步行，她要前往被称为"全世界最难进入"的夜店之一 Berghain，去感受一下电子音乐的传奇圣地。在这个被称为"结束所有吸血鬼夜总会的吸血鬼夜总会"里，所上演的一半是艺术项目，另一半则是社会实验。虽然"SYSTEM 系统"在过去两年间的表现，让人感到它越来越像上海的 Berghain，但是刚刚在 Berghain 里疯狂玩了大半宿的朋友告诉我，全世界应该还没有一家夜晚的俱乐部可以与 Berghain 比肩。毕竟上海之于电子音乐来说，还没有成为一个熔炉或者一个仲裁者，再或者说一个赞助者。

想到 20 年前一群年轻人在长城脚下通宵热舞的往事，上海在中国虽然是为数不多的可以被认为拥有城市历史的地方，但距离柏林那种兼具技术文化的摇篮和失落思想的温床的特质，还很远很远。

郭濮源留着茂密的披肩长发，清瘦的脸庞上架着黑色眼镜，常年黑衣黑裤的装束似乎暗示着他的摄影师职业。他曾在北京的时尚媒体从事摄影工作，之后搬来上海，在巨鹿路 158 号开了一家电音俱乐部"44KW"，这里是上海文艺青年的聚集地，广告创意人、媒体编辑、时尚 KOL、网络工程师、时装设计师等都是这里的常客。

投资三百多万元的电音俱乐部装修很酷，巨大的特制音箱和厚重的清水水泥墙试图构建一个从黑夜持续到清晨的集体体验。最初在大厅的舞池边上还摆放着一张乒乓球台，在电子舞曲的伴奏下，打乒乓球的视觉效果会给人带来一种时空延缓的错觉。科幻未来主义以及特别的影像装置艺术，都在实验声响、社会融合、酷儿的自豪感、被改变的意识状态，还有各种风格、技术创新活动的号召之下，让来到这里的人感受到一种对亚文化的迷恋。人们在狂欢中寻找一种精神上的叛逆，或者说一种对忍耐力的期待。

44KW 俱乐部举办开业一周年活动的时候，一场跨越 24 小时的狂欢让更多的人体会到了一种普通意识以及常规行为举止规则都不适用的派对风格。那个跨越黑夜和黎明的聚会甚至还安排了上海早饭"四大金刚"的聚餐，总之有一种在严格朝九晚五约束之外的放纵。距离 44KW 仅五十米的地方是另一处上海著名的电音俱乐部，在那个经常出现用香槟洗头短视频的地方，富二代和网红是更流行也是更成功的商业标签。都说顶级的电音俱乐部都是以香槟酒唱主角,但是在44KW,看到的更多是啤酒、鸡尾酒以及成打的shot,以伏特加、朗姆酒、威士忌或者龙舌兰等烈酒一口闷掉的喝法,更像是一种气氛热身。

在44KW里的小空间,Void喇叭花音箱更为特别,大屏幕投影不间断播放着精心准备的迷幻视频,饱受音波冲击的空气因为密闭空间与噪音交织在一起,声波穿过人们的皮肤,光线的闪烁、头部的摇摆、身体的晃动、数字粒子在空间里流淌着,射灯扫过上空,各种粉尘也在光线里闪动。众人在狂欢的场景中获得了一种心灵的自由,各种对时间膨胀与扭曲的向往,或许会让忘我跳舞的人们感受到地板的松软,好像没有了坚硬的地板,他们的灵魂就会穿过天花板而奔向更自由的太空。

总之,超越了时间规范性的体验,44KW获得了更多年轻人对美好夜晚的向往。接下来,郭濮源们开始尝试把这种向往和体验像餐厅提供外烩服务一样,在城市的四处寻找新的派对空间。他们对特殊人群的支持,也让那些希望参加他们派对的"种草"名单迅速变长。在世博滨江巨大的厂房里,跨越性别的Voguing Shanghai骄傲月派对被策划成了一个盛大的活动,这个本身在纽约都属于小众的活动,在上海也成了一次备受瞩目的文化事件。

文化的繁荣与社会的宽容,或许也和这样的俱乐部的出现有关,当然这也要归功于热情的年轻人。尽管这样的聚会上也有瓶装酒的服务以及用丝绒线隔离出来的贵宾区,来自品牌的朋友或者俱乐部的朋友坐在二楼的贵宾区,像是坐在剧院的包厢里,居高临下地观看着酷儿们比舞的激烈场面。当然,如果想要拍到更好的照片，当然还是水泄不通的一楼位置更好。

　　工业厂房改建的活动场地，与生俱来拥有一种亚文化的舒适感。走出大楼到外面呼吸一下新鲜空气，巨大的建筑物被射灯照出仿佛僵尸电影背景一样的外形，身穿金光闪闪演出服装的选手们逆着光从远处慢慢走近，这或许是他们最有趣、最真实，或者最纯粹、最美好的时刻。他们在牛奶最新鲜的时候拿到了牛奶，他们在老了以后应该还会记住这样的时刻。继续让44KW和新开业的"SYSTEM系统"保持一种互动关系，或者减少开支、关闭44KW，这样的选择在过去两年的新冠疫情防控中应该是毫不犹豫的，毕竟大时代的尘埃落定绝对没有在网络视频上写诗来得浪漫和温馨。2022年6月29日，44KW俱乐部正式宣布关闭。每一项商业决定的背后，都会把每一种可能的变化释放出来，然后指向一个奇怪但是基本靠谱的商业逻辑，那就是在一个问题解决之后，更多不同的精彩的解决方案开始浮出水面。

　　在"SYSTEM系统"俱乐部开业的派对上我看到了丁磊，网易云音乐旗下的电音机构一直是中国互联网文化中活跃的佼佼者，他的手上攥着我最喜欢的电音App "D.I FM"的中国代理权，那是一个可以直接跟西班牙伊比萨小岛的电音派对同步的音乐播放程序，拥有各种风格的电子音乐，特别是在周末进行现场直播的时候，听众可以随时随地感受到千里之外的全球顶级DJ的表演。看着他们这一众名人出现在"SYSTEM系统"，我想起了安迪·沃霍尔谈及纽约Studio 54俱乐部那些著名的人像摄影作品的名言："在我看来，一幅好照片应该是焦点清晰的，名人在做一些不知名的事情，它在错误的时间出现在正确的地方。"

大量的演出活动不间断地在周末上演，从诗歌朗诵到时装走秀，从手工市集到前卫艺术实验，这个投资超过千万元，场地面积达 1800 平方米的电音俱乐部，一直努力扮演着上海这座城市前卫文化艺术的推手。

前卫表演艺术当然不会出现在二三线城市，甚至连北京、广州、深圳这样的城市都没有市场机会，毕竟当今艺术界在成功艺术家和未成功的艺术家之间存在着严重的经济不平等。上海的情况似乎更为严酷，在"SYSTEM 系统"出现之前，上海可以提供给未成功的艺术家这么大场地的俱乐部少之又少。上海有非常成熟的商业运作机制，不会给一个不知名的乐队蓄势待发的机会。人人都喜欢一炮而红，就好像人人都觉得自己的产品会成为爆款。

一位熟悉欧美艺术环境的艺术家曾经这样跟我说，如果一个城市无法提供给受过艺术教育的青年艺术家相对廉价的公寓，那么年轻的艺术家在大都市肯定是待不下来的。巴黎或柏林等地的政府可以补贴艺术家廉价公寓以及给予艺术家一定的生活补助金，使得很多年轻艺术家在寻求市场机会的同时可以过上体面的生活。这可能就是环境的养成吧，众多的艺术院校，以及众多的廉价公寓，是艺术环境养成的天然土壤。

歌手张蔷在 44KW 开业一周年的活动上意外地出现在舞台上，她已经成了中国人对 20 世纪 80 年代美好回忆的化身。2023 年 3 月，她也出现在"SYSTEM 系统"的舞台上，这一次的观众数量要比她之前几次在上海其他俱乐部演出时都多，有近千人在现场观看了她的演出。一代人有一代人的回忆，但是流行文化经常会把上一代的珍爱当作下一代的时髦重新流行起来。进化就是由压力和生存斗争驱动着,审美也是这样被演变着。当新一代重新把对迪斯科皇后的赞美发到朋友圈与朋友们分享的时候,"SYSTEM 系统"又成了当仁不让的舞台。

每一个处在青春期的年轻人都是轻浮的审美者,他们喜欢为了改变而改变,喜欢为了古怪而古怪,喜欢为了艺术而艺术,喜欢为了娱乐而娱乐。而我们都会通过共同的喜好以及共同的点赞找到共同的社会自我。"SYSTEM 系统"这样的商业空间在俱乐部文化的背景下揭示出的价值观,与上海这座城市所提倡的海派风格非常重合:创造力、多样性以及对性别的宽容、对选择的包容。它的解决方案一直都在那里,最新潮的技术也会看上去非常古老,4月2日的"一把噪音"的演出活动依旧由颜峻主导,他过去近三十年不断地推动噪音艺术,让更多年轻人身临其境。想到 20 世纪 90 年代我们第一次在深圳赤尾村的酒吧里看到大友良英演出时,噪音艺术对我们来讲还是一种"炸街"的原始感受。

现场演出的多样性是我们所期待和向往的,内容的丰富性才是多元化生活的象征,它能在传播的同时诞生出更多样化的解决方案。更多的年轻人以热情的观察者角色加入进来,无论是市集还是诗歌朗诵,我们在现场听着他们的音乐,看着他们的表情,感受挥洒的汗水。有时会觉得网易云音乐这个名字起得真好,因为音乐就是用变化无常的声音覆盖着我们,某种意义上就是罩在我们头上的一块云朵,是一种适合当下的心情和状态的永恒瞬间。音乐意味着一种可以理解的困难,而当困难被克服的时候,生活的可能性便显现出来,这不就是我们所期待的吗?

我们在生活中所遭遇的一切,就如同观看的演出一样,苦乐参半,像那块最好最黑的巧克力。那些被我们喜欢的现场音乐,会让我们冒出来一连串的形容词去赞美它,使它成为一种舒适的趣味。"SYSTEM系统"现场的记忆就这样穿越了上海安静的夜晚,明亮、温暖、快乐、激动,这种感受于是沉淀了下来,占满了记忆的空间,现在是,将来也会是。(2023.4.17)

金宇澄绘画作品《它们》 纸本水笔水彩 62x47cm 2017

城市外卖与城市生活

据说人类最早的"外卖"是在庞贝古城的废墟里发现的,考古学家在从废墟出土的罐子里发现了鸭骨碎片,通过现代技术分析,还发现了煮熟的猪肉、炖羊肉、鱼和蜗牛,还有粉碎的蚕豆。根据公元一世纪的古罗马食谱书中的解释,粉碎的蚕豆可以用于澄清葡萄酒的颜色与风味。

后来,学者们发现这个罐子属于一间酒吧,于是得以了解更多庞贝古城里人们的生活方式。因为古罗马法律规定酒吧不应提供这些温热的食物,譬如类似煮熟的猪肉,但庞贝古城这间不起眼的酒吧,肯定不是罗马帝国唯一一间偷偷卖熟食的酒吧,学者们猜测,这一定是狡猾的酒吧老板认为庞贝天高皇帝远,遥远的古罗马管理当局不太可能因为这件事情而关闭了他的生意,或者对他予以重罚,所以学者们推断,庞贝古城中不太富裕的市民可以通过非法的外卖服务吃到便宜而美味的杂鱼蜗牛汤。

公元一世纪,中国处于王莽青云直上时期的汉朝,当时的人们自然不会想到有什么外卖服务会出现在如后来电视剧里那般繁华的长安城。而我们现实生活中真正看到吃盒饭的时代，应该是在改革开放之后。粗糙而高效的香港地区影视行业开始来内地拍摄合拍片，午间休息的时候，演职人员全体埋头吃盒饭，后来内地影视行业除了将盒饭的习惯照单全收之后，在开机时也延续了烧香祈福，并且要提供烧乳猪祭品的习俗。等到2005年汤姆·克鲁斯在浙江嘉善西塘古镇拍摄《碟中谍3》外景时，好莱坞演员工会的劳工保障条款令中国同行眼界大开，原来好莱坞剧组拍戏的时候是不吃盒饭的，而是搭出一个自助餐台，水果点心小吃摆满整张大桌子。每天早上当好莱坞剧组人员浩浩荡荡坐着十几台休旅车从威海路的四季酒店出发，人们此时才意识到什么叫作好莱坞的影视工业。

当然并不是所有的餐厅都喜欢提供外卖服务，即便是那些面向工薪阶层的快餐店。日本著名的品川Yudetarou荞麦面馆在十年前就放弃了外卖服务，因为他们希望顾客可以看到荞麦面被切开然后煮熟的过程，更希望客人能以最新鲜的方式享用，估计他们也不喜欢经过至少30分钟的派送时间，把一碗柔韧的荞麦面搞坨。每天中午如果有时间路过静安区愚园东路的话，会看到满街停满了送外卖的小摩托，身穿黄色或蓝色工服的快递小哥们健步如飞地在路两旁的小店取餐，在外卖平台上可以发现，这条街上众多家桂林米粉店是很多白领的午餐首选。

外卖相对没有技术门槛，于是在过去十年，餐饮行业以及他们的下游产业外卖行业为中国的年轻人提供了大量的工作岗位，其实并不是年薪百万的互联网"大厂"为年轻人提供了更多理想的就业机会，更多宅在家里的消费者同样做了贡献。

最近杭州阿里将更多优秀的年轻人还给社会，人们相信中国的互联网行业并没有足够的利润为高科技的研发储备更多的人才。而在餐饮行业蓬勃发展的近十年中，资本得到了利息以及回报，食客们也享受到了足不出户的便捷，餐饮行业的服务人员和快递人员勉强在大都市维持了温饱生活。这些年轻人也许会觉得工厂流水线的生活枯燥无味，而餐饮行业多半都开在城市生活的精华地段，接触形形色色的消费者也许就是工作的乐趣。我们比伦敦纽约东京有着更加便利的外卖服务，无论是叫外卖，还是买菜甚至买药的便利，都建立在驾驶着飞驰电动车的小哥身上，而他们的努力，归根结底最直接的结果应该是让少数人更加的富有。

城市生活中所谓的风气，建立在熟人社会的初级社会关系不经意地被陌生人之间所形成的次生关系所冲击然后因此而趋于瓦解之上。而城市生活的大多数利益与价值都已经完全被理性化了，同时也都被量化成各种可以比较的单位，甚至建成了可以交换或买卖的对象，当然这种可交换或可买卖的关系，并非仅仅在人民公园相亲角的自我介绍中可见。在大都市的生活中，人们的外部生存条件都是为了满足个体已经清楚的各种需求，人们不可避免地被引导着按照各种决定论和机械论的方式去思考问题。而久居大都市，人们也学会了将科学应用到生活的各个方面，比如教育、广告以及时政，现代人的文化就是典型的城市文化，它与乡村文化截然不同，因为乡村文化毕竟更依赖于家庭、部落和乡村社区这些由共同生活的个人连接且而直接参与的结构。

除了上海，中国最早出现城市生活的城市应该还有如哈尔滨这样的东北城市。在当时中国大部分城市居民还在出门倒马桶的年代，为数不多的东北大城市的居民就已经开始过上了有抽水马桶以及"楼上楼下电灯电话"的现代化城市生活。随着《走出平原的摩西》以及《漫长的季节》等东北题材的电视剧火爆之后，人们重新回望那些曾经辉煌过的钢铁城市。看到一个未经证实的数据，东三省的省会城市每天大约有40万~50万单的外卖服务，而北上广深则是每天200万单以上，外卖服务的数量也许体现的就是城市与城市之间的差距吧！

当美团网宣布拿出十亿元市场预算准备进军香港地区外卖市场的时候，估计他们自己都知道这是一个学习的过程，因为香港可能是中国目前城市生活最完善且便利的城市。对于这个月薪三万港币都请不到洗碗工的城市，香港可能找不到那么多外卖小哥，虽然印巴裔族群也许会填补这样的空白。

香港地区的便利店也是较发达的，想起年轻时看的各种港片，不良少年们不愿意待在狭窄的公共屋村里，他们总是聚集在屋村连廊下面的7-11便利店外，成群结队地游荡。看过一则新冠疫情期间香港餐厅的广告：如果你想在家中享受文华东方酒店的龙眼蜂蜜伊比利亚猪里脊、大蒜炒澳大利亚M9和牛、鱼肚酸辣汤、油炸蟹肉等美味，需要盛惠港币2000元以上才可以享受免费的送货服务，并且需要提前一天下单。有意思的是在新冠疫情结束之后，最近香港的街边食肆又开始流行"两餸饭"的盒饭自取，盛惠30~50港币即可，而且一口气冒出近五百家档口，这种爆火的快餐新模式应该也会是外卖服务的竞争对手吧！

在美国打拼了50余年的中式快餐龙头品牌熊猫快餐Panda

Express，创始人程正昌夫妇1973年从家乡台湾带了2万美元到美国洛杉矶经营聚丰园餐厅Panda Inn，至今在全球拥有2500家分店和5万名员工，他的Hungry Panda熊猫外卖拥有350万注册用户，每天服务10万名以上的华人用户，平均客单价40美元。据福布斯富豪榜的统计，程氏夫妇身价35亿美元，真是做到了人们说的"闷声发大财"。

城市始终是作为一个地理现象存在的，气候、植被、居民以及这些区域需求的因素，都会在城市生活的个性风格中留下痕迹。之前都市咖啡馆中的欧洲知识分子精神生活的加速发展，以及工业革命之后伦敦的码头工人用廉价的威士忌来买醉，这些都是人类都市文化发展中的重要事件。

而日常饮食对城市人群的等级划分也起到了一定的作用，从清教徒领取圣餐的清汤寡水到物质享受的各种油炸食物，以及乡村特有的缺乏蛋白质摄取的朴素饮食，都与脑满肠肥的中产阶级享乐主义者喜欢的硕大牛排形成了鲜明对比。当雅致的中产阶级礼仪出现之后，他们已经开始远离屠宰场，当然这和广州的中产阶级深夜驾车去远郊吃新鲜的猪杂不可同日而语。都市饮食风格的混杂以及跨越不同区域的食物来源，都已经不再局限于传统的饮食习惯或菜谱，他们主张"好吃就是硬道理"，这显然也是城市生活其他文化方面共同的特点，可以说城市精华地段的每一张餐桌都是城市文化拥护者的餐桌。

我们之所以聚集在城市里，是为了美好的生活，城市当然会出现很多问题，但是如何解决这些问题呢？1961年简·雅各布斯出版了她影响了世界的巨著《美国大城市的死与生》，这本书被无数建筑师以及互联网社交平台的从业人员奉为圭臬。她的答案是："一个城市有了活力，也就有了战胜困难的武器，而一个拥有活力的城市本身就会拥有理解、交流、发现和创造这种武器的能力。充满活力、多样化和用途集中的城市孕育的则是自我再生的种子，即使有些问题和需求超出了城市的限度，它们也有足够的力量延续这种再生能力，并最终解决那些问题。"（2023.6.2）

"拿破仑"千层酥和上海往事

现实中布达佩斯大饭店是不存在的,但是《布达佩斯大饭店》这部电影对全球的酒店行业以及室内设计行业的影响几乎是无与伦比的。

穿着华尔街银行家款式的高级毛料西装的汪伪特工,似乎也从来没有出现在1940年代上海极司菲尔路76号的汪伪特务机关办公室里,但是这些依旧不影响电影《无名》精致地再现了20世纪三四十年代的上海生活。

我在春节期间去电影院观看的唯一一部电影,就是程耳导演的《无名》,它成了过去一段时间里朋友们一直在谈论的主要话题。这部围绕着悲剧、战争、阴谋、美食、友谊以及忠诚的电影,是程耳导演继《罗曼蒂克消亡史》之后的最新力作,它再次掀起观众对上海旧时大都市生活细节的怀旧与向往。

电影通过精美的摄影与考究的画面,营造出一种重温浪漫旧时光的视觉享受,在非线性叙事结构的安排之下,熟练地将信念、忠诚与牺牲、奉献的价值观结合在一起，形成了超越那个特别历史年代的高尚灵魂。上海再次成为票房收入最高的城市，这是近年来非常有趣的现象。2022年上映的《爱情神话》也在上海收获了全国最多的电影票房，上海题材以及沪语对白成了本地观众选择观影的一个重要理由。《无名》除了满足人们对扑朔迷离的上海歹土历史的回顾与好奇之外，上海的本地美食也成了人们津津乐道的话题。

电影中法式千层酥成了传递情报的主要道具，根据程耳导演不经意的透露，影片为了营造逼真的拍摄效果，购买这种被称为"拿破仑"的法式千层酥就花了几万块钱。两片售价128元人民币的法式蛋糕比起坊间流传的三亿元电影投资而言，还是可以接受的。多层膨化的黄油糕点外观，酥皮和奶油的搭配既轻盈又丰富，味道还不会太甜，完全满足了下午茶的甜食需要，它闪着糖衣或巧克力的光泽，在炮火连天的年代象征着一种体面的悠闲生活。

当年大量的白俄侨民几乎垄断了上海法租界的西餐厅和咖啡厅的经营，我甚至在想是不是他们把这种象征着1812年俄罗斯卫国战争100周年纪念打败拿破仑而命名的节日糕点带入了上海。而出现在电影中的精巧蛋糕据说来自上海法式甜点品牌蔡嘉甜品。在很多本地观众的记忆中，时间断代的跨度似乎有些长，朋友们回想他们生活中第一次在上海本地吃到拿破仑法式千层酥起码都是在香港回归之后了。成立于1936年的上海哈尔滨食品厂，带给上海市民众多俄式糕点的美好回忆，不知道他们是否有更多关于拿破仑法式千层酥的产品记录。

电影中出现的饮食场面似乎和真实历史总是相隔着更加悠长的距离，起码在影片中出现的考究而宽敞的日本料理包房，更加契合当下审美的趣味：巨大的包房中两名身着华丽和服的艺伎在宴席上演奏，用三味线琴箱作伴奏，长长的桌案上摆放着精美的日本料理。

从一份由日本大学高岗博文教授于2014年所做的对1940年1月日本侨民集中的虹口区北四川路的调查报告中，不难看出具有强烈封闭性以及排外性的上海日本侨民社会的各种生活细节：在上海市北四川路的703家商店中，日本人经营的餐馆、餐厅、cafe（特指日本大正至昭和时期的娱乐场所，有女服务员且提供洋酒饮用）、咖啡厅有127家，设有霓虹灯的店家有150家，而日本人的商店总计有600家，比1932年的65家增加了10倍左右。

大家都说不要以公映的电影画面去揣摩导演最初的企图心，显然我们看到的最后的呈现画面应该都是最终修改的结果。所以在吃日料的一场戏中，提前离场的王一博和王传君扮演的角色旋即出现在办公室里，我们已经无法断定他们吃饭的场地本来就安排在特务机构的办公室，还是由当地的日本餐厅做的外烩服务，或者是两人商量事情一定要出现在办公室。特务机关的办公室走廊上过多的凶猛狼狗，也难免让人产生一种当年的警犬基地就设在市中心的神秘机关内部的错觉，毕竟阿富汗战争中美军利用警犬恐吓嫌犯的真实案例出现在抗日战争期间的特务机关里，多少有些移花接木之嫌。倒是电影《色戒》中易先生住宅周围的警卫人员在弄堂过道上牵着狼狗看家护院的镜头，让观众感觉更符合对当年的空间想象。

其实从电影《海上花》开始，一直到后来的《罗曼蒂克消亡史》，总有观众诟病影片中的餐具尺寸似乎要比现实生活中更大一些。不知道是不是电影中为了拍摄更具美感而特地去餐具公司定做更大尺寸的碗碟，但是在日本餐厅中，男女使用不同口径的饭碗的情形也是世界上少有的。通常盛米饭用的男用碗的直径为4寸（约12厘米），女用碗直径为3.8寸（约11厘米）。而喝茶的茶碗也有男女之分，男用茶碗的直径是2.6寸（约8厘米），而女用茶碗直径为2.4寸（约7厘米）。在餐馆里使用的大碗，厨师在盛放菜肴时都会考虑到菜肴的高度，以期将大碗内侧的花纹显露出来，直径一般都在20厘米上下。目前还没有看到更多的历史文献记录民国时期餐厅餐具的尺寸变化，但是从挑剔的观众在观看影片《无名》的时候更愿意选择配备IMAX银幕的电影院，说明大家已经向往去感受导演的用心良苦。

美国公共卫生研究机构很早就开始研究食物、酒类、烟草的分量和包装，以及餐具的尺寸如何影响或者改变人们对其选择与购买的习惯，结论是显而易见的，那就是与提供小分量相比，当提供较大的分量、包装和餐具的时候，成年人始终会选择食用更多的食物或饮用更多的非酒精饮料。想起某位对摄影要求极为苛刻的导演，就曾经要求他的服装人员将影片中演员的衣服纽扣换成比平时更大一些的，也许这样的安排对纤毫毕现的拍摄效果有所帮助吧。

在改革开放初期，我国大部分餐厅对例牌、中份以及大份食物的容器的直径都有非常严格的指导尺寸，这可能是出于对消费者的权益保护，以免缺斤少两。幸好这个规定在改革开放之后逐渐模糊，因为今天的餐厅更多时候需要面对市场的长期考验，而不是去面对市场监督局的临时检查。所以如今在某些餐厅里看到那些垂涎欲滴的大菜，盘子是越来越大，简直是需要安排小型起重机或者机械手来协助上桌。

影片《无名》在结尾处安排秘密战线的无名英雄纷纷出现在香港的上海菜餐厅里，这也是南渡北归时代背景之下，上海菜出海的一次大浪潮。多年前广汽集团曾经赞助法国米其林指南在广州做了一次全球粤菜餐厅的集体亮相，人们才发现在全世界各地主要城市大量散布着历史悠久的米其林星级粤菜餐厅，这也许跟众多广东华侨前往海外各地谋生有关。不过近年来国外又出现了不少新开的上海菜餐厅，可能也是20世纪80~90年代大量上海居民在全球各地辛苦打拼的瓜熟蒂落吧！

另外在一些描写民国时期的电影中更容易出现一些有趣的错误，譬如比现实生活中更早出现在北平的苏格兰单一麦芽威士忌，比现实生活中（20世纪90年代）更早出现的罗布图型号的雪茄，都成了此类爱好者眼中的笑话。野心勃勃的导演们在预算充足的情况下大展宏图地实现着他们的造梦理想，而历史总是这么不紧不慢地发展着。无论从逻辑还是人之常理的角度来看，用今天的消费享乐主义热情去演绎再现一个历史的瞬间，留给观众的印象总是有些用力过猛，而当"松弛感"一词开始成为一个时髦用语的时候，多少也是对我们这个喜欢宏大叙事的时代的小小讽刺。

（2023.2.3）

金宇澄绘画作品《S 公寓》纸本水笔丙烯 55x44cm 2017

老友与往事

每一次的死亡都会让一种独特性消失殆尽，但是在我身边从没有像"老 Tim"这样的人，他的玉树临风给我们描述了一个简单的事实，那就是他一个人带有若干种不同的风格，或者说是不同的文化：待人接物时有着山东人的豪迈热情，饮酒作乐时有着澳洲人的孟浪随性，风格审美上则有着美国嬉皮士的不羁，总之他的身上带有难以企及的魅力和光芒。

然而再多的溢美之词也无法承载朋友们对他的热爱，"老Tim"陈天程先生在 2023 年 10 月 17 日中午去世了，留下的都是惋惜与思念。他是上海黑石公寓最帅的酒吧老板，也是一个讲究的男人，标志性的白发和墨镜以及夸张服饰会让人们以为他是一个服装设计师，其实他究竟是做什么的我至今都不是很了解，只知道他在黑石公寓里经营的那间小小的后门酒吧，是上海一个著名的快乐之处。

也是因为他的热情好客以及宽厚性格，让他的酒吧里聚集着上海最有意思的一群人，艺术家、演员、学者、企业家、音乐家、设计师……总之那个酒吧是上海的文艺客厅，躲在一个后巷深深的角落里，朋友们在那里可以痛快地饮酒高歌。

每当深夜或凌晨，各种肆无忌惮的笑声从角落里传到黑石公寓前的小广场上，让这个建立了近100年的古典主义风格建筑在过去三年成了上海深夜一处文艺圣地。而老Tim正是因为令人钦佩的精力以及审美，成了我们所钦佩的那种人：一个诚实、不留情面的记录者，一个领先的时尚推动者，以及一个文艺沙龙的男主人。他用自己最后的行动证明了他就是我们的彼得·方达。

中学时代的某个暑假，我在图书馆的书架里翻到了三联书店出版的一本《西方社会病》，时光流逝，很多年之后和朋友们聚会时突然又听到有人聊起这本书，这本出版于1983年的淡绿色封面的批判西方生活方式的社会学著作深深地印在我的脑海里。彼时已经是世博会之后的上海了，今天想起来再看这本书，绝对是中国出版业四十年前的力作，时间的跨度往往会让人们感受到社会的进步以及人类的浅薄。在我们怀念20世纪80年代文化突飞猛进以及21世纪经济高速腾飞的时候，反而会让我们在速度放缓时突然意识到一种不可言状或者不易察觉的差距与落后。就好像今天的年轻人喜欢缅怀20世纪90年代红磡体育馆那场著名的摇滚音乐会一样，如果可以把时间再拉长一下，各种粗糙以及不完美就好像粗粝的胶片颗粒在历史的显影液作用下或者经大灯照耀后变得无比清晰，那种显影的过程早就成为一种稀罕物，毕竟今天上海这样一个超大型城市里可以找到冲洗胶卷的店铺应该也不到20家吧。唯一可以联想到的可能就是宝丽来相纸成像时的那种缓慢而坚定的呈现过程，尽管今天的手机可以用滤镜呈现出不同效果，但是真实的感光过程早已成为一种传说了。

在老Tim离开后的那天深夜，我在朋友圈发了一条纪念他的视频，那是一段美国电影《逍遥骑士》的剪辑画面，当然还有那首著名的歌 *Born To Be Wild*（生而狂野）。就像今天的孩子们将摇滚明星穿皮裤当作一个笑话来看，因为他们中的大部分人对吉米·亨德里克斯、伯兹乐队和荒原狼乐队一无所知，更无法对那部拍摄于1969年的制作粗糙的经典公路电影产生更多的共鸣，更不要说他们对20世纪60年代那种充满反建制偶像的演员阵容可以产生什么向往了。虽然今天的观众对更多演员的道德感充满了生杀予夺的评判大权，虽然互联网时代是一个去中心化的时代，但是今天的年轻人对各种膜拜以及跪地自认粉丝的谦卑，绝对大大超越了之前的半个世纪。起码在那个至今都还被人们所传颂的嬉皮士文化时代，始终无法与之相共融。"躺平"可能是有了一点儿嬉皮士的苗头，但是真正要做到20世纪60年代那种挥洒自由的意气风发，恐怕永远都是宇宙中两条无法相遇的平行线。

自由恋爱的公社、晒黑的迷幻之旅，那些花儿与少年作为主角的嬉皮士文化，将不会再成为主流。如今回头再看美国在20世纪60~70年代出现的嬉皮文化，完全是基于物质生活的极大丰富，以及安全感丧失的时代困惑。他们呈现出的是音乐加啤酒、药物致幻的各种放纵生活，加上越战以及古巴危机带来的核战争威胁，导致了一代年轻人的迷茫。而我们从20世纪80年代开始，走的是一条富而思进的康庄大道，虽然一早也学会了留起长发穿上皮衣皮裤唱起那些忧伤的英文歌，但是好日子过腻了的迷茫和向往好日子的迷茫虽然都是一种迷茫，但二者绝对是上山过程中经过的山腰与下山过程中经过的山腰相遇的同一个高度的等高线，虽然迷茫的程度是一样的，但富裕之后的迷茫与穷则思变的迷茫，还是有很大的不同。《西方社会病》那本书的封底是这样写的：书中通过对西方国家种种社会病的分析，指出这里的原因在于享乐主义的社会风气和人民缺乏精神幸福。而两位作者对弥漫在西方的社会病最根本的注释就是人们总是有物质需要和精神需要，因此，最成功的社会应该是物质和精神都发达的社会。

摩托车、牛仔靴以及钉着炫目银扣的牛仔裤，还有那一头银发以及永远都戴着的一副金属框太阳眼镜，都是老 Tim 的经典装扮。对"50 后"或"60 后"来讲，他们的好日子是在 20 世纪 90 年代和 21 世纪初的前十年。不能否认夜生活是中国人认识自己的一个快速而有效的手段，我们的夜店数量之多，绝对让美国大部分的城市感到惭愧，可能除了拉斯维加斯以外，估计他们不会见到有那么多的城市会有那么多的夜店且一直欣欣向荣。而对这些如今年纪超过六十岁的大哥们来说，老 Tim 和他的兄弟李亨利一起经营的"北京 88 号"的确是一段充满了无数人美好回忆的夜生活据点，当年的盛景几乎跟今天的后门酒吧一样。很多年之后人们都会记得在 1997 年 5 月 5 日深圳的 FACE 酒吧举办的中国大陆第一场电音锐舞派对，那是由英美烟草公司赞助，由全球著名的舞曲制作公司 Ministry of Sound 操刀制作的电音派对，这个标志性的事件可以媲美威猛乐队 1985 年 4 月 10 日在北京的首场演出。如果说威猛乐队是中国乐迷与摇滚乐的第一次亲密接触，那么这个难忘的电音锐舞派对则是中国迷幻音乐文化的先锋之夜。

今天社交媒体上各种驾驶摩托车的美艳少女以及追风少年，他们花枝招展地在各种电子辅助设备的记录下，将他们的驾驶乐趣通过画面分享给我们。他们热气洋溢地拥抱着未来与生活，他们还没有感受到五味杂陈的生活滋味，他们或许会为了雄心壮志投下他们的诚恳以及永恒的热情。但是就好像一种年龄适合一种运动一样，高速运转的马达配合着发动机各个冲程的最大效益，他们每个人都是聪明和充满魅力的，但是他们可能不知道，他们自己本身才是摩托车运动最严重的问题。彼得·方达和丹尼斯·霍珀在电影《逍遥骑士》中最后一句不朽的台词是这样说的："我们搞砸了。晚安，伙计们！"

如果我们可以把死亡风险放到一边，那么就不难理解为什么摩托车总是有那么大的吸引力了。那些闪光发亮的排气管以及轰轰作响的发动机，还有飞驰的速度以及炫目的服饰，这些都会让我们联想到自由、叛逆以及富裕的形象，在阳光明媚的日子里，在乡间安静无人的公路上，轰鸣的发动机以及清风拂面的惬意，那是一种摇滚文化的完美体现。

当马达开始嗡嗡作响的时候，连《逍遥骑士》中的主题曲"生而狂野"都会变得非常雅皮。从地狱天使到自然精灵，时代确实发生了变化。老 Tim 生命中最后的那个场景永远定格在我们的想象中：浙江临安乡间的公路上，马达轰鸣的哈雷摩托车，酷帅无比的骑手，行驶在乡间的柏油马路上……（2023.10.20）

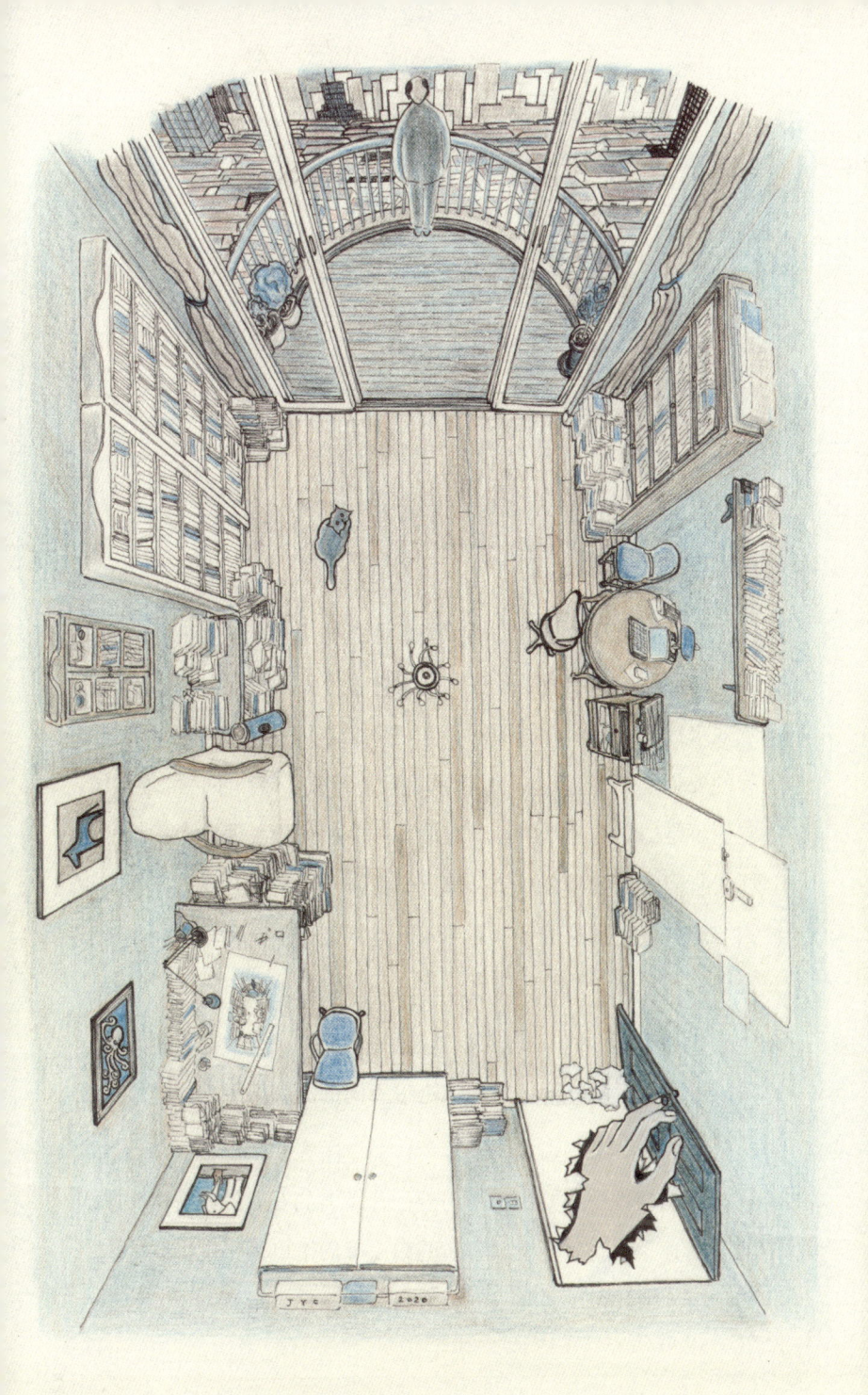

金宇澄绘画作品《我的书房》纸本彩铅 55.5x40.5cm 2019

醒来闻到咖啡香

每逢周末，位于上海南京西路附近的张园与丰盛里中间的茂名北路便会变成步行街，各种装置艺术作品被放在马路中间，视觉效果极为震撼。而临街的石库门建筑群几乎完全被全球知名品牌的展示厅"攻陷"，奢侈品牌在这里建立了规模不一的展览馆，它们不是门店，而是展示着跟品牌故事相关的各种艺术作品的展厅，它们的宗旨只有一个，那就是在修葺一新的石库门建筑物里耐心地教育中国消费者，从艺术设计到电影创作，从新品展示到历史回顾，可以说各显神通。

没有邀请函以及提前预约，这里的展厅是无法随便进入的。可以看到时髦网红行色匆匆地走进不同的品牌展厅完成他们的拍摄以及直播工作。

张园的秩序感要比上海另外一片著名的石库门建筑群"新天地"更有一种商务气氛。著名的鹅岛啤酒馆以及经常排队的蓝瓶咖啡馆分别开在茂名北路的两旁，这两家都是行业巨无霸的个性品牌店，如果出现一家百威啤酒馆或者一家雀巢咖啡馆，恐怕消费者就会觉得百无聊赖，其实它们都是隶属于啤酒行业和食品行业最大公司的新品牌。2017年9月，雀巢公司以4.25亿美元收购了蓝瓶咖啡这家精品咖啡馆之后，高度咖啡因爱好者心目中的圣殿也被雀巢这个全球知名的包装食品制造商纳入囊中了。次年5月，雀巢向星巴克支付了71.5亿美元，获得了全球销售星巴克咖啡店产品的权利，星巴克咖啡通过雀巢的影响力和声誉将星巴克的体验带到了全球数百万的家庭中。

而早在1986年出现的Nespresso咖啡胶囊，曾经以每年140亿粒的销量让全世界每秒钟就有400杯Nespresso被喝掉。2006年，当穿着白衬衫和黑色西装外套的乔治·克鲁尼走进房间，他听到两位迷人的女性正在交换着一系列的形容词："黑暗、强烈、平衡、精致、光滑、有钱。"他用低沉而优雅迷人的嗓音询问："你们说的是Nespresso吗？"女士们回头看着他，"还有什么呢？"

这条咖啡胶囊的广告播出之后，乔治·克鲁尼被戏称为"还有什么先生"，克鲁尼的形象非常符合Nespresso的品牌诉求：成熟中年男人的老练、国际化的表情以及不言而喻的贵气。据说雀巢公司邀请乔治·克鲁尼拍摄这支广告的费用超过了4000万美元，然后克鲁尼跟媒体说他把这笔钱花在了用来监视某种侵权行为的人造卫星上面了。总之，好的广告都是双赢的，胶囊咖啡市场从无到有，雀巢有效地创造了一个全新的咖啡市场，尽管Nespresso仅占整个雀巢产品体系营业额的5%，但它是雀巢公司品牌中提升最快的一个，进入中国大陆市场后2021年的营收额超过了460亿元人民币。

这些一粒粒用铝皮制成的胶囊要开始面对第三波咖啡浪潮了。一台摆在厨房里的 Nespresso 咖啡机要和如雨后春笋般出现的手冲咖啡，以及和 Aeropress 咖啡机搭配的手工混合咖啡较量的时候，你是一个爱好便利的全球咖啡精英爱好者，还是一个愿意排队等一杯手冲咖啡且热爱环境的严肃咖啡人，这是一个有意思的竞争。

2022 年 9 月，星巴克宣布其在全球已开设 34948 家门店，到 2023 年他们在中国已经开设超过了 6000 家门店，预计在 2025 年会达到 9000 家。而经历过风波之后又起死回生的本土品牌瑞幸咖啡，他们在 2022 年 9 月宣布已在中国大陆开设 7846 家门店，其中 5373 家为自营门店，2473 家为联营门店。

另外一个让人们眼前一亮的咖啡品牌 %Arabica，在 2022 年 3 月已经获得了太盟投资集团（PAG）的投资，在中国区已开设了 47 家门店，而新一轮的融资估值已经达到了 12 亿美元。这个使用夏威夷阿拉比卡咖啡豆为原料，进行自主种植、贸易和烘培的来自日本的咖啡连锁店，虽然在日本只有 4 家门店，但是依旧不影响它在世界各地落地开花。只销售意式浓缩、玛奇朵、拿铁以及美式咖啡四款现磨咖啡，在今天这个充斥着开心果、奶油、冷萃以及果仁糖浆巧克力杏仁奶等犹如鸡尾酒一样复杂的摇匀浓缩咖啡时代，纯咖啡似乎已经有些不受待见了。

2023 年 2 月西雅图传来消息，星巴克作为全球最大的咖啡连锁店准备推出一系列加入橄榄油的饮品，包括一款加入了特级初榨橄榄油的燕麦牛奶拿铁，和一款浇上橄榄油金色泡沫的冷萃饮品，据说这是星巴克过去几十年来所开发的最重要以及最具变革性的产品。喝橄榄油这样一种生活方式在 TikTok 上的浏览量已经达到了 500 万次，而美国南加州的星巴克门店已开始销售这些产品，作为星巴克最重要领域的中国市场预计也会很快迎来一场橄榄油的洗礼。

咖啡这种在埃塞俄比亚最早发现的浆果，经过五百余年的发展逐渐改变了世界，这种清醒而文明的饮料把欧洲人从酒精昏迷中唤醒，而通过阿拉伯世界的饮料而传播的咖啡馆，最终成了信息交流与合作的聚合点。咖啡在今天成了人类公平贸易的典范，它将穷国的生产者与富国的消费者联系起来，同时咖啡也构成了全球资本主义的寓言。

一杯真正的咖啡究竟应该是什么样子呢？我们经历了四十年的时间跨度，从无到有，将上海打造成了全世界咖啡馆最多的城市。2022 年 8 月 1 日，上海的咖啡馆数量达到了 7857 家。从 20 世纪 80 年代初我们第一次听到被称为靡靡之音的《美酒加咖啡》这首歌时，应该算是最早接触咖啡文化的萌芽期吧，现在想想邓丽君歌中唱的应该是一杯爱尔兰咖啡。

那个时期比起国民消费的铁罐可可粉或铁罐麦乳精来说，玻璃瓶装的速溶咖啡已经算是高级货了。从最先进入中国大陆市场的麦氏速溶咖啡开始，"Maxwell House, Good to the last drop！"其中文广告语也是神来之笔——滴滴香浓，意犹未尽！引发更多人回忆那个国门初开的岁月。前几年我的一个朋友开始在国内推广一款叫作 Last Drop 的五十年调和威士忌，中文译名叫"最后一滴"，有种日式漫画《神之水滴》的葡萄酒延续感。麦氏咖啡饮了中国大陆市场的头啖汤之后，巨无霸雀巢开始发力了，到了 20

世纪90年代初期，当雀巢咖啡开始在全国各大电台推出那档著名的《雀巢咖啡音乐时间》的时候，麦氏已经黯然退场了。

速溶咖啡这种属于战争期间的硬通货，曾在第二次世界大战结束前让忍饥挨饿的德军士兵感受到战争的绝望，当美军士兵带着香烟和速溶咖啡等供应充沛的后勤物资出现在欧洲的时候，德国士兵知道大势已去，这个仗肯定是打不赢了。

电视剧《狂飙》中主人公高启强通过干吃速溶咖啡粉来保持清醒的情节，依旧残留着广东居民对外来咖啡文化的鲜活记忆。这让我想到了一部著名电影《盗火线》，饰演警察的阿尔·帕西诺决定与他怀疑正计划进行重大抢劫的罪犯罗伯特·德尼罗见面聊一聊的时候，他居然说我请你喝一杯咖啡吧（当然喝咖啡这样的老梗也常用在影视剧中香港特别行政区廉政公署的正常问话之中）。警匪对话在帕西诺和德尼罗两个老戏骨之间展开，两个男人开始对他们的工作、前途、荣誉以及男子汉气概争论不休时，咖啡掩盖了这一切。咖啡就好像警匪片里一定会出现的手枪、汽车、香烟、电话等道具一样，没有哪一部警匪片会缺少一杯黑咖啡的，而咖啡就是这种冷酷而且不加糖的哲学，掩盖了法律以及现实混乱嘈杂的现实，这是电影《盗火线》的神来之笔，也让咖啡成了电影的支柱。

而在各种西部片里，一个孤独的牛仔骑着一匹马，在荒野中点起篝火度过一个寒冷孤独的夜晚，他都会带几磅咖啡粉，他是肯定不会带着一包埃塞俄比亚的豆子和一个咖啡研磨机的。那包咖啡粉就是牛仔会仔细品味的热饮，好像这杯咖啡可以让他更接近生活，感受到自由与孤独。如果有另外一个迷路的牛仔路过，他一定会友好地请他一起喝一杯咖啡。这是浓缩咖啡的社会表现力,硬汉在寒冷的夜晚喝着滚烫的咖啡等待黎明的到来。

当然贾木许执导的《咖啡与香烟》让一杯热饮与烟雾构成了存在的大部分意义,就好像咖啡馆是当代存在主义不安的中心场所一样。回想起 20 年前坐在新天地星巴克咖啡馆门口的白领,喝咖啡的时候还要摆弄一下新款的笔记本电脑。那个时候媒体普遍认为,一杯星巴克咖啡肯定要比一件维多利亚秘密的内衣更受中国年轻人的欢迎。这是我们在接受咖啡文化之后,又用了快 20 年的时间跨度,让咖啡转变了属性,咖啡在中国的存在价值,总算在年轻一代身上从社交属性转变成醒脑提神的功能属性。瑞幸咖啡的营销策略更让打工人感受到咖啡才是上进人士的饮品。咖啡是雄心勃勃的高成就者的标配,浑浊有力的热咖啡在职场要比茶具有更高的地位,浓缩咖啡成了高级管理人员会见重要业务客户的不二之选,因为高端的成功者都是那种在破晓时分起床,需要用咖啡打开新的一天的人。相比之下,有着足够时间睡懒觉的人才会漫不经心地烧水泡茶。不过今天连孔乙己都被要求放下身段去拧螺丝钉的时候,喝茶可能也许是一种高级的"躺平"。

意式浓缩咖啡不是为了品尝而设计的,它应该在柜台前就被喝掉,人们在上班途中以及饭后饮用它,这种黑色、苦涩而且提神的东西是你继续前行的动力,如果都要围坐在一起喝的话,恐怕就有些作秀了。

1967 年,让·吕克·戈达尔导演了著名电影《我略知她一二》,支离破碎的故事情节、各种毫不相干的镜头画面,一杯咖啡占据了整个画面,搅拌咖啡时的涟漪以及转瞬即逝的气泡,那一杯黑咖啡所呈现的海洋，让我们在里面奋力前行。每一杯咖啡都有它理想的饮用时刻，如果你凭一杯咖啡试图获得太多的朋友圈点赞，或者思考出更多的隐喻或者哲学意义，这杯咖啡可能会在你享受它之前就变冷了。（2023.3.24）

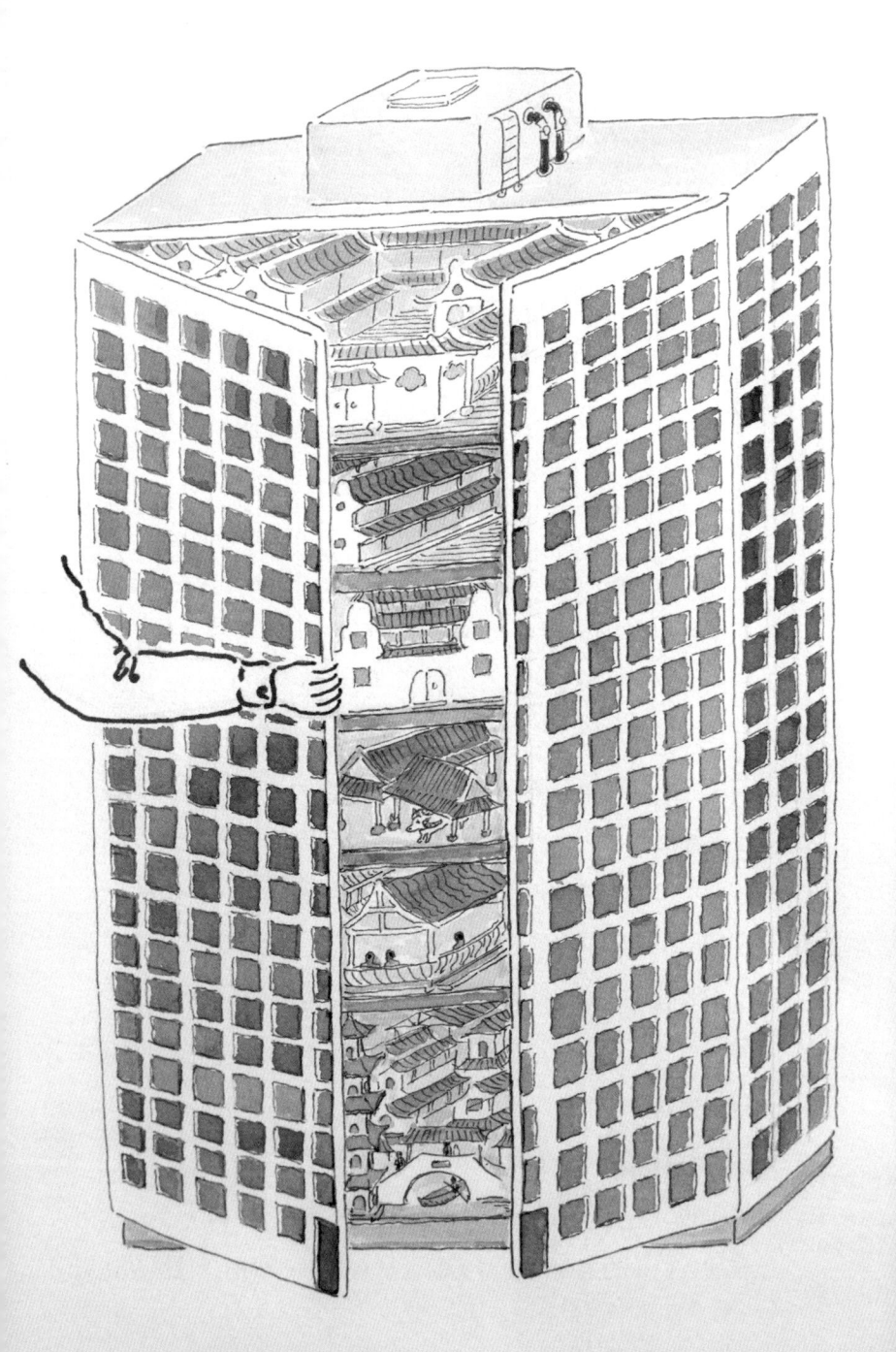

金宇澄绘画作品《开》纸本水笔水彩 40x33cm 2016

今天，我们为什么还需要书店

2020年底，深圳诚品书店结束营业时，台北诚品书店敦南店正在举行一个24小时的关店活动，活动中举办了现场音乐会以及诗朗诵，这样的文艺聚会成了这一代年轻人向20世纪90年代回顾和致敬的群聚。之后，在这间书店的原址上将会出现一家百货商场。不难想象，深圳诚品书店结业之后，四层楼的商铺也一定会被类似的商业企业接手。而经历了新冠肺炎疫情之下的消费场景，都发生了各种出乎意料的变化：餐饮业从歇业、停业到复业，从期待的报复性消费到对进餐人数的限流，以及到今天的座无虚席，人们没有办法去想象书店业会发生什么情况。

当食物、水还有药品成为必不可少的生活必需品，人们是否觉得奢侈品变得可要可不要？运动装备是不是变得必不可少？很多人开始陷入迷茫，他们希望在书中寻找答案。

据说，荷兰阿姆斯特丹的人们认为草药是必不可少的，法国巴黎的人们认为葡萄酒和精美的食物是必不可少的，德国和比利时的人们则认为书店是必不可少的。人们又发现无论是中国的京东网、当当网还是美国的亚马逊，它们的图书订单都因为新冠疫情而变得超乎想象地高涨，越来越多的人去购买那些原来不愿意看或者不敢看的书，或者那些雄心勃勃的书。

我熟悉的一家出版社把一本重达7公斤的法国国家自然博物馆的博物画册卖掉了将近一万册，上线后几分钟就完成了众筹。而在这个时候传来中国的设计之都深圳的诚品书店即将关闭的消息，不能不说是一件令人惋惜的事情。

而在上海，中国某地产公司正在筹划和日本著名的茑屋书店合作开立第一家中国茑屋书店，而茑屋书店则雄心勃勃地计划在中国开1000家书店！

也许是外来的和尚会念经，也许是人们对日本生活方式的热衷，总之书店已经慢慢变成一类社交场所。虽然书是必不可少的，但是全世界的大城市都有着类似的连锁机构，而在上海，书店已经成了全国优秀室内设计师大比武的场所，每一家书店的设计都是那么美轮美奂，开在市中心最好的位置，挤满了网友纷纷打卡拍照发朋友圈。人们甚至都在怀疑，如果艺术展以及新开业的消费场所不能在朋友圈引发话题，那么这个展览或者这家店就是失败的。

一个问题是：今天我们去书店做什么？当然也会问书店的经营者：开书店想要干什么？

当我第一次读《诚品副作用》这本书的时候，我非常惊讶书店还可以开成这样，因为在传统印象中，我们的城市规划都是千篇一律的，在政府机构的旁边有一家邮局或一家医院，或一家银行，或一家新华书店，然后一条笔直的马路横贯整个城镇，来往的汽车从一溜儿的建筑物面前驶过。当我第一次在凌晨走进台北诚品书店敦南店二楼时，我惊讶于在台北喧闹的夜生活背后还有这样一个可以安静读书的书店在营业。有一年夏天我去北京出差，当我从酒吧出来坐上出租车，我突然想起美术馆东街的三联书店有一个马拉松朗读活动正在举行，急忙赶过去后，我在三联书店的地下室看到了参加活动的一两位读者和几位工作人员，我记得当时大家每人接力朗读《百年孤独》中的一个章节，我读了两个篇章之后，店员送了我一枚书签作纪念品。我穿过三联书店高大的书架，看见了在走道边桌椅上昏睡的读者，我非常难忘这样一个迷幻的夜晚：饮酒高歌之后的朗读是声情并茂的。

诚品书店进入中国大陆之前，在香港港岛的希慎大厦开了香港地区第一家诚品书店，而不久前香港地区的Pageone书店也关门歇业了。其实对商业地产的运营者来说，一个成熟的商场需要有电影院、餐厅，也需要有书店，因为这些都是吸引人潮的首选商家。年轻消费者在非电子阅读的纸质图书中寻找着新的价值与快乐，而电子阅读器则更适合旅行途中的阅读。

对许多人来说，深圳是一个高物价和高房价的城市，阅读也是一个奢侈的表现。深圳诚品显然比起苏州诚品逊色很多，毕竟在苏州，诚品书店第一次扮演了房地产开发商的角色，几年前在苏州售价高达10万一平方米的公寓竟销售一空，这样的获利能力显然不是一家文艺书店可以相提并论的。

但是在深圳忙碌的金融从业人员和互联网工程师，似乎对阅读并没有更大的兴趣。站在装修典雅的书架面前，占地四层楼的偌大空间里，顾客非常稀少。而诚品书店的入口处正好面对着蔡澜先生的点心店，在点心店门口排队的人声鼎沸与诚品书店的空旷安静形成了鲜明对比。对许多人来说，阅读给他们提供了思想的食物，而在 2020 年，我们飞速发展的思想也正在遭遇着不断地逃脱，我们需要记录正在发生的历史，也许阅读是一根救命稻草，但是阅读不是呼吸机，即便是在新冠肺炎疫情较严重的时候，我们更希望能有一个聚会的地方。

来自台湾地区的廖美立女士成了大陆书店行业的座上宾，她曾是台湾诚品书店的核心管理人员，来到大陆后，为广州的方所书店以及深圳的雅昌陈列中心提供了更为详尽的经营与陈列模式。

方所书店西安店于 2020 年开幕，而紧随其后开幕的是方所上海浦东店。书店行业跟中国很多其他行业一样，当一个先进的商业模式出现在人们的视野里，人们迅速向先进的模式学习然后迅速超越旧有的模式。而书店真正的竞争力又在哪里呢？无论是诚品还是方所，或者是言几又书店以及各大出版集团的门店，都会面临同样的问题：图书的种类都差不多，即便是为数众多的进口图书，也都是由国字头的图书进出口公司来负责选书以及供货。即将开业的茑屋书店会好吗？大家都在期待中。

图书就像一种容器，我们在里面存储了很多我们担心会忘记的东西，而其实它并没有那么神奇。图书将我们和这个世界相连接，将我们的思想与文字相连接，而在物理的世界里保持着一个恰当的距离。当我们在互联网世界里看到一个个字节在跳动起来的时候，我们体会到阅读是一种生活方式，而购买仅仅是一种手段，在互联网不断变革的今天，阅读会变得更加艰巨，毕竟房地产商才是我们生活方式的幕后推动者。

不断发展的电子阅读器取代了老式的印刷文本，你可以把任何书籍下载到 Kindle 阅读器上，虽然现在也经常出现你买的书下架的情况，但是无论如何我们还是要说你携带着电子阅读器就有随身携带一个图书馆的感觉。而纸质阅读给我们提供的是一种感官上的愉快，可爱的封面，讨厌的腰封，翻书时可以体会一下什么叫女朋友翻脸比翻书还快的速度。纸质阅读可以衡量我们的进步，可以在纸上标出记号来记录或者标签、注释，以及将书角折叠起来，而这一切的体验都是个人的，这也是更为有效的文献消费方式，这种陈旧的方式就像奢侈品一样，沉迷在这种不必要的感觉上，享受着额外的快乐的馈赠。图书可以向所有人销售，但是每个人的感觉都不一样。当自由与时间成为奢侈品的时候，时间的自由与自由行走的能力要比你拥有的包包更有价值，这就是为什么人们向往自由的主要原因。纸质书是那种在所有人都在偷闲看手机的时候，有人把它掏出来，正式向周边的人宣告你的自由和品位。纸质书不是效率、便利性以及成本的奴隶，纸质书给了今天虚荣的人们更多的形式感而并不是它的内容。

写到这里，我突然回想起多年前的一个中午，我和一个姑娘从季风书店走出来，在安静的南昌路上，她兴高采烈地把书捧在胸前，书的封面让路人一览无遗，那个时候或者说在那一瞬间，她是这条安静的马路上最骄傲的女孩，这也是因为我们这个时代还会把对阅读的热爱当作一种进步向上的表现吧！（2020.9.9）

金宇澄绘画作品《楼梯》硬纸板拼贴水笔 112x82cm 2017

深圳的风雨云

最近一次和深圳有关的经历已经是在一年半之前，因为烦琐的公证手续，我不停地在深圳和上海之间奔波，经历了生活停摆之后就再也没到过那个犹如不锈钢蜂巢的航站楼。这次因为参加某品牌的活动，再次搭乘早班飞机抵达了这个我熟悉的城市。

人口的迁移与流动可以改变一个地方，我的一位朋友在20世纪90年代曾经因为一个地产项目短暂居住在深圳，项目结束他又回到了北京。他曾对我说，如果香港是在河北，那么廊坊就可能是今天的深圳了。多年之后我们再见面，我把这个金句重新讲给他，他已经记不得是他说过的话了。如今他在云南大理过着晒太阳的退休生活，无论是香港还是深圳，都已经提不起他的兴趣。

罗湖万象城就像一个巨大的品牌乐园，活动在晚上举行，中午忙里偷闲和朋友一起去了酒店顶楼的主席楼·粤府餐厅吃饭，我们这两个经常被称为"合肥"的老友，已经很久没有一起吃饭了。

透过餐厅巨大的落地窗可以清楚地看到对面香港新界山上的云雾缭绕，罗湖区的高楼大厦一直是早年各种特区建设成就的宣传画面中的主角。老友聊着他这段时间的繁忙业务以及随后又要飞到北京的各种活动安排，当然还有时下的各种热门话题，总之在社交媒体上的谨言慎行成了我们最后的共识。餐厅的招牌紫砂功夫汤在干冰的衬托下被隆重地端了上来，一种戏剧性效果在空旷高挑的包房内显得有些像个盆景。秘制南非鲍鱼、杜远凉瓜啫西班牙黑豚肉、金银蛋仁浸南瓜苗、松露肉酱紫菜面，一看就知道是朋友让餐厅经理给搭配的。凯悦集团旗下的餐饮出品一直是酒店业的传奇，虽然外界传言他们一直和米其林轮胎宝宝既不同床也不做梦，依旧稳居点评榜中深圳粤菜的头名。

活动在晚上九点左右结束，我换了衣服后就叫车冲到中心区的猫员外啤酒馆，和我在深圳的朋友们见面。前后忙碌了两天，我几乎没有出过酒店，在夜晚看到一大群坐在户外喝啤酒的年轻人，我感到这才是熟悉的深圳夜生活。社交媒体虽然让我们每天都能看到彼此的活动，但算算也是有一年多没见了。朋友开的啤酒馆已成为一种新的夜生活业态，比起其他年轻人常去的已经挂牌上市的小酒馆，他非常自豪他的自制精酿啤酒，他说如果创始人都不喜欢喝自家的产品，那可真就不好玩了。

我们为了验证之前在朋友圈争论的深圳的潮州夜宵哪里"平、靓、正"，于是大家一起来到了福田村的"福祥好潮味"，这里没有精酿啤酒，这里是蓝妹啤酒的天下，隔壁就是以前常去的"亚六"，依旧同样座无虚席。

城中村里总会有很多丰俭由人的潮汕大排档，1700万人口的深圳居住了500多万潮汕人，几乎相当于汕头市的总人口数量了。卤水拼盘、生腌咸蟹、白灼鱿鱼、生腌血蛤、凉瓜煲都是以前吃夜宵时必点的，铺着塑料薄膜的餐桌上，每个人都在用筷子将那种包装好的碗碟匙羹包装戳破，然后用滚烫的开水浇上去进行消毒。

如今经营潮汕菜的高级餐厅越开越多，各种摆盘也越来越讲究，但是每次到了福田村，看到沿着路边摆开的桌子旁客人总是坐得水泄不通，就会感到尘世的丰富，绝非是因为执着于那种令人窒息的审美同质化，而是大自然决定了菜单上的内容。特别是看到那些摆在碎冰上面闪闪发亮的带鳞片的鱼类，以及一盘卤肉或者一锅锅熬制的排骨汤或者蔬菜煲，这是一个 7×24 小时永远会为大众提供饱腹餐食的地方。深夜的路边美食档口就好像一位牧师，带领着如同谦逊的羊群一样的深夜不归客，穿过虚伪的线上生活方式迷宫，回到返璞归真的大快朵颐。

经过四十多年日新月异的沸腾年代，特区生活方式似乎也开始慢慢沉淀，不知道蛇口那块"时间就是金钱，效率就是生命"的标语牌还在吗？想象一台不断加速的汽车，长时间不停地挂挡提速，如果车子不及时更换零配件的话，那么快的速度开久了最后也会让整个车子散架。

之前在上海回忆深圳美食的时候，总是特别想去可以吃猪手的天池酒家，后来得知也关门停业了，于是我们将次日的晚餐选在台湾花园二楼的贵友京菜馆，这家已经开了32年的北京菜馆，依旧像以前一样热闹，只是原来所在大厦敞亮的大堂早就被各种儿童培训机构占满了。餐厅老板依旧留着他那著名的小辫子，虽然也是多年未见，他还保持着北京大爷那种特有的干净客气的麻利劲儿。以前看过一部意大利美食纪录片，讲述在阿根廷以及在美国的意大利菜的变化。其实，上海贵友京菜馆的北京菜应该也和今天在北京吃到的北京菜不太一样了，另外一家在蛇口的老郝北京餐厅最近也还好吧？

20世纪80年代建设特区的时候，多个国家部委为了支持深圳建设，派遣了很多来自北京和上海的人才，有了大批来自京沪的消费者，也就把两地的餐饮口味带到了当时的小渔村。都说家乡美食可以一解思乡之情，于是深圳出现了众多京沪川扬菜馆、湘菜馆、徽菜馆、宁波菜馆、新疆菜馆、东北菜馆、贵州菜馆、客家菜馆、潮州菜馆，反而是正宗的粤菜馆除了早期的畔溪酒家之外倒不多见了，就好像这座城市各地的地方方言都有，粤语反倒不是主流了。

当然各地的商业规律都是一样的，很多老店或老字号只要营业年头够久，都是可以放心光顾的，而且不少老店都是自购物业，这和今天被商场裹挟的网红新店有着天壤之别。商场与餐厅签一个五年期的合约，时间到了就觉得面孔老旧必须要换个新品牌，所以不少网红店即便坚持了五年，后面也很难续约，即便营业额再好，五年合同期过后经营情况便逐渐变成稳中有降的趋势。

一些坚守传统的老店拥有非常忠实的消费群体，这种拖家带口吃了几十年的老餐厅，最后就成了这些人生活中的固定记忆，也成了这些老店的固定组成部分，客人几十年的过往记忆成了这些老店古朴的包浆，虽然早就不再明艳过人，但是依旧落落大方。住在北京的朋友看到我当晚发在朋友圈的菜品照片，连呼即使在如今的京城也已经找不到这样传统的家常菜了，可见传统不是刻意为之的，而是不经意地被保留下来了。

　　如果周峰现在还要再唱一遍当年火遍全国的《夜色阑珊》，我建议他去南头古城唱。"晚风吹过来，多么的清爽，深圳的夜色，绚丽明亮。快快地飞跑，我的车儿，穿过大街小巷……"朋友在这个深圳最时髦的古建保护文创区里开了一间叫黑胶房子的音乐酒吧，一条修旧如旧的三百多米长的街道上都是各种时尚小店。很多爱好威士忌和音乐的朋友最后都会开一间属于自己的酒吧，四层楼的酒吧在地下室里摆满了DJ瑞雪多年珍藏的黑胶唱片和各种演唱会海报，二层三层都有现场DJ打碟，四层则是三间民宿客房，麻雀虽小但五脏俱全，朋友说这间六百多平方米的四层小店他投资了六百多万元，各种按照录音室标准装修的设备让人感到一种对完美的苛刻追求。

　　顶楼那间可以看到风景的房间做了最好的隔音效果，估计是给那些听了一晚上音乐的发烧友准备的，房间里除了可以听到空气净化器的声音外，楼下的喧闹完全被隔除在门外。大床边的床头柜上摆着那本著名的大卫·拜恩的《制造音乐》，这样的摆设几乎是音乐主题酒店客房的标配啊！音乐人似乎时时刻刻都喜欢有音乐的陪伴以及有观众或听众对自己的音乐有着更多的认同以及分享，总之音乐和啤酒或者音乐和威士忌的组合，都是一种创作背后的动力源泉。在摆满存酒的酒柜前面，我和朋友们勾肩搭背做微笑状，然后用老式的宝丽来相机拍下了这一刻，在宝丽来胶片逐渐成像的过程中，我看到很多熟悉面孔的小照片贴在酒柜的玻璃面板上，这就是互联网时代真实的"脸书"照片墙吧！

跟朋友们喝酒聊天时收到了家英发来的请柬，邀请我周六中午到文华东方酒店77层的云境厅参加他女儿隽伊的婚礼。看到短信，脑海中回想起多年前还在纽约见过这个当时还在上高中的小姑娘，后来听说她去了纽约大学读电影专业，毕业后做了自主品牌的服装设计师，作为知名平面设计师的女儿，她把她的品牌起名为HAN，这是深圳新一代的成长故事。

深圳文华东方酒店应该是国内几家文华东方酒店中很有调性的一家。由高耸入云的玻璃大厦组成的深业上城，原址应该是之前那个占地巨大的赛格日立工业园，现在估计没有人会相信，在这样的城市精华地段曾经有一个生产彩色显像管的巨大车间，记得当时工业园中还有一座高耸入云的大烟囱，时代的发展就是这样令人难以琢磨。

位于358米高空的云境厅，很容易让人想起乔治·克鲁尼主演的电影《在云端》。站在落地窗前，我的眼前浮现起从君悦酒店望去的罗湖区的天际线，如果说那是深圳过去四十年经济成果的城市群像，那么如今在这里看到的郁郁葱葱的大片绿地与福田商务区的崭新画面，可以强烈感受到这座城市的雄心勃勃。

婚礼是在如家庭聚会的气氛下进行的，家英八十七岁的老父亲念了一段热情洋溢的祝词，老人家高昂的声调让来宾们感受到了大家庭的温暖。宾客们纷纷跑去给老人敬酒并合影留念，新郎新娘也一桌桌地敬酒，红酒的醇厚令人轻松畅快，人们相互都很熟络，热烈地交谈着。窗外的水汽弥漫，被风吹散之后又重新聚集，然后迅速地流向远方，云卷云舒的缝隙中，可以看到马路上米粒大小的汽车排列整齐，静静地等待着红绿灯，新郎新娘年轻的面庞洋溢着幸福的笑容。套用一句海明威的话:"如果你有幸年轻时在深圳生活过,那么此后一生中不论去哪里,它都会与你同在,因为深圳是一场流动的盛宴。"(2023.9.14)

金宇澄绘画作品《雨》纸本马克笔 41.2x32.6cm 2019

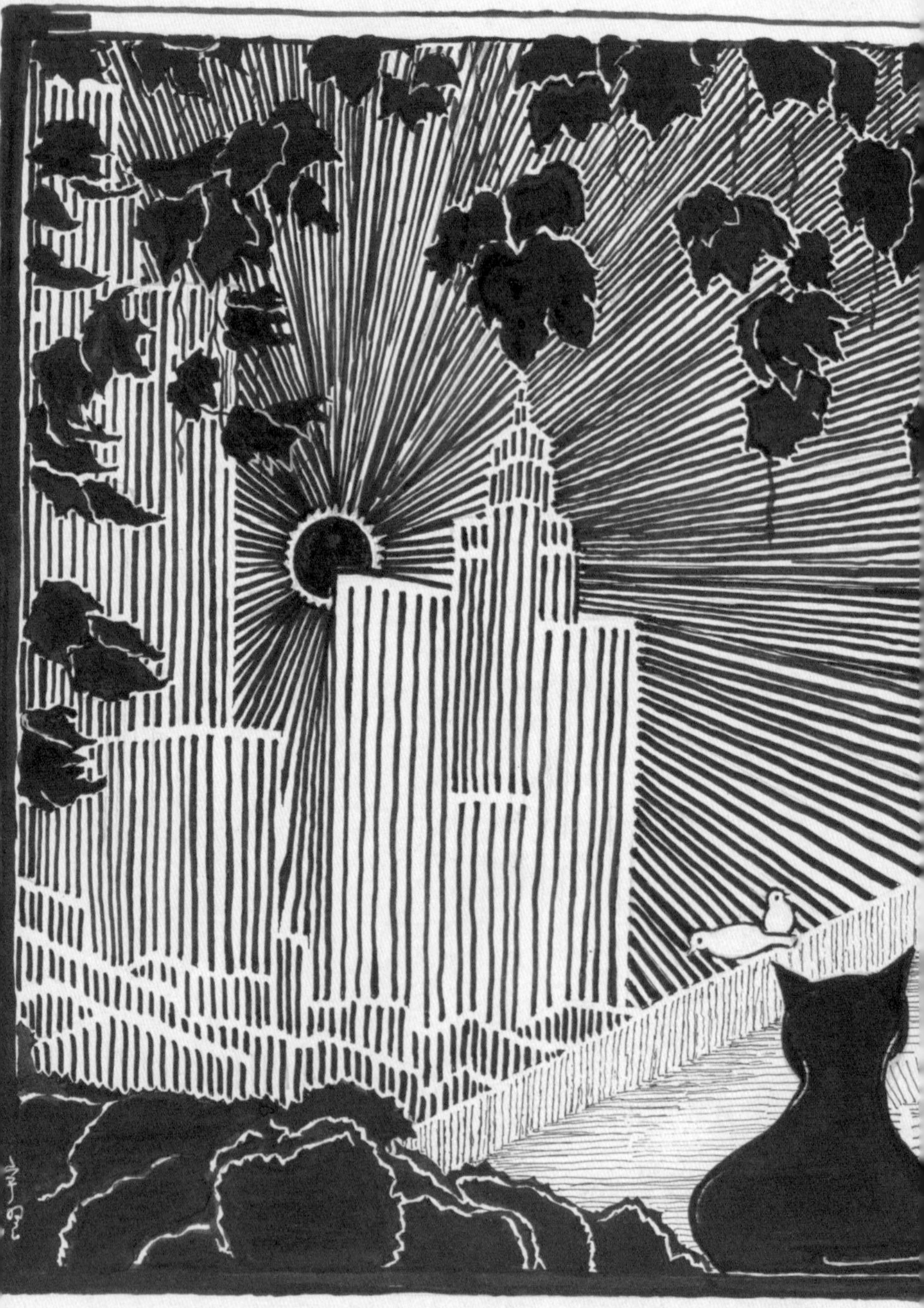

金宇澄绘画作品《上午》纸本马克笔 44.5x56cm 2014

CHAPTER 2
餐桌・往事

用不严肃的态度解决严肃问题

和刘健威先生在花园饭店顶楼的酒廊里录制完了新一期的播客节目,明天他就要离开上海回香港了。看着穿着时髦绸缎夏威夷衫的刘翁,我非常好奇地问他,离开上海前会去哪一家餐馆吃饭?他说朋友 Tony 已帮他安排了酒店对面的甬府酒楼。看了十几年他在香港《信报》上的美食专栏,我知道他的评论应该非常有趣。告别的时候,他从兜里掏出一只雪茄送给我,说这只 Partagas 雪茄是他买一只古董雪茄盒的时候附赠的。回想起我们一起在环贸广场的 Charbon 餐厅的屋顶露台上吞云吐雾,我觉得他的这次沪上美食之旅可以圆满收工了。

来自英国曼彻斯特的喜剧演员 Steve Coogan 曾在 2010 年主演了一部贯穿英格兰风光的喜剧电影《美食之旅》(The Trip),因为市场反响非常不错,于是在 2014 年拍摄了续集《意大利之旅》(The Trip To Italy)。影片中两个中年男人驾车去英格兰北部和意大利乡间探寻美食,影片中弥漫着中年人特有的焦虑与舒缓,在路上,他们思考了生活、爱情和事业的种种。这个充满了即兴创作的地中海之旅，带着英式文化特有的讽刺意味，主人公经历的烹饪冒险就像一路照耀的意大利阳光一样，充满了温暖和愉快。后来当我读完2019年再版的苗炜十年前的专栏合集《让我去那花花世界》，我发现如果主菜是旅行和美食，那么再加上一点人生焦虑和人生思考作调料，基本上最终都会呈现一盘饕餮之作。

刘先生每次来上海都是各家著名餐厅的座上宾，这次我和他一起去了华尔道夫酒店内的Ling Long餐厅和蔚景阁中餐厅，两餐之间又跑去环贸广场的Charbon by Paul Pairet餐厅吃雪糕。周六一天的经历犹如重新观看那部《美食之旅》一样，我感到八月如同一场盛宴，在享受丰富美好的食物的同时，为即将到来的冬天积蓄力量。

Ling Long餐厅在外滩的华尔道夫酒店开业后，整个酒店的人气从四月一直上涨至酷暑的八月，餐厅主管告诉我，由于只接待晚餐，目前的预订已经排到十一月了。餐厅150平方米的面积内放置了42个餐位，另外还有两间各可容纳6~8人的包厢，让这家原先经营美国汉堡的餐厅大放异彩。如今"老钱风"成了时髦话题，餐厅内展示有艺术家阳江组合创作的巨幅作品，还有一幅用1美分硬币镶满屋顶的作品，这可能是餐厅里和"老钱"最有联系的实景想象吧！镀铜锌板做成的1美分硬币散发着暗淡的红光，如果不仔细看，真的会以为是一大块铜板。

今天回忆镀金时代，可以想到的是新技术驱动下诞生的一种新的生活方式，铁路、电报、电话、蒸汽动力等都以不可想象的速度出现在当时的生活中。华尔道夫酒店的前身是上海滩颇具传奇色彩的上海总会，这个上海最早的侨民俱乐部见证了当年上海的一路高歌猛进，那些令人瞠目结舌的新技术以惊人的低成本和低价格提供了更多的产品和服务，加快了当时百姓的生活节奏，也摧枯拉朽地影响或摧毁了当地的企业，为消费者带来的不仅是便利，还有潜在的垄断风险。回想我们所经历的21世纪开启的数字化工业时代，不也是有着同样的感受吗？

年仅30岁的台湾主厨Jason（刘禾森），拥有台北凯悦酒店的法餐工作经验，2019年到北京开了Ling Long餐厅，三年后餐厅就获得了2022年北京米其林指南一星。我第一次去Ling Long餐厅还是在2019年的冬天，餐厅装饰是北欧风格，记得他当时就跟我说他要花时间在国内寻找更多的食材，来讲述一个新的中国菜的故事。

想到"种桃道士归何处，前度刘郎今又来"这句古诗，看到今天挟众多行业荣誉于一身出现在华尔道夫酒店Ling Long餐厅门口的Jason，大家又是三年未见。回忆起他当年说的话，看来如今他完全做到了，桌上摆放着如同节目单一样的台卡，我们来一窥究竟：本土篇章、传统篇章、鲜味篇章、回忆篇章。一曲本地美食赞歌响起。餐厅中一直播放着他参与拍摄的央视纪录片《厨房里有哲学家》的配乐，虽然这部纪录片我还没看完，但是配乐完全不输经常在各种创新餐厅中听到的亚洲风格的Buddha电子乐，看来创作者真的花了不少心思。

透过玻璃，后厨操作间一览无遗，看Jason专心致志地忙碌着，犹如欣赏一场演出。虽然我不太喜欢如今餐厅流行的沉浸式体验，但是看到Jason健硕的花臂，还是感受到一种年轻厨师的意气风发。从海南特色糟粕醋到北京乳酪专家手工制作的帕玛森芝士，从西双版纳的棕榈芯到本地产的蜂蜜，从湖州白羽鸭到山东和牛和五常大米，可以说这些都是来自大好河山的风土馈赠，在一个善于思考与挖掘的厨师手中，变成了新的文化记忆。人类学家通过简单真实的过往、幻想、叙事和神话来构建一种味觉的记忆，一个国家的食物本身虽然不能构成一道菜肴，但是人们通过知识、品位和手段去超越地域，这就释放了被迫承担文化负担的压力，并通过这些专注和创新而建立了影响力。有时我们会问，一个人对传统究竟有多么忠诚呢？我想还是要看这些文化的传承者如何创新，并给我们带来新的认同感和连续性吧！

如果一定要在这座饱含历史记忆的建筑物中寻找食物与这座城市的关系的话，最后一道甜点"凌珑杂货铺"由糖果车推来的时候，这个关系瞬间就成立了。将放在老式零钱夹里的硬币投进摆满甜品的八音盒里，水果糖味道的果冻以及大白兔奶糖味道的核桃酥，这些童年熟悉的味道搭配着更加熟悉的歌曲《童年》从八音盒里徐徐而出，我们脑海中声音和口味的记忆被唤醒了。我一直觉得人们通过文字或歌声在诠释一个文化大国的形象，其实美食外交才是最有效率的。

结束这次美妙的风物大餐前，我和刘健威先生与Jason一起合影。餐厅装潢中黑色与红色的色彩基调，表达了Jason对汉代中国的想象，而他心目中的摩登上海应该就搭建在菜单里吧！

我和刘健威先生汗流浃背地穿过有如潮水一般游客的外滩，沿着矗立着万国建筑群的中山东一路，再次进入华尔道夫酒店。在电梯里碰见一对新婚夫妇，同行人都纷纷祝福这对新人幸福美满，他们开心地步入酒店三层的宴会厅，我们则抵达了五层的蔚景阁中餐厅。

传统中式装饰风格扑面而来，橡木天花板、名家文玩字画将酒店的雍容华贵展现无遗。如果在楼下的 long 吧或大堂感受到的是镀金时代的气息，那么五层的蔚景阁中餐厅则是良辰好景千般风情。新晋到任的中餐主厨甘良成师傅是广西人，和刘健威先生流畅地用粤语沟通。一道潮汕名菜炭烧薄壳大响螺吸引了众人的目光，特别是在堂灼的时候，甘师傅操起一瓶飞天茅台淋入响螺，一时一片红火腾起，他将螺肉切片，吃时佐以虾酱和沙茶酱，无奈两种酱汁味道过于蛮横，反而盖住了响螺浓郁的鲜味。虽然潮汕经典菜式都是这般如法炮制，但总觉得大响螺有些过于壮烈了。另外一道五年花胶中加入了四川安岳黄柠檬汁，一碗花胶汤喝完真是神清气爽。

刘先生在香港中环的湾仔有一间经营了二十年的"留家厨房"，曾在 2011 年获得米其林一星。拥有如此餐饮经营经验的美食家，让我联想到英国《金融时报》的食评家 Nicholas Lander 先生。对鸡和鱼的处理手法，刘先生认为粤菜的烹饪手法要高于其他菜系，所以他在品尝了采用精选 150 天广东槺香鸡制作的客家咸汁鸡之后赞不绝口。他还尤为中意另外两道名菜——黄皮豆酱煎焗鱼和醃萝卜炆鸭，这种老派的烹饪手法以及所选用的精致原料和创意，还有出色的演示，都让大家对甘师傅心悦诚服。甘师傅细致地讲述了他们如何采购这些优选食材，令人感受到五星级酒店在餐饮配套服务方面所下的功夫之深。今天很多高级酒店已经逐渐走下神坛，但是优秀的高级酒店仍然保持着一种超出同行的专业水准。滋养灵魂的百年建筑物、美味的用餐体验、踩在酒店厚厚地毯上的舒适感，以及随处可见的财富味道，都给人一种私人俱乐部的感觉。

和这位艺术评论家和食评家"厮混"了一天，吃了两顿饭，我深深感受到刘翁精神矍铄。由于来上海前他刚刚做了一个小手术，所以全程不能饮酒，虽略有遗憾，但听他对餐饮行业的创新与发展的评论，以及他一辈子坚持用最不严肃的态度做最严肃事情的态度，这些平衡玩乐生活以及创作生活的智慧，都比 Steve Coogan 饰演的角色更加精彩。接下来，刘先生即将赴瑞士参加为期一个月的艺术家驻地项目，希望他好好享受寻味瑞士的精彩生活。（2023.9.1）

菜单就像一张节目单

新冠疫情之后，餐饮行业的幸存者们开始调整经营策略，他们找到了如何提高价格并且把经营成本转嫁给消费者的行之有效的方法，就好像航空公司或酒店过去做的那样。疫情改变了餐厅的劳资关系，也改变了很多合作关系，商业地产和供应商需要餐厅，就像餐厅也需要他们一样。食客们已经接受了一些变化，虽然餐厅也非常渴望自己可以坚持吸引食客的各种初衷。

美丽的食物无法拯救糟糕的味道，但是美味的食物可以拯救难看的出品。人们无法离开殷勤的服务员或侍酒师，也无法离开美好生活的体验。好的品位永远是少数派，更多的人是在追求"打卡"以及发朋友圈。过去十年人们将更多的注意力集中在手机以及意见领袖的消费感受之中，无论他们是发自内心还是为了五颜六色的彩虹屁，互联网让每个人都成了批评家，相互之间达到共识的可能性越来越小。想到上一代消费者们当年如此热衷七天欧洲十国游之类的拍照之旅，只能说今天手机摄影让拍照的成本降低了很多，否则只能把照片冲洗出来装订成册，然后等客人来家里喝茶的时候不经意地拿出来显摆一下，今天在微信朋友圈晒图真的不要太方便啊！

曾经去过一家北方边陲小镇上的豪华餐厅，菜品照片都贴在墙上，客人们在落座前就把墙上的菜品点得七七八八了。而高级餐厅的菜单永远是薄薄的小册子，那是行业的标准，每道菜的字体都是那么隽永，虽然对老花眼的食客不太友好，但是字数多的菜一般都比较贵。虽然不能在读图时代说看图点菜是一种落后的表现，但是高级餐厅都是一样的简单，不高级的餐厅各有各的复杂。

遇到今天需用手机扫描二维码点单的餐厅，它们基本上已经和高级餐饮没有什么关系了。也有人好奇扫描二维码点单会不会跟预订网约车一样，平台会在高峰期进行调价，让价格随时波动，这的确是一个好问题，可惜目前还没遇到一个合理的案例分析。在 iPad 刚刚问世的那几年，很多时髦餐厅会准备一个包着皮套的 iPad 用作菜单，如今 iPad 已经更新到第五代了，餐厅用 iPad 点单的情况反而越来越少了。

更多的小酒馆反而出现了更为欧洲化的黑板菜单，系着白围裙的侍者举着一个黑板过来，那种认真的神态的确令人难忘，服务员忙前忙后，真的好过开餐前为食客朗诵一首古诗词。想到最近在公共场合遇到朗诵《满江红》的热情影迷，总觉得仪式感这事儿在我们的就餐场景下经常会搞得用力过猛，稍不留神就成了誓师大会了。茶艺表演以及餐厅服务员背诵古诗的表演，都体现了经营者的煞费苦心，但是用古诗质疑食客的受教育程度，也是蛮尴尬的事情。

菜单是一种满足食客各种期待的平面设计，而食客来到餐厅就餐则希望厨师们可以满足自己的期待。菜单也是餐厅与食客之间最重要的书面沟通，在菜肴端上来之前，食客会花十分钟左右的时间来决定他们的选择，这时，菜单就好像一场大秀的节目单一样，展示了厨师的各种拿手好戏。食客点好菜之后，便希望接下来厨师们的演出可以超出期待，那么就等着好戏上演吧！

平面设计师经常会对出版物的字体品头论足，但是鲜见他们对中文菜单的字体做出清醒的评论。高级西餐厅的菜单如果使用Comic sans手写字体的应该都跟高级没什么关系了，而对夸张的斜体字也应该保持警惕。菜单设计的主要目的是吸引食客增加对菜品的关注，仔细看看还是有些差别的。

通常，传统的粤菜餐厅会把燕鲍翅这类"横菜"放在第一页，最后一页是饮料和酒水。也有餐厅将菜品按照波士顿矩阵分析一样做了分类：那些"明星级"的菜品是食客愿意支付比制作成本高出很多价格的最受欢迎的菜肴，就好像大家常说的招牌菜或特色菜；"拼图"的菜品是那些利润高但是并不太受欢迎的菜肴；那些费力不讨好的"犁马"菜品是受欢迎但是无利可图的菜肴；"瘦狗式"的菜品则是既不受欢迎也无利可图的菜肴。

总之，人们在点菜时，大多数菜单上的菜肴数量总是远远多于人们想要选择的，基本上就是脑袋不知道舌头想吃什么。

在看完惊悚电影《菜单》之后，对家庭聚餐及与社区成员共同分享的快乐、对生命的庆祝，绝对不如对消费主义的谴责来得更加触目惊心。另一部电影《悲情三角》也是一如既往地讽刺美食鉴赏家的细致和有钱人的粗鄙，无一例外都会看到丑陋的汉堡出现在剧中。有意思的是电影中各剧情段落被设计成菜单上的项目，只是随着用餐的进行，它们的形式会变得越来越令人震惊。

如今，盛大晚宴力图营造沉浸式的剧院效果，让食客们对这样的餐厅表演保持一种冷静的怀疑态度，就好像禁止他们使用手机拍照一样困难。当名厨厌倦了人性中的黑暗以及虚荣心、贪婪，还有那种艺术才华无法被食客欣赏时，他也厌倦了他的商业投资和他自己，他品味着自我内心的黑暗，情节于是更加扑朔迷离。

比起中国电影对饮食情节的顶礼膜拜，西方电影则长期以来都与高级餐饮之间存在着一种不信任的紧张关系，当舌头的味觉替代了大脑的味觉之后，往往会引发关于创造力、金钱与消费的各种谴责性言论。想想美剧《汉尼拔》中各种恐怖的食肉镜头，似乎高级美食总是和畸形的灵魂之间存在着某种过不去的障碍。

当中餐大厨不厌其烦地对着镜头谈及自己如何在十斤菜心里挑出一斤精品的时候，这边法国厨师 Thierry Marx 正在研究如何能让法国宇航员 Thomas Pesquet 在太空吃到他喜欢的炖蘑菇。这种对国际空间站宇航员饮食的探索，在 20 世纪 70 年代不经意间造就了分子美食的雏形，虽然今天分子美食的概念已经被大部分人所接受，但是去考虑人类未来五十年之后吃什么的话题，的确不是今天的热门选项。

过往和一群朋友去心仪的餐厅大快朵颐时，最生猛的做法就是所谓的"滚菜单",一群年轻力壮的朋友一起出去吃饭的好处,就是可以把一家餐厅所有好吃的菜都试一遍,所谓"罗马不是一天建成的"就是这个意思。

当朋友们看着自己日渐隆起的小腹和居高不下的体重都纷纷开始轻断食的时候,在朋友圈看到各种扶墙而出的描述总有一种放纵之后的内疚。最近看到剑桥大学在其传统舞会上推出了纯素菜单,觉得那些花了225英镑购买舞会门票的学生真是非常值得同情,这个号称最环保的舞会将一份全素菜单作为他们展示素食多样性以及独创性的机会。坦率地说,我总觉得素食在味道的处理上始终是寡淡的,毕竟动物脂肪对味道多样性的影响还是远远高于植物的,牛肉的美味多汁缘于人们对某种可以想象的口味元素存在一个衡量标准。有意思的是,这些剑桥大学达尔文学院的学生是在买完门票之后才得知是全素晚宴的,这种象征意义大过实际的感觉,是知识分子的常态。当然,比起之前网上热传的国内最好吃的大学食堂评比来说,舞会晚宴还是比食堂美食更令人向往。

最近不少欧美国家的餐厅开始在菜单上标注卡路里含量,很难想象如果中文菜单也因为健康时尚的理由跟进的话,会是什么结果。美国从2018年开始强制要求大型连锁餐厅的菜单上都要注明每道菜的热量,但是美国人也没有因此而瘦下来,倒是最近流行的减肥针剂使得很多美国人瘦了下来。

餐厅是人类的避难所,外出就餐本来就是一种放纵,如果人们在释放焦虑与压力的时候还要考虑菜肴中的卡路里,就好像餐厅里突然出现一群穿着白大褂的医生坐在你的对面。我们无法将生活以及一种与生俱来的生存本能融入某种形式严格的代数计算中去。去餐厅就是希望找到一个饿了时可以吃饱的地方，没有什么网红打卡、门口大排长龙，我们不是要去一个看与被看的地方，就是想在一个迷人且安静的空间里享受食物的美味，仅此而已。

（2023.8.25）

关于我和父亲的美食记忆

关于父亲的回忆有很多，美好的回忆总会伴随着各种场景出现。开始写这篇文章的时候，他离开我快两年了，他热情开朗的笑容总会出现在我的梦里。

我一直试图厘清这位身材高大健硕的老人是如何用自己的生活爱好影响了下一代的。在他和我五十一年的人生交集中，欢乐的陪伴中常常充满吃喝的场景，食物的味道中充满了回忆的气息，而那些品尝美味时的笑容，今天回忆起来却都带着淡淡的忧伤。

在我小的时候，从父亲订阅的《新华文摘》上第一次阅读了陆文夫的小说《美食家》。很难想象在当时全家每月收入不到90元的情况下如何抵挡住美食的诱惑，这背后强大的力量来自奶奶对全家人生活的悉心照料。父亲会早起在上班前去菜场买菜，那是一个需要各种票证购买猪肉、豆制品以及粮油的食物匮乏年代。有时候所谓家庭传统以及个体的认同感，就是通过蛋饺、红烧肉、腌笃鲜、菜饭，以及酒酿圆子、炸年糕的口味建立起来的，这也让童年时代的我感受到了吃得好与幸福感之间的简单关系，同时也养成了一种面对世界和面对生活的乐观态度。

家庭的口味就是这样，一家人用最朴素的愉悦去感受世界，而一家人的晚餐仿佛就像透过一个钥匙孔窥视到一间精致的房间一样，无论是饥饿的本质，还是我们口感欲望的涵养，其实都是一种模式和一种轨迹。隐隐约约能感受到上一辈人的口感带着一种历史的流传，在那种惊涛骇浪的历史背景下飘过一叶颠沛流离的扁舟，而在这扁舟上保护我们的正是父母和奶奶。那种可以让我们知道自己是谁以及我们来自何方的归属感，就是通过无数次全家人在一起吃过的晚餐建立起来的。

20世纪90年代的深圳，还处在一个热火朝天的建设年代。在周日的中午一家人穿戴整齐地出现在一家餐厅的门口，可能就是美好生活的一个注脚吧。在那个年代，对餐厅的仪式感、对口味的定义以及对可口食物表里如一的向往，都是今天下馆子时不太需要的。

也许是因为餐厅的缘故，我们总是能遇到来自全国各地的上海人和来自上海的上海人。这个差异很有趣，新中国成立以来有大批从上海高等院校毕业的青年被分配到祖国最需要的地方去，他们大多经历过战火纷飞的童年，总之这是生活在上海之外的一代人，他们心目中最好的生活都在上海，无论是吃的用的还是穿的戴的，他们觉得全世界最好的城市就是上海。他们因为生活和工作离开了成长的城市，但是他们觉得自己总有一天会回到那里，所以当拥有这样背景的一群人在深圳相遇，总会拿上海话做开场白："哎呀，侬桑海宁啊！"这句话之后，热络与亲切的海派聊天就开始了。这些上海人似乎不太会出现那种老乡见老乡两眼泪汪汪的失落感，并且还会在不经意间流露出一种城市生活佼佼者的自信。而在当时的深圳，上海人出现最多的几家著名餐厅，一家是绿杨邨，一家是老大昌，还有一家是开业没多久的梅龙镇。

绿杨邨在当时被认为是最正宗的本帮菜餐厅。在繁华的深南东路与东门路的交会处，如今这座玻璃幕墙的中建大厦在当时还未兴建，原来那幢八九层楼高的旧楼的一层就是当时绿杨邨酒家所在。每逢周日，餐厅基本上都是应接不暇的，狭长的走道里站满了等位的食客，那是20世纪90年代初深圳唯一一家上海菜餐厅。一位个子高大长得很神气的经理会拿着一张白色水单叫号，先用上海话叫一遍，再用普通话叫一遍，叫完号后走道里立刻又恢复了喧哗。

我在今天努力回忆当时的场景，似乎再想不起比绿杨邨更早的上海菜餐厅了，也没有比绿杨邨更好吃的素菜包了。尽管南油和蛇口也有很多上海人，但是那里好像并没有特别正宗的上海菜餐厅。回忆这些出现在互联网时代之前的餐厅，因为时间久远，很多关于地址以及菜式的信息都已变得含混，回忆里的画面也像是带着朦胧色彩的梦境，细节是清晰的，但场景早就模糊了。

我依旧清楚地记得在深圳的东方广场曾经出现过一家装饰豪华的梅龙镇酒家，但是找来找去好像也没有更多的图像资料了。之所以印象深刻，是因为当时第一次看到一家上海菜餐厅用墨绿色的大理石做墙面，并衬托着金色的店名。除了对这家餐厅的典雅豪华有所记忆之外，我甚至想不起来全家人一共有几次来这里用过餐。总之那个时候灯火通明的罗湖区是一个纸醉金迷的存在，和今天的落寞与杂乱无章早就不可同日而语了。

当深圳开始纪念特区成立四十周年的时候，我惊讶地发现以前全家人常去的上海宾馆已经成了深圳十大历史建筑之一了，这家酒店俨然是上海人在深圳的大本营，一直傲然矗立在深南中路和华富路的交界处。三十年前华富路西侧几乎是荒野一片，到了上海宾馆就似乎已经到了城市的边缘。其实上海宾馆周围的上海品牌众多，天虹商场的一层就是著名的老大昌酒楼，餐厅隔壁是著名的正章干洗店。当时广东本地人估计也不太理解上海人怎么搞了那么多花样，衣服还需要干洗，总之那些从上海开到深圳的企业，涉及生活服务的方方面面都有上海的老品牌。

上海宾馆二层的大上海酒楼应该是这个城市目前仍在营业的上海菜餐厅了吧。直到今天，酒店的中餐厅还是神一样的存在，因为是自己的物业，租金压力要比其他餐厅小一些。因为星级酒店的缘故，价格自然也会高一些，好像还可以名正言顺地收取百分之十的服务费，也算是餐厅的傲人之处了。

今天人们谈起老大昌酒楼觉得它可能自诞生之日起就开在上海宾馆对面的福田大厦里。当然天虹商场的往事早就被人遗忘了，留下来的都是长时间不变的全家人爱吃的菜式：熏鱼、辣白菜、烤麸、海蜇头、糖藕、油焖笋、响油鳝糊、马兰头拌香干、腌笃鲜、红烧肉百叶结、两面黄，这一连串的菜名几乎可以不加思索地报出来。那时候全家人的聚餐地总是会在上海菜餐厅中挑选，点的菜也几乎一模一样，好像从来也没有想过做其他尝试，似乎这一套精选标准放之四海皆准。无论是在深圳，还是后来父亲来上海看我，我们一起去阿山饭店或者老锦江的老夜上海，或者是去纽约法拉盛的鹿鸣春，全家人都是以这样的记忆为基础，然后辅以一代又一代人的味道经纬，将传统的口味延续下去。想到父亲每次来上海一定要去王家沙吃一碗凉面，再打包几个浇头回来和我一起享用，也许那是他童年在附近上学时留下的记忆吧。

父亲有他自己的食谱吗？想来想去都是那几道他的拿手好菜，一道是卤牛肉，一道是油焖大虾，一道是腌笃鲜，还有一道是番茄土豆汤。曾经和他聊过如何做一锅好汤，父亲居然说给我一句顺口溜：用三洋一黄来改良。所谓"三洋"，就是洋白菜、洋柿子、洋山芋，加"一黄"就是黄豆芽，然后再加腌咸肉。曾有一段时间父亲特别喜欢去建设路的泮溪酒家楼下的店铺买火腿的腿棍，剁几件回家做汤，味道浓郁醇厚。我曾经跟父亲说，每当我想念奶奶做菜的味道，就会去阿山餐厅吃一顿。自从老板阿山离世后，我已经很久没有去那里吃饭了。父亲离开以后，我也再没有回深圳的那几家上海菜餐厅吃过饭了。

有的时候，心里总是想着那些没有止境的品位变迁，以及那种确定我们拥有最好品位的自信。两年前父亲离开之后，全家人再也没有机会聚在一起吃饭，但我总是在想，如何才可以彻底摆脱关于品位的问题以及根据某种眼前时髦的味道去做出一些超越的判断。其实我们也都很清楚，品位是一种趋势，而趋势最终还是会回归自我。我们用时间来慢慢解决这些表面的问题，我们也慢慢清楚，品位来自家庭教育，来自父母的熏陶。人们说在大饥荒之后品位才可以大行其道，但最终我们需要在若干个选择都存在的时候，才能表达出"你吃什么就是什么样的人"的概念。家庭聚会给予了我一种幸福感，而这种幸福感超越了那些多少带有炫耀性口味的理解。我们的品位是否有价值、是否正确,这些都不重要,重要的是我们生活中的美好回忆都饱含着真诚,而真诚是不会沦为一种风格的。

有人说,生命必须回头才会理解,人必须向前才可以生活。想到父亲,想到他做的卤牛肉,那种飘满屋子的香气就会浮现出来,那若有若无的香气就好像记忆一样,会一直出现在我的脑海里。(2022.5.27)

大城与小面

在这个热得犹如把整个城市都装进了微波炉的夏天,我们看到了厄尔尼诺现象带来的干旱、热浪以及山火、洪水的新闻。那天偶然看到翘着神气八字胡的达利的照片,我想如果他来到这个夏天,那一溜儿胡子上抹的发蜡都会被热化吧!

在对抗夏季的慵懒以及潮湿的同时,我向往着雪糕车的叮咚铃声,印象中这样古早味道的雪糕车已经很久没有出现在茂名南路和淮海中路路口的空地上了。冰棍是我这个年纪的人的童年记忆,每次看到那辆粉色老式雪糕车,夏季的炎热仿佛就退了下去。

沿着热闹的淮海中路走到雁荡路的交界处,我走进了一家七次荣登米其林指南推荐的小面馆。在各种高级餐厅继续莺歌燕舞而各种中档餐厅都在拍乌蝇的炎热夏天,顶特勒粥面馆与世无争地隐藏在一排银行与奢侈品店面后的弄堂里。想到之前火爆的阿娘面馆以及我常去的进贤路心乐面馆,眼前突然浮现出 20 世纪 90 年代的北京,我在中国美术馆附近曾看到的一个广告牌,上面的广告语有着极强的时代烙印——24小时有饭吃。

在米其林指南推荐餐厅中，顶特勒这样一家藏在弄堂里的门面的确非常容易被忽视。这家只有40个座位的餐厅，从2009年开业至今，据说已经卖掉了400万份主食，其中七成都是面食。这家正在迈向第十五年的面馆，几年前投资了浙江象山的渔场，建构了一条确保食材质量的完整供应链，从18元一碗的开洋葱油拌面到68元一碗的浓汤大黄鱼煨面，从24元一碗的卤肉饭套餐到32元一碗的虫草花干贝虾仁粥，在上海市中心找到这样一家24小时营业的面馆真的不太容易。

两位阿姨年纪的服务员正在一层忙碌着，二层狭小的空间里摆了一溜儿面对面的两人桌。我第一次来这里吃面已经是十几年前了，参加完"绝对伏特加"的推广活动，从各地来的朋友们突然想吃夜宵，不知谁说了一句那就去顶特勒吧，结果众人打的前往淮海路，深一脚浅一脚地摸进了那个黑乎乎的小弄堂。当时米其林指南还没有登陆上海，而彼时夜生活的圣地复兴公园Park 97酒吧还在灯红酒绿，这种丰俭由人的小面馆最适合在深夜时去，这是真正的上海日常生活。虽然这么多年出现了无数网红面馆，在资本的力量加持之后，一阵风似的出现了更多四川小面以及西北风味拉面馆，因此对这样一直坚持在弄堂里默默经营的小店，我更是觉得好奇。

后来在一次聚会上，当时我正在享受勇哥的马天尼，忽然有朋友给我介绍了一位文质彬彬的男士，说他就是顶特勒面馆的老板。这个时候我们才知道，原来正是冯震这个东北籍的IT工程师，正在苦心经营这家被米其林指南挖掘出来的深夜食堂。众人一下子对他热络起来，毕竟餐饮行业除了专业厨师会开餐厅之外，就属广告业和服装业的人开店最多了，可能这两个行业的人都喜欢吃吃喝喝吧，而传统印象中IT工程师似乎远离庖厨。

沉寂许久的复兴公园在2023年炎热的七月又热闹了起来，前身为著名的钱柜大楼被据说投资上亿美元的集合夜店"INS"所取代，"INS"在上海四店全开，看来又将搞出一个上海的地标建筑了。今天再去复兴公园跳舞到天亮的年轻人，应该不会像十年前的钱柜或者官邸、Park 97俱乐部的消费者，在跳舞结束之后冲进诸如新旺、查餐厅这样的港式茶餐厅了。新冠疫情之前，在茂名南路和进贤路的"楼上火锅"门口经常停满了劳斯莱斯，不知道现在是不是依旧还有那么多名车驻留。朋友跟我说当年因为在公园内不允许有娱乐场所运营，而如今又开始讲究提振夜生活经济，商家自然还是会选择这个具有传奇色彩的复兴公园，毕竟当年的"富一代"都是以复兴公园的国际夜生活为自豪的，看来富二代也依旧喜欢这里。

无论是口感、汤头还是浇头、配料，每一个讲究吃面的人都会说出一堆自己心头之好的理由。即便是上海本地人喜欢的苏帮面，也会有很多不同的选择。当然对看着网红推荐来吃面的人而言，那就要看哪个网络主播的卖相好了。若再把人们津津乐道的杜月笙认为的人生最难吃的三碗面"体面、场面、情面"的典故加进来，立刻就把一家面馆与富有人生哲理的成功学叠加起来了。

对冯震这样具有IT背景的经营者而言，一个简单易操作的餐饮系统，以及更多背后的数据分析是他更感兴趣的地方。虽然他在新冠疫情的第二年用半年时间筹办了一家新店，没想到开张后不到三个月就遇到了频繁的封控，无奈之下只好关店了事。比起开业前十年每年700多万元的营业额，疫情结束后逐渐恢复到一年500多万元的水平，他和二十多位员工还是非常自信的。

在面馆成功地去厨师化之后，冯震在几个本地阿姨的帮助下做出了这种上海家常味道的黄鱼浓汤煨面，他更看重的是口味的稳定以及出品的统一。在决定和上海这个不夜城一起成长时，他就认定24小时的"三班倒"更符合这个城市的气质。想想所谓的国际化城市，不是指在这里住了多少外国人，而是拥有一个24小时都有航班降落的国际机场。虽然如今境外游客不可与过去相比，但是三年前的浦东国际机场，凌晨抵达的国际航班也是屡见不鲜的。如今我们对24小时城市的追求似乎已经停了下来，而一个充满活力的国际性大都市，几乎涵盖了商业、娱乐、餐饮、酒店、运输等各种第三产业，这些行业中的众多商家都以一种高速旋转的节奏，高效稳定地运作。想想十多年前复兴公园的Park 97俱乐部以及后来外滩的Bar Rouge酒吧，在当年那种纸醉金迷夜夜笙歌的消费场景之中，应该没有人会想到今天我们会提倡重振夜间经济。

我们的饮食生活基本上都会面临两个问题：吃东西是否可以给你带来快乐，或者你在吃东西的时候会不会感到死亡比你预计的来得更早。如果将饮食与生死问题联系在一起，那么其他问题对我们今天这个混乱的世界一样烦琐，饮食既不可能完全都是纯天然的，也不可能完全都是流水线生产出来的，最后体现的就是一种营养与味道的均衡，而这种均衡会让我们陷于永远的纠缠之中。

经济景气的时候，蟹家大院300元一碗的蟹粉面总会带着那种改革开放年代的富而思进的低调奢华。疫情之后，从东北盒饭到剩菜盲盒，最后冒出来"白人餐"这样的午餐之光，网络流行文化的调侃与不羁，是这一代年轻人对生活的感悟。当然，各种对自己好一点的说法，也常常会在娱乐圈的不幸新闻发生之后成为对个人的一种鼓励。当我们的感官目前还处于活跃状态的时候，我们可能会更容易发现那些预示着即将发生转变的趋势，以及那些异常的沉默，或者那些难得一见的雄辩。未来从来都不是一个存在于理论之上的前景假设，因为我们可以从日常生活的改变中观察到，对所有人来说，最具挑战的事情反而是我们对当下看到的那些真实存在的东西而做出的某种判断。

面馆二层最里面坐着一个衣着朴素的正在埋头大口吃着葱油素面的中年人，在他面前还摆了一小碗辣酱。从狭窄的楼梯向下走，正好遇到年轻游客，仅容一人行走的楼梯，需要彼此互相谦让一下才可以通过。楼梯上方贴着"小心碰头"的告示，写着"深夜放毒"的腐乳肉搭配米饭的套餐海报贴在告示的上方。楼下墙面上的白色瓷砖带着传统快餐店的痕迹，两位系着蓝色围裙的阿姨在收银台和用蓝布隔开的厨房间穿梭忙碌。

下午三点钟的顶特勒粥面馆，还有客人在数着门口钉着的五块红色米其林陶瓷奖牌和两块携程美食林奖牌。九十年前建造的康绥公寓非常安静,几十栋旧式现代派风格的小楼沉默地矗立在面馆的后方。走出弄堂的大铁门,淮海中路车水马龙。(2023.7.28)

烟酒、咖啡和上海的日与夜

上海,这座世界上人口最多的国家中最大也是最现代化的城市,因为突然而至的疫情防控,在这个美好的四月陷于静默状态。那些梧桐树成荫的街道上,平时羞于见人的猫咪和流浪狗缓缓走过,路上没有来往穿梭的汽车,也没有三三两两的行人,偶尔只看到几个快递小哥驾着电动车奋力疾行。

被禁足于室内的家庭或个人,都在试图寻找属于自己的快乐,以抵御无时不在的压抑与苦恼。而在生活中难以缺少的茶叶、咖啡、香烟或者雪茄、烈酒、葡萄酒、啤酒甚至可乐,瞬间都成了人们战胜孤独的利器。

成瘾的门槛是迷雾重重的,我们不知道会在什么时候对某物产生依赖,也不知道什么时候才会放手不依赖。人类利用化学物质来改变思维与感觉的历史,几乎和人类的历史一样久远。而我们在大部分时间里也都是在两者之间徘徊:不需要它,或者喜欢它。当人们陷于居家隔离、无法踏足室外,包括像我这样的单身人士，都不希望自己的生活如同一辆后胎漏气或者没有前闸的单薄自行车一样，滑行在一条笔直的、向更低谷冲去的斜坡之上。

喝下更多的威士忌或者葡萄酒，我们会失去酒精带来的自我满足以及那种光彩夺目的感受，因为工作和娱乐之间的清晰界线已经不存在，女人们也许稍化个妆就穿着睡衣去参加早上的视频会议，显然，很多人的状态都被禁足搞得一团混乱。

家里储存的葡萄酒和威士忌已经无法再在舌尖上翩翩起舞，那种用颓废的冰块沉浸的泥煤味艾雷岛威士忌，以及曾经是那么体面那么舒服的拉弗格10年，都让我觉得口粮酒也是如此的难以舍弃。就如同我们一直承认自己是享乐主义者，在禁足的日子里，我们也会厚颜无耻地说自己是一个"幻想家"，幻想着某天可以出门，或者再继续等待。

漫长而自由的长夜因为没有了秩序感而带着一种沮丧，酒精则把人带向愤怒和欢乐交织的夜晚。譬如那个三千万人一起观看崔健线上演唱会的晚上，你会觉得任何人的出现都是多余的，显然在乐与怒的衬托之下，你必须承认你并不是自我讨厌的海明威或者演唱《可笑情人节》的Chet Baker。一个月是一段很长的时间，喝得越多，我们就会越不喜欢自己，也越不喜欢这个孤独的世界。孤独是你不理睬这个世界，寂寞是这个世界不理你。总之我们会期待一个事件，一场可以共享的音乐会，或者一次时下流行的线上蹦迪。当我在网上看到那种居民众多的小区一起合唱同一首歌，或者一起敲盆学习民间打击乐的时候，我想人们最终会忘记四月，忘记这个孤独而尴尬的四月。

深夜，我会翻看更多的回忆录以及历史书籍来更深刻地了解所生活的这座巨大的城市。在西方作者撰写的关于旧日上海的书籍中，记叙这里曾是一个被称为东方巴黎的繁华通商口岸，一个曾经被西方知识分子看作是充满阴谋和新兴文化的国际大都市，有关上海的电影、文学作品以及现代化建筑都给世界留下了难忘的印象。相关数据也显示，"万国之城"中的300万中国人曾经与日本人、英国人、俄罗斯人、美国人以及其他国籍的外国人士共同相处。这些因素也营造出各种自以为是的国际化生活方式，这些生活方式中不可或缺的就是咖啡或者可乐。2023年，全上海的咖啡馆数量已经号称全球第一了，真是不知道，在禁足的日子里那些讲究咖啡品质的朋友们将如何面对家中没有好咖啡的无奈。

想到我的一个做美食博主的朋友所拍摄的视频，其中有一个很有趣的话题：如何用50块钱在上海吃三顿饭。其实这问题并不难，小馄饨以及粢饭团还有生煎加在一起不会超过三十块钱，然而他居然花了25元喝了一杯咖啡。另外一位女性高管朋友告诉我咖啡是她续命的"鸡血"，我很好奇在过去的一个月，她是如何撑下来每天都排得满满的电话会议以及视频会议的，后来她说终于团购到了足够的胶囊咖啡。

除了咖啡之外就是有趣的可乐，这个可乐不代表其他品牌，仅代表可口可乐，想到百事可乐做了那么多年足以让可口可乐蒙羞的市场推广，居然在一次前所未有的封闭隔离中败下阵来，而且败得那么难看。因为人们都把可口可乐当作可以交换货物的"原币"，这就是说可口可乐可以换来一切。当然还有另外一个互联网时代异军突起的饮料"元气森林"，想到它无处不在的巨幅路牌广告，以及各种互联网营销讲座上的侃侃而谈，但在这次漫长的禁足生活中，居然没看到一个人在问："哪里可以买到元气森林？"

透过雪茄的烟雾，我看到书架上一排排的书籍，它们都笼罩在薄雾和微妙的光线下，感觉每一本书都站在书架的边缘，散发着微弱的温柔气质，在冷漠中渴望参与评论人们当下的孤独。当夜晚的光线给都市披上一层面纱，我站在无人的街上看着路灯下坚韧不拔的马路，斑驳陆离的树叶照在地上显现出深绿色和乳白色的怪异光影，能感觉到这是我与这座城市的亲密时刻，也是我与这个失落世界抹不去的痕迹，走回院子的一刹那，有一种被世界遗弃的沮丧。

但是我知道我还保留着最后的武器，那就是一支像权杖一样的雪茄。隔离期间，我所有爱好雪茄的朋友们最焦虑的问题就是：眼看着雪茄渐渐地抽光了。我熟悉的一位著名设计师在朋友圈里抱怨：下午在院子里看完一本书，居然抽了两根雪茄。这种企图超越丘吉尔的野心来自有限的存货和对没有明确时间表的解封的期待。攥着一根长度舒服的雪茄，两根手指捏了一下，感受它的紧实度和湿润的油脂，这种单一作物的卷叶显然要比那些填充了切碎的烟草混合物的微型雪茄更有温度，它配得上浇上奶油的咖啡、加冰的朗姆酒、威士忌或者老派的干邑。它几乎成了百搭之物，但是它也几乎成了银行家和基金经理们的道具，粗壮的雪茄在粉饰一个咄咄逼人的圈子里交易的患得患失。但是这些都与你在自己的书房里享受一根雪茄无关，因为挥舞着一根冒烟的雪茄，也许就是你挑战隔离期间低落心情的秘密武器。

我又想起了最喜欢的电影《银翼杀手》，影片中人们以"大停电"的往事作为历史的分界线。在一座超级城市停摆的时刻，我坐在电脑前结束回顾那些让人上瘾的商品，耳畔忽然响起了张雨生的老歌《没有烟抽的日子》，虽然我们目前都还不知道什么时候可以走回那些熟悉的街道，重新见到那些熟悉的朋友们。

"……去抽你的无奈，去抽那永远无法再来的一缕雨丝……而在我的心里一直，以你为我的唯一，唯一的一份希望。"

（2022.4.29）

金宇澄绘画作品《外滩》纸本水彩 41x28cm 2016

人人都是美食评论家

我最早观看的饮食题材的影视作品，应该是拍摄于 1983 年的电影《小小得月楼》，依稀记得电影讲述了苏州的一个旅游景点附近居然没有餐厅，于是年轻的厨师们共同努力开了一家叫小小得月楼的餐厅，并且将一道失传的苏州名菜重新制作出来的故事。

无独有偶，我读到的第一篇关于饮食的小说，也是 1983 年陆文夫发表的《美食家》，故事同样发生在苏州。不过小说的内容要比电影更加深刻，书中讲述了对苏州美食有着不同看法的两个不同阶层的代表人物高级干部高小庭与资本家朱自治，二人长达四十年的纠葛。这两部同一时期的作品都反映了当时餐饮领域的空白。后来陆陆续续在一些记录 20 世纪 80 年代的摄影作品中看到私营餐厅与国营餐厅如雨后春笋般出现，我曾看到一幅关于当年国营饭馆的照片，饭馆的墙上贴着一条标语"严禁打骂顾客"，可见当时后厨的武功还是相当了得的。

热火朝天的20世纪90年代，无论是餐厅还是美食评论都渐渐多了起来。可惜当时内地的高级餐厅依旧是由来自香港地区的生猛海鲜所主导，而关于美食的文章，蔡澜先生的美食回忆录可以说脍炙人口，记录了从20世纪80年代的日本东京到韩国的首尔，以至于全世界他拍片经过的各个城市的美食回忆，他的文字让内地的读者们感受到扑面而来的对生活的热爱。

后来看到北京的王世襄老先生回忆他在物资匮乏的年代自己下厨的故事，王先生那种乐观主义精神要比蔡先生的享乐主义高级很多，不过因陋就简与应有尽有还是无法同日而语。进入千禧年，更多的食客都知道了什么叫"翻台"和"客单价"，一家小餐厅里坐满了帮助餐厅老板记录翻台率以及客单价的无聊食客，真是搞不懂为什么有那么多食客喜欢帮助餐厅老板计算一天的营业额。

美食家以及美食主义者，或者说Gourmet、Epicurean、Epicure，都是特指善品美食与美酒的专家，人称老饕。一直觉得老饕以及"知食分子"的称谓，要比今天流行的"吃货"一词高级很多，毕竟"货"这个字在中文里基本上没有太多的好词儿，不过互联网文化大多是拉低距离感贴着地面走，所以今天要是有人说自己是美食家，真是会被很多吃货笑话的。

今天自称是美食评论家的，要比自称是美食家的多太多了，今天的美食评论家是建立在"快抖红B+双微"的自媒体矩阵的影响力算法公式上的。在淄博烧烤热潮中，我甚至第一次看到还有专门检查缺斤短两的美食评论家，想到以前纸媒的黄金时代，也有都市类报纸专门测量类似手纸的长度是否与广告宣传吻合的测量机构，都是挟天子以令诸侯的无冕之王。

美食家如果只是闷头吃，那是最好不过的，毕竟类似会不会吃这样的问题都不在美食家考虑的范围之内，就好像有人被评论存在不会排泄或者不会交欢这样的生理障碍，是不是会让人有些丈二和尚摸不着头脑。其实美食家就像跟朋友在包房里说话，而美食评论家则像是站在伦敦海德公园的肥皂箱子上跟全世界说话一样，一个是私域流量，一个是意见领袖。私域流量属于餐厅腺眉搭眼爱理不理的那一类人，毕竟贵客和常客还是列于VIP的名单之内的，但是在公共场合则是一件很严肃的事，毕竟包房里的私聊如果通过视频传得街知巷闻，那可就是另外一回事儿了。

这几天有人在讨论"你能得罪谁以及你敢得罪谁"的问题，毕竟大摇大摆进门吃完一抹嘴然后做出一些个人的评价，还是需要负责任的。毕竟人家也是开门做生意，花钱吃和免费吃最大的区别就是消费者的感受，而消费者感受中最重要的一个部分就是所谓性价比的问题，如果不花钱可以吃还可以收一笔广告费，与花钱买罪受算是属于对冲的两头，这也许就是米其林指南的美食侦探以及最近在大陆爆火的台湾美食家高文麒先生的探店视频广受欢迎的原因吧。所以《纽约时报》的美食评论家会有许多假名字以及三四十个不同的电子邮件地址，就是希望以不同的身份出现在不同的餐厅，这的确和餐厅重金礼聘前来品鉴的待遇不同，所以《纽约时报》的餐饮版面一直非常受消费者的欢迎，就是因为避免了各种瓜前李下的暧昧关系，加上媒体的自律也让纽约的餐厅对该报的美食评论家非常敬畏。

批评家是容易做的，如今，你只要声称自己热爱美食和美酒，并且擅长利用社交媒体，就可以自由发表意见，但是我们依然非常怀念那个没有噪音以及把批评当作一门艺术的时代。大多数的美食评论家都在提供一种看图说话的点评服务，但是他们缺乏洞察力。如今科技力量的提升让短视频成了更加容易传播的利器，如果在二十年前，拍摄视频必须是专业电视台的节目组才可以完成的事情，有很多地方性的会议甚至要等到电视台记者来了才能召开。科技进步真好，首先干掉的就是"身上扛块儿铁"的电视台摄影师，毕竟不用扛着机器打着灯光浩浩荡荡大行其道了，各种精巧的手机摄影就可以满足消费者的基本需求。

而在众多美食自媒体的文章中，英文自媒体又和中文自媒体的文字风格相去甚远。看英语作者写的餐厅评论感觉是在一个可怕的地方发生了一些有趣的事情，而读中文自媒体的文章感觉作者们是海明威衣钵的继承者，他们对厨师以及餐厅高山仰止的态度，以及从百度搜索引擎搬运内容的勤恳努力，都会让读者感受到身为食客的诚恳。

二者更重要的区别还是在于美食评论者是否具有一种新闻记者的独立态度，反对这种说法的人完全可以认为不过就是写一篇晚餐的评论，美食评论家又不是战地记者。而支持这种说法的人则会认为，由于跟厨师以及餐厅太熟，又因为涉及餐厅的商业利益，如何做到公正客观显然是一件不容易的事情，所以英国的美食评论家若在餐厅中看到认识的同行都要起身离开，其理由就是因为相熟而无法客观地做出评价。当然这种强烈的责任感发生在一个美食评论家身上还有另外一种专业体现，那就是如何避免不要让自己像一个小迷妹一样痴迷地和著名米其林星级大厨合影。

当然，想做一个与餐厅以及厨师保持距离的中文媒体的评论者是非常困难的，因为餐厅为了节省预算，绝对不会为一位美食评论家提供单独一桌试菜的机会。每当人们在餐厅里看到一大群人拿出高级莱卡相机以及专业照明设备在拍摄菜品，基本上都是在酒店公关部门办的媒体晚宴上。

食物的口味每十年左右会发生一些变化，甚至每年都会发生一些变化。而餐饮的历史往往跨越了各个行业的时间间隔，无论是过去十年发展过热的购物中心，还是蒸蒸日上的人工水产养殖，或者是过去五年攻城略地的社交媒体对餐饮行业温水煮青蛙一样地渗透，我们对这个时代的饮食方式的细微变化了如指掌，但是人们依旧会认为随着时代的发展，会有更多的人沉迷在吃吃喝喝这样无聊的生活中，因为人们对其他行业以及领域的关注和抨击，都会让他们产生一种力不从心的焦灼感。

唯独当我们坐在餐桌前，那种叱咤风云的大局意识油然而生。作为一种自由的隐喻，能吃会吃爱吃，起码说明身体方面还是说得过去的，而那种对局面把握的掌控能力，依旧还是需要通过一种操作来体现的。

"来，服务员，上菜！"（2023.5.19）

金宇澄绘画作品《午饭》纸本水笔丙烯 50.5x47cm 2016

餐饮业的新钱与老钱

"新钱"和"老钱"最大的区别应该不是年份而是历史,否则人们不会把不到半个世纪积累起来的财富称为老钱,毕竟那些富二代的上一代都还健在呢!在西方语境里,老钱通常指的是来自上一代的遗产继承及家族传统。即便胡润先生那么了解中国大陆的富裕家族,让他拿出一瓶1982年的拉菲葡萄酒容易,但是找出一个1982年中国大陆的富裕家族,的确有些困难。

假期时见到不少朋友,他们中有的刚在新加坡设立了家族企业办公室,谈起在内地之外的高尔夫球爱好者,一位朋友谈及中国香港地区的球场,不经意谈到了打球的人,他说客人多数是以"老钱"为主。我很好奇他眼中的老钱是什么标准,他打了个比方:当金融风暴来临,对老钱影响不大,而新钱基本上都被风刮跑了。

总之,香港地区的富豪似乎在过去的十年变得有些暗淡无光,各种富而思进的民间传说也都纷纷被"北水"取代,甚至这几天看到某自媒体说,香港地区的一位富豪因为给了二十元小费而被内地网民集体声讨。总之网络是喜欢快意恩仇的，那么多在20世纪90年代看着港片长大的一代人，在《赌圣》这样的娱乐片中，小费难道不应该是一张"金牛"吗？

幸好这个世界的财富不是仅仅由澳门赌场的豪客建立起来的，各种有趣的葛朗台消费轶闻一直在坊间传来传去，既有老婆为了参加派对从保险箱里取出价值连城的珠宝回家后继续锁起来的旧闻，也有大佬在高级商场里跟一群自媒体用户开记者招待会的往事。当香港旅游局送出一大堆机票来推广旅游的时候，三年没有踏足的东方明珠，似乎有些似曾相识燕归来的熟悉与陌生。

朋友搬回香港常住，离开上海后他最明显的感觉就是大部分香港本地人对美食资讯的需求并没有上海那么明显，或者说他们对米其林餐厅评选并没有那么关心。毕竟这个城市的居民一直都是泾渭分明地安排着自己的饮食生活，那种疯狂冲进各种"天花板"餐厅打卡的事情似乎都还属于一种初级阶段的懵懂，年轻人也不会无知到去什么高级餐厅用鱼翅漱漱口。

在成熟的商业社会，消费者很清楚一个人去哪里吃饭，也很清楚全家阖府去哪里宴客，更清楚商务应酬去哪里消遣。那种经常霸占报纸版面的当红炸子鸡餐厅，似乎都有一种花无百日红的悻悻。

更有意思的是，也许是因为香港早就完成了城市化的进程，那些旅行团游客经常出现的区域，好多餐饮机构一片哀鸿遍野。因为没有了外来游客，所谓"种草"的网红餐厅大部分都已经关门执笠，而那些长期被街坊邻居照顾的街边店，生意一直不温不火地持续下去。那些装修简朴甚至有些破旧的食肆，似乎从来跟网红没什么关系，几位干了一辈子的阿婆依旧在努力地工作，由于不在旅游团出现的区域，他们的生意似乎也没变得特别好，当然也没变得特别坏。日子就这么一天一天地过着，可能跟内地很多志在必得的新餐厅唯一的区别，就是那些餐厅的铺面是他们在若干年前就买下来的，守着一间铺，全家人似乎也都没什么做大做强的勇气和理想，唯独能做的就是价格合适、味道合适。

记得有一次跟朋友喝酒时谈起了中国白酒，他跟我说山西的汾酒不像茅台，而纯粹是街坊酒。什么是街坊酒呢？他说那就是价格不能贵，但是还要好喝的酒，因为大家都是街坊，你说你搞一款酒大家都买不到或者喝不起，那你说你对得起街坊四邻吗？当然，街坊这个词就好像北京话里特有的"闺蜜"一样，早就放之四海而皆准了。看看上海中档小区周围的食肆以及儿童游乐场或者图书馆，这样的设施似乎还处在一个进化的过程，而在香港地区的大型屋村中，这些必备的设施几乎已经把一个社区居民的业余生活给承包下来了。当然，沪港两地的豪宅都是一样的幽静，也是同样的生活不便，似乎豪宅区不太需要便利店，而太多的便利店基本上都已经不会出现在它们附近了。

看到新版的港澳地区米其林餐厅名单出炉，似乎大家对蝉联三星14年的龙景轩降星有些错愕。当年北京奥运会举办在即，香港四季酒店一举获得香港地区第一家米其林三星餐厅的荣誉，引来很多从来不去四季酒店光顾的食客前去捧场，也令很多内地餐饮业者顶礼膜拜，一时间成了四季酒店的活招牌。

有趣的是，米其林评选每到一个地方，前五年一定是有众多文字工作者在其是否接地气的问题上大打笔仗。十多年过去了，米其林餐厅在香港地区的影响不遑多让，它让高级中餐厅的发展突飞猛进，甚至很少见于媒体的主厨都经常见诸报端。可以说米其林在香港饱受资本的裹挟，如果是大集团属下的餐厅，一定是不计成本地精益求精，虽然大家都知道餐饮收入仅占酒店收入的两成左右，客房赚钱才是一间酒店真正的"奶牛"。但是经过法国人这么多年的教育，几乎看不到各种专栏作家会仔细点评每家酒店的客房大床如何松软助眠，他们无不把最难忘的一餐与酒店的餐饮联系在一起，那时、那景、那餐、那人，可以做到一辈子永远铭记。而对于中小型餐厅，经常面对的残酷现实就是刚刚拿奖，房东立刻提高租金。最富有戏剧性的就是中环湾仔的"叠喜居"，餐厅在得奖的同时因为拖欠员工公积金供款而决定歇业。沉重的债务、不稳定的工作以及日薄西山的生计，也应该拜发达的资本主义所赐吧！

如果说开了一百多年的米其林餐厅算是老钱的话，那么出现了二十多年的"Best50"排名就算是新贵了。比起低调的米其林美食侦探，Best50更像是一个行业的联谊活动，它像一个美食家的聚会，人人都有份投票，关键要看你跟谁混。谈到Best50排名，就会想起美国《时代周刊》上某位食评家的金句：美食榜单既是一种竞争性的享乐主义，又是一种食家的鉴赏力，也是餐饮指南的时代需求。如果说葡萄酒行业已经帕克化，那么餐饮行业为什么不可以圣培露化呢？当然，在2002年英国杂志《餐厅》（*Restaurant*）中第一次出现"世界50佳餐厅"评选的时候，大家都把它当作一个媒体的态度，就好像今天还有媒体不遗余力地在做餐厅评选，谁又能说这不是一种立场与坚持呢？不过，《餐厅》杂志的母公司还出版了《便利店》和《杂货店》，这两本杂志其实都跟餐饮的发展没什么关系。必须承认，媒体还是英国人做得最好，起码他们在海外依旧可以花开叶茂。之前的 *That's Shanghai* 等一系列城市生活杂志，也是英国人在北上广等城市努力经营的结果，虽然最后都无疾而终，《饮迷》和《威士忌》杂志其经营者也都来自联合王国，不能不说读书看报这件事儿他们做得真好。

赢家通吃的结果就是要么"All in"，要么离场，但是老钱之前还是有一种既生瑜何生亮的相互勉励。某日看到香港著名美食评论家刘健威先生在朋友圈的感叹，他谈及罗安先生从20世纪70年代开始主理香港福临门餐厅近五十年，从米其林三星餐厅香港龙景轩的陈恩德到台北二星餐厅胧粤的主厨简捷明都出在其门下，徒子徒孙更是无数，论过去五十年对粤菜厨艺的影响之大，无人可比。在刘先生看来，大师还是须对行业产生巨大影响力，否则他们都会嫌大师的级别不够，要使用殿堂级或国宝级等更高级的形容词方显英雄本色。仔细想想这些引领粤菜潮流的领军人物，的确很少在自媒体视频中坐而论道，就好像一线的电影明星很少去给学生教授如何演出的技巧一样，这些都是属于老派的低调与质朴无华。

文化的变革以及社交媒体的炫耀，食物显然已经是注意力或吸引力的重要组成部分。老派的客人不动声色地消遣着他们的生活，比起新贵们的乡村城市化运动，大城市似乎更有一种从容不迫。老派的厨师们围绕着蛋白质、碳水化合物以及蔬菜制作各种佳肴,今天的选择更加自由,而那种欲罢不能的用餐体验,却从来没有改变。(2023.5.12)

算法时代的米其林指南

米其林指南在杭州发布本地餐厅上榜名单时,网友们忽然发现那个丰满的轮胎吉祥物竟然"减肥"了!杭州榜单发布后,看来这本延续了 100 余年的全球美食圣经,依旧没有给予这座互联网之都太多奢望。米其林指南诞生于 1900 年,而第一次在法国出现米其林星级餐厅则是在 1926 年。巧合的是,翻阅历史,100年前发源于杭州的杭剧在 1923 年正式粉墨登场进行商业演出。

改革开放以来,个体私营经济在很多地方都是以餐饮的形式打破了计划经济的僵局,真正进入了广义概念的市场经济时代。从最初政府组织为市民卖早餐,到外地务工人员通过个体早饭摊解决了城市居民吃早餐难的问题;从工商管理部门明文规定餐厅碗碟的大小尺寸,到今天再也没有消费者去抱怨为什么那么大的盘子里只有那么一小口食物,无他,只为了摆盘好看;从最初对某些菜品进行限价,甚至规定只可以吃四菜一汤,到某个不具名的神秘阿拉伯王子在上海某餐厅吃了一顿 20 万元的午宴……无他,只是因为非常好吃;所有这些改变都要感谢市场经济这双无形的手所发挥的影响。

全国每年近5万亿元营业额的餐饮市场,也完全是消费者自己做出的选择。虽然近期上海的高级餐厅已经开始出现打五折的促销套餐,但是随行就市,出现了座位太多、屁股太少的情况,说明你喜欢的高级餐厅正在悄悄发生变化。

中国餐饮突飞猛进发展的40年,也正是全球化从开始发展到枝繁叶茂的40年。而全球化的本身,也正是发达地区向欠发达地区输出文化价值观的过程。在这个过程中,欠发达地区的餐饮从业者会慢慢摒弃旧传统而进入到快速扩张的淘金大潮中,而传统文化在遭遇全球化的洗礼之后,它所讲究的、所追求的味道和形式或者店内的装修风格,也都慢慢地被新兴的流行趋势所淘汰。

市场的生存之道已经发生了根本变化,原来富商巨贾所追求的传统老派生活,被年轻人的快节奏生活方式所取代,大量的年轻人从农村或县城涌入经济发达的大城市,因为只有在这样的大城市年轻人的机会才可能更多。哪里可以挣到钱,哪里的年轻人就会更多,这几乎就是过去人口流动的指向性方向。当年轻人的口味成为主流之后,那些传统淡雅的味道就慢慢退守一隅了,味道虽然还在,但俨然已经是非主流了。对比香港富豪饭堂所谓淡淡的味道,和今天年轻人喜欢的各种过瘾的味道以及各种下饭的味道早就大路朝天各走一边了。

我面前摆着两本被称为"红宝书"的《2008年香港澳门米芝莲指南》和《2022年成都米其林指南》。2008年,米其林指南第一次在内地市场发布的时候,港澳地区依旧沿用当地叫法"米芝莲"。《2022年成都米其林指南》出版之后，纸质的米其林指南就正式退出了历史舞台。这次杭州米其林指南榜单发布，已经完全采用了手机 App 形式，这也是互联网时代美食指南与时俱进的体现吧。在以盛产网红和分发流量著称的中国互联网之都，杭州米其林指南榜单中并没有出现万众期待的两星餐厅和三星餐厅，而是以6家米其林一星餐厅、12家必比登推介餐厅、33家米其林入选餐厅共同构成了2023年首版榜单。朋友圈中的失望情绪宛如当年广州版第一次公布榜单一样，总说"食在广州"，怎么也应该有一家米其林三星餐厅吧，现实并没有。

如何正确公平地看待米其林指南，总是美食爱好者喜欢讨论的话题，尤其是在轮胎宝宝第一次出现在某个城市的时候，绝对会在美食爱好者群体里引起一场大讨论。不过，米其林指南越来越被认为是专横无情并且非常不透明的，好像已与这个时代脱节了，即便是神秘的美国中央情报局都会在历史事件发生50年之后解密一些当时的历史文件，但是拥有123年历史的米其林指南，却从来没有公布过他们的美食侦探所撰写的任何一份美食报告，他们甚至连给出较低分数的理由都不会告诉餐厅和消费者，除了会介绍部分特色菜和一系列价格之外，对餐厅的评级都是以星级和一系列的刀叉餐具图案来区分服务以及氛围的高低程度。全球有多少名美食密探在为米其林指南工作，甚至要比打听阿拉伯后宫有多少佳丽还要困难。不过如今很多出现在社交媒体上的美食排行榜大张旗鼓地宣传他们的美食评选专家真的就那么好吗？答案显然是仁者见仁的。毕竟认识一下并且相互关照还是需要的，瓜前李下彼此心照不宣的事情出现得多了，评委们私下与品牌"勾兑"一下，公众们慢慢也就会觉得含金量降低了。

关于餐饮方面的权威程度，美食指南还是要看所影响的受众是针对全球游客还是本地游客。凭借全球140位米其林三星厨师和全球16000家上榜餐厅，米其林在全世界建立起了一个塑造全球餐厅和厨师的美食榜单，获得米其林指南的评星可以得到什么好处呢？借用获得了31颗星星的法国著名厨师Joel Robuchon在2017年对米其林指南的评价，"获得一颗米其林星星，你的餐厅生意会增加大约20%，获得两颗星星，你的生意会增加40%，获得三颗星星，你的生意大概会增加100%"。所以当法国人开始在全球为某个城市举行美食指南发布会的时候，那些获得颁发资格的城市的旅游推广机构都非常清楚，要开始准备迎接全球宾客了。

当然这些旅游推广活动不是免费的，为了提高对全球游客和潜在居民的吸引力，迪拜相关旅游机构在2022年赞助了米其林指南，虽然具体赞助金额没有透露，但是应该接近其他城市的费用。美国《迈阿密先驱报》在2021年曾报道，佛罗里达旅游局、坦帕湾旅游局、奥兰多旅游局和大迈阿密会议及旅游局将在未来三年内向米其林指南支付约150万美元，用于对佛罗里达州的餐厅进行评级，而这些餐厅将会出现在米其林在线销售的和纸质版美食指南中。主动为国外的某个城市颁奖，和收到当地的旅游机构的邀请，并准备好相关预算一起来推广该城市的美食风貌，当然不可同日而语。但是，如果没有大量喜欢进行美食探险的全球游客的出现，米其林指南还会有那么大的影响力吗？

当然，在这个去中心化的互联网时代，即便是美食榜单，中国有美团和携程网，国外有 TripAdvisor 和 Yelp，这还不包括谷歌这种搜索引擎的网络巨无霸。而短视频则如排山倒海般进入某垂直领域，无论是餐厅还是酒店，无论是团购还是打折券，甚至连看电影、买书以及美容服务，都已经建立起非常忠诚的用户社群。通过短视频去评价一家餐厅的过程，似乎更加透明与真实。大多数消费者会觉得人人都可以成为一名类似于米其林美食密探一样的美食专家，但是隐藏在巨大流量背后的是无所不在的算法，我们真的会相信通过电脑程序搜集的社交媒体上的浏览数据更公平吗？我们在餐厅出现的时间、地点、天气、季节，还有我们关心的价格、数量或者我们发布视频的周期，以及更多的来自朋友、家人以及素未谋面的网友的点赞，还有餐厅海量的个人用户评论留言以及更多实时数据如地理位置、消费金额、网上购物历史记录、满意度测评、退货记录等一切人工智能需要知道的数据，都明明白白地裸露在后台，然后这些数据统统经过人工智能的分析，给我们推送过来各种关注列表或者播放列表，还有你关注的人所点赞的视频，这样就一定可以找到一家让我们非常满意的餐厅吗？

米其林指南杭州榜单发布后，我们都非常好奇下一站会是中国的哪一座城市。对于这个问题，我与米其林指南国际总监 Gwendal Poullennec 交流了我的看法，这位全球美食文化的代言人 2004 年加入法国米其林地图和指南部门，十年之后，因在启动米其林数字化转型工作中的活跃表现，他成为米其林指南的秘书长，并于 2018 年接替 Michael Ellis 担任国际总监。2018 年秋季，米其林宣布收购 Tablet Hotels 这家专门从事精品酒店选择和推荐的酒店专业服务机构，2019年，又把在2017年最初持股40%的《葡萄酒倡导者》（*Robert Parker Wine Advocate*）杂志变成了100%米其林全资拥有，这两项收购被认为有利于巩固米其林在酒店行业以及餐厅行业和侍酒师行业的领先地位和国际影响力。我认为米其林的下一站应该是大湾区最重要的城市深圳，因为米其林每次选择新的城市，通常都会考虑这个城市的餐饮质量以及这个城市的影响力，甚至还有奢侈品店铺的数量，这些都是和精致餐饮息息相关的，对于我的猜测，他不置可否。（2023.6.9）

小酒馆的朴素与热情

当外出就餐被视为一种奢侈品而不是必需品的时候，大吃大喝就成了人们在经济拮据时期首先需要放弃的开支之一。晚餐时间去看看各种餐厅的云淡风轻，再看看许多餐厅豪横的打折宣传，如果真是一顿饭吃得那么豪气万丈又不需要花什么钱，你会感到一种疲倦感在弥漫开来。

褪色的荣耀和流逝的时间一点点浸泡在这个无聊的夏天里，灿烂夺目的油墨在水里慢慢散开，华丽吊灯所提供的世俗而耀眼的光芒，像电影梦幻工厂制造出的欢乐。并不是说没有人来吃饭了，而是大家点菜开始节制了，这种少点几个菜的节制，可能真的是因为这个夏天的高温导致的胃口降低吧。

微小显然不是宏大叙事喜欢的模式，亲密也不会让人留下印象深刻的回味。在一个狭小的三层阁楼里挤进去三四十位客人，局促的空间洋溢着禁欲而又朝气蓬勃的气氛，用一种独特的视角以及最自然放松的方式去感受那种已经淡忘了的年轻而朴素的热情，去拥抱那种久违的美好冲动，这是我在几个法式小酒馆里最深刻的感受。

法式小酒馆（Bistro）的火热不过也就是五六年的时间，Bistro最开始并没有出现在城市的精华地段，而是站在一个类似于第二排或者第三排的位置，用一种法国人特有的慵懒和毫无歉意的状态出现在人们眼前。当然其背后是体量庞大以及丰俭由人的精美葡萄酒做背书，因为在人们口中所说的喝大酒，基本上都是在形容法国葡萄酒的丰满醇厚。

这个时候让我不能不想起过去的日子里各种中式小酒馆及各种胡吃海塞，拍黄瓜、水煮花生米、毛豆或者糟卤猪手、爆炒猪下水，它们搭配着各种霸道的酱香或浓香型白酒的味道毫无顾忌地涌了进来，那种感觉犹如在冬天坐进一辆喝了白酒的乘客刚刚离开的出租汽车。在曾经的微博时代，网上甚至还出现过一个"不喝酒就会死"的彪悍群组，朋友说那个群主后来好像不喝酒而去做茶叶生意了。江小白们虽然可以用情感式营销成功占领朋友圈，但是坐在街边的手推炒菜车旁，就着烤串或者小炒把酒言欢，今天回忆起来此种豪放总有一种大病初愈之后的虚弱感。

难得喜欢一间雅致的中式黄酒馆"壹玖肆伍"，尽管没有孔乙己那样脱下长衫去吃茴香豆然后喝一碗黄酒的戏剧场面，尽管以前每天也有不少日本客人慕名前来捧场，但这间酒馆还是在2020年4月从洛克外滩源黯然离场，留下一种谢幕后的沧桑感。上市首日市值一度直奔300亿元的海伦司小酒馆，除了让人们感受到中国资本市场的好故事之外，更多的是让一群中年人意识到，今天的年轻人在喝着中年人年轻时曾喝过的那些难以下咽的预调酒,以及感受着一杯寡淡啤酒中微不足道的酒精含量。

说起上海梧桐区的红酒吧,印象最深的是富民路上的Dr.Wine。人们都说互联网时代不适合阅读新闻合订本,但是回想起美式风格的酒吧,舒适的沙发、老式地砖以及地道的薄底比萨饼和琳琅满目的葡萄酒仓库,从售价四万多元一瓶的1982年的拉菲到一百多元一瓶的智利葡萄酒,梧桐区特有的拥挤不堪的华洋杂处,再加上一个从纽约漂洋过海来的侍酒师,总之那个美好时代的群众基础是房间里挤满了来自世界各地爱好葡萄酒的年轻人。

爱喝葡萄酒的年轻人,比爱喝烈酒或啤酒的年轻人多了几分安静,他们在露台上窃窃私语,他们在吧台前热情交流。想到那些离开了上海的来自全世界的年轻人,突然明白为什么今天在全国超一线城市突然出现那么多火爆的法式小酒馆,是因为那些从国外回来的中国年轻人,取代了那些来自世界各地的年轻人,他们是这些新晋法式小酒馆的重要组成部分,没有他们,就没有今天的法式小酒馆。

这波 Bistro 潮流中的 Jasper,正是众多从国外回到祖国的年轻人之一。Jasper 的中文名字叫孙昕,他的高中时代是在靠近法国和摩洛哥的阿尔及利亚度过的,然后在瑞士的旅游学院完成了高等教育。在大学实习期间,他开始与葡萄酒打交道,从最初在五星级酒店拥有几万瓶存酒的酒窖里找酒的工作做起,到成为在米其林三星餐厅向全世界的富豪们谈笑风生地推荐心仪葡萄酒的专业侍酒师,他的经历应该是之前中国葡萄酒行业里较少见的。后来,他从瑞士去了澳大利亚,全球游历令他的视野得到了很大的开拓。2015年孙昕回国后入职上海静安香格里拉酒店，师从中国侍酒大师吕杨，随后三年斩获众多侍酒师大赛的冠军头衔。离开香格里拉酒店之后，2018年他在上海愚园路开了一间法国味儿的"宇宙酒馆"，合伙人团队中有公关公司创始人，也有教育机构董事长，无论这些人的职业如何多样，他们的共同点就是一群葡萄酒极客。

法式小酒馆法语名为"Bistro"，据说最初来自拿破仑战败后，占领了巴黎的俄罗斯士兵在酒馆下单时大喊着"bistro"，也就是俄语中"快"的意思。当然法国的语言学家们不愿意承认美好的巴黎生活的象征跟粗野的哥萨克骑兵有什么关系，他们认为这是19世纪一种省级方言进入巴黎之后的叫法。如同猫员外啤酒馆创始人赵勇说的那样，如果中国人在生活中都离不开社区里的小酒馆，那么大家就不会再从手机短视频里进行价值观的探讨了。

法式小酒馆菜单上从典型的蛋黄酱、可丽饼、洋葱汤到小牛肉汤、油封鸭腿等，都表现出一个具有巴黎风格的知识与艺术的熔炉，法国人一旦认真起来，就是要把小酒馆文化升级到非物质文化遗产名录的高度。宇宙酒馆也有自己的葡萄酒常客，因为这是国内第一家可以按杯来喝法国DRC葡萄酒的小酒馆。

法式小酒馆的粗糙体现在装修上，以及写在酒瓶或者小黑板上那些潦草字体上。2019年春天，全球最知名的酒评家Jancis Robinson和其丈夫在光顾了愚园路的宇宙酒馆和兴业太古汇孔雀厅，之后她丈夫同时也是美食评论家的Nick Lander写了一篇在上海品鉴葡萄酒的文章，孙昕的行业地位再一次被提升了。就好像电影《封神榜》和《芭比》在电影院同时期上映时，女性观众很敏感地发现，前者在告诉观众什么是父权社会，而后者则告诉观众为什么要反对父权社会。Jancis Robinson 在宇宙酒馆里敏锐地发现了在这里女性顾客多于男性顾客的现实消费场景，很多超越时代的新鲜商业尝试都被时代吞噬了，而生逢其时的商业定位完全被时代所接纳，正是因为更多的女性葡萄酒爱好者的出现，以及更多中国留学生回国创业，让宇宙酒馆的生意一飞冲天。

一群热情的年轻侍酒师穿着印有"Wine Universe by Little Somms"的黑色 T 恤为客人服务着，葡萄酒的价格徘徊在一千元人民币一瓶的区间内，当然要喝"大酒"也是有的，单杯一千元以上的勃艮第葡萄酒也放在显眼的位置，看到那么多的名庄酒款后，很多客人就变成了糖果店里的小孩儿了。

最有意思的是，在二层的楼梯上炫耀性地摆着那些葡萄酒世界里最贵酒款的空瓶子，而瓶身上都有不同客人的亲笔签名。孙昕解释说，这些名庄酒都是宇宙酒馆根据自己的配额从法国酒庄进口的，他们为了防止这些名酒的空瓶子被人拿去做假酒，所以告知客人在宇宙酒馆里买的酒瓶必须留在酒馆里，不可以带走。当然酒馆也给足了客人面子，就是把它们精心摆到酒架上，并让客人签上名字，再来酒馆的其他客人也可以分享这个美好的往昔回忆，可谓一举两得。这个时候我的脑海里不禁浮现朋友圈里经常看到有人晒出喝大酒之后的空酒瓶子，那些裹着保鲜膜、保存完好的瓶子难道后来也被淘宝买家收购了吗？

法式小酒馆的热潮在全国引来无数跟风者，而那些后期的跟风者几乎都是全军覆没，因为他们理所当然地把小酒馆的经营重点放在了餐食上，搞出了各种黑暗料理，就好像克林顿当时和老布什竞选总统时的广告一样,"笨蛋,问题是经济啊!"

法式小酒馆的主角是葡萄酒,而在传统的餐饮行业经营观念中,菜是君,酒是臣,所谓餐酒搭配的出发点是如何让酒去配合菜的口感以及食材的味道。而法式小酒馆的主角,是那些传统的需要配额的勃艮第葡萄酒,以及新晋的自然酒,它们才是法式小酒馆的核心竞争力。如果拿冷盘罐头都可以代替佐餐的菜品的话,小酒馆里各种所谓的川扬风格或者土菜风格的出品又如何跟专业的中餐厅竞争呢?Bistro在中国的成功模式,简单地说就是在Fine Dinning高级餐饮中将菜品的部分弱化而强化了饮品部分。不能不承认,懂得鉴赏葡萄酒的消费者,他们的消费能力还是很有竞争力的。

宇宙酒馆在成都、深圳、广州等城市都开了分店,无疑是葡萄酒爱好者对法式生活的示好。在这个不确定的时代还有这些可以确定的小酒馆,可能就是这样一群消费者维护这种确定性的初衷吧!

人们互相传递着葡萄酒和食物,人们互相拥抱,人们互相为一首熟悉的歌曲而欢快跳跃或者流下眼泪。当朴实无华的小酒馆成为女性聚会首选的时候,实惠的价格、正宗的食物、友善的酒单以及浓郁的法国生活气氛,似乎让米其林星级的烦琐显得有些过时了。

在今天这个讲究商业场景的饮食行业,法式小酒馆代表着一种宽度大于深度的文化内涵,通过可靠的酒单和精心设计的标准来笼络一群忠实的客人,朴素又庄重,轻松又雅致,音乐的音量恰到好处,服务员对食物和酒都非常了解,服务周到又不傲慢,

大家可以在彼此不打扰的情况下互相交流,友善的喧闹以及回旋在屋顶的笑声,这就是法国小酒馆的魅力所在。(2023.8.4)

金宇澄绘画作品《红》纸本丙烯 56x42cm 2017

记忆的余味

最后一次吃父亲做的晚饭应该是在三年前,那顿饭绝大部分是典型的上海人的食物:炖了几个小时的牛肉、油爆虾,还有凉拌辣白菜。主菜是我从小就爱吃的酱牛肉,从开始清理牛腱子肉,冷水下锅、捞起洗净,到备齐各种香料,厨房里弥漫着热乎乎的牛肉香味儿,到最后收汁,将一大块筋筋绊绊的深褐色牛肉拿去切块,这一套娴熟的手法,以前奶奶不声不响地就操办完成。奶奶走了以后,父亲的处理手法更加直接了一些,因为他更在意的是选择一块好牛腱,而切肉的时候他喜欢用剪刀而不是用菜刀。摆盘是在家庭聚会时容易被忽视的,其实最被忽视的还是成本,因为吃酱牛肉这个习惯是在父亲一个月只有七十多块钱工资的时候就保留下来了,他觉得给孩子吃肉是最好的营养保证。

从买肉需要用肉票,到从吃红烧肉发展到吃酱牛肉,父亲的工资似乎都花在了买菜上。另外一个花钱的地方,是他喜欢看的杂志和报纸,每月月中会有几天,他下班后都会带回来厚厚的一堆杂志和报纸,从《世界知识画报》到《世界之窗》,从《世界文学》到《世界电影》，众多的杂志给我和妹妹留下了难忘的印象，而我最爱看的是《新华文摘》和《连环画报》。整个20世纪80年代国内的优秀小说，我应该都是从《新华文摘》上读到的。上海世博会期间，我在苏州平江路的老书虫咖啡馆对面的一家咖啡馆里意外看到了从1979年的创刊号到90年代的全套《世界之窗》杂志。咖啡馆老板告诉我，那是他父亲在他出生的那一年就开始订阅的杂志，一直到他上大学才结束，他后来认字了以后，觉得这一套杂志对他很有意义，就把它们都放在店里了。前几年再去苏州，老书虫咖啡还在，但是对面那家咖啡馆应该已经换了主人，因为店里的那一溜儿杂志没有了。

如果说杂志与酱牛肉是灵魂搭配，我想这是一个有趣的家庭传统。记得刚搬到上海的第一年，我还没有习惯上海冬天的湿冷，依旧保持着在南方穿单裤的习惯。当我穿过延安高架桥下的威海路，冷风似乎更加具有穿透力，寒风中我突然想到父亲在他小时候应该也走过同样的一条马路，只是那个时候不会有什么高架桥而已。吴江路的柏德里是他曾经生活过的地方，他告诉我他上学时总会路过梅龙镇酒家，饭店里散发出来的香气总会令他有一种饥饿的感觉。

食物的气味总是令人难忘的，每次和家人团聚，时间都是在春节，而童年记忆中的春节，房间里总是充满着蒸各种食品的雾气腾腾。小孩子总是担心高压锅会爆炸，而高压锅发出的嘶叫总是会伴着大量的水蒸气冒出来。高压锅从来都没有爆炸，而锅里的炖牛肉永远散发着香料和牛肉特有的香味儿，有时候在某个住宅楼的楼道里闻到这样的味道，脑海里就会浮现出春节时的各种景象。有一段时间在我住的单元里每到邻居家做饭时都会有浓烟飘入我的厨房，我一直质疑他们家的伙食不可能顿顿都这样油煎火燎吧。一年之后这家人搬家，当我豁然看见那种餐厅里用于做叉烧肉的大号不锈钢锅，我突然意识到他们可能早就在这里私设了一个烧腊车间，只是没有人察觉而已。

那时候父亲常来上海看我，他最喜欢去的是南京路上的王家沙点心店，有时候点凉面，有时候是两面黄，他吃凉面喜欢加花生酱，这样的搭配一直是我所好奇的。父亲倒是有一天想起要去吃大饼油条豆浆和粢饭团，在南京西路上肯定找不到这样的餐厅，我的理由是这里寸土寸金，怎么还会有这样的早餐店呢。后来走了几条街找到了泰州路的桃园眷村，味道倒是非常可口，但他的评价都是和他小时候的口味做对比，显然又太精致了。

奶奶走了以后，我和爸爸想念她时，就会一起去虹桥路的阿山饭店，那时候阿山先生还在世，这里的油爆虾和酱牛肉，味道几乎和奶奶做的一模一样，最后吃到八宝饭的时候，爸爸直呼好吃但又觉得太肥了，一般家庭做八宝饭应该不会像饭店那么爱放猪油吧！

父亲走了以后，每到他的祭日，我都会从这些餐厅点那些他喜欢吃的菜，摆了满满一桌，我却连筷子都不想动，的确有些黯然神伤。回想他那一代的上海人，出生在战火纷飞的年代，然后上大学受教育，毕业后投入到祖国的建设之中。那个年代各大厂矿企业的技术骨干好像大多都是上海籍的工程技术人员，他们兢兢业业勤勤恳恳，干活儿都是一把好手，他们平时寡言少语，好像只有谈起上海的物产时才会眉飞色舞。

那个年代匮乏的物质生活让上海产的各种食品似乎成了一种神话，对孩子们来说，恐怕除了大白兔奶糖之外就是话梅糖等几种为数不多的选择。父亲会躺在床上看一本《多雪的冬天》或《豺狼的日子》，然后拿出一个粗糙的牛皮纸袋，里面装满了圆圆的巧克力，他一边看书一边吃巧克力，这样的放松景象令我终生难忘。

后来我也在淮海路的哈尔滨食品店买到过这样用牛皮纸包装的巧克力，当然也不如小时候的好吃了，毕竟那个时候铺天盖地都是金莎巧克力的天下了。有的时候人们总觉得食物是帮助人们看清自己的最有效的方法，当我和父亲漫步在曼哈顿的街道上，他依旧会惦记着晚饭是不是可以去法拉盛的鹿鸣春吃一碗腌笃鲜。

餐饮行业一直有一种传说，就是海外的粤菜做得都不如香港地区好，而海外的上海菜或者川菜做得都比内地好。我想这大概是改革开放之初，在各种出国潮的影响下，很多上海及四川的厨师都以劳务输出的名义出国有关吧。而美国的粤菜做得不如香港地区好，主要原因就是香港地区的厨师在本地的收入已经超过了美国厨师，所以不太会有特别厉害的厨师舍近求远去捞金。当然这些年情况又大不一样，很多朋友跟我说，加拿大和澳大利亚的粤菜也做得非常出色，应该是因为香港厨师移民的数量提高所致吧。

对父亲这一代人来说，上海就是一种传统，他们一直用食物的记忆坚守着那个时代。而对我们这一代人，上海依旧是一种传统，我们比上一代人进步的地方在于，我们不用依靠食物来崇敬那个年代，而是用我们的记忆去坚守那些传统。（2023.5.25）

论一个厨师的成长

如果你的最大愿望是在厨房里让你的才华横溢获得最大的回报，那么勤奋可能是你的灵感来源。

每天下午两点多到三点的样子，当你走过上海茂名南路与进贤路的交叉口，会看到不少穿着厨师服的年轻男子们蹲在墙根看手机，在新天地的黄陂南路一带也会看到类似的景象，这种印象我一直很难忘，有一次甚至停下来拍了几张照片。

我知道这是劳累了一个中午的厨师们在休息时的普遍状态，这个被人们形容为"勤行"的餐饮行业，大部分的服务人员都会在下午两三点之后开始休息，到了四五点又要开始新一轮疯狂的工作。他们这些被称为"后场"的服务人员，包括主厨的炒锅师傅、副厨的打荷师傅、切配师傅、水台师傅、蒸箱师傅以及凉菜师傅。现在洋派的自媒体喜欢叫主厨为"Chef"，而我们在美食视频里看见的戴着高高的白色帽子侃侃而谈的厨师都是这群师傅中的佼佼者，白色高帽是声望的象征，也是将主厨与助理区分开来的法式传统。一般被称为"Chef"的厨师都要有一个英文名，这种习惯应该和最早外企公司进入中国大陆时的情况类似，五星级酒店的厨师也要有一个英文名字，主要是便于外籍高管管理吧。

之所以这个行业被称为勤行，是因为有一种力不到不为财的朴实观念。从采购食材到餐前准备，再到顾客点单高峰，以及最后点单时间，短短四五个小时被形容为冲锋陷阵实在不为过。在狭小的炉灶前腾挪回转，在湿滑的地面上脚步轻盈敏捷，而来自肌肉的记忆会令人想起一种从容不迫的运动状态：翻转、舀出、倒出、翻转、舀出，这些熟练动作一气呵成，有时对老式喷油厨灶加大档位还要用膝盖推顶来完成，因为一手端锅一手掌勺，这个时候只有右腿的膝盖非常灵活。大火轰的一声冒出，浇水上去，蒸汽霎时弥漫开来，一道菜便烹饪完成了，迅速瞟一眼下一道的订单，一套行云流水的动作又将开始。

厨具的升级换代以及革命性的发展已经淘汰了柴火烧菜，加大火力可以通过喷油来解决，当然我们老祖宗的对应之策是拉风箱。现在很多预制菜也进入了高级餐厅，将工厂运来的食料包放进水里煮好然后装盘，这种做法把更多的时间和空间留给了营业空间以及雇用更多的前场服务员，所以有人说"去厨师化"是一种对未来的憧憬，毕竟那么多的火锅店已经占领了更多的比重，半壁江山虽然还没到，但是三分天下已经是不争的事实。

人们崇尚美食的庄严与精确，也会崇拜如杰米·奥利弗这样的厨师明星，喜欢那些简单而富有创意的食谱，同时也让年轻人慢慢丧失了对烹饪艺术的向往。不过网上最受欢迎的名人烹饪视频似乎也是名人社交的一种延续，他们的粉丝期待看到偶像表现出热爱生活的一面，所以把名人带入厨房也是这种光环的延伸，然后会允许他们塑造出围绕着他们的各种个性化的叙述，如果粉丝可以通过食物了解偶像的生活，那么他们就会非常满足。

这是一种以你可以控制的方式去了解偶像的点点滴滴的做法，但是这和每天炒一两百道菜的辛勤师傅大相径庭，因为粉丝们不会在乎偶像们做的菜是否好吃，但是顾客会很在乎餐厅厨师做的菜是不是好吃。等到厨师可以熬到去包房里为媒体记者、自媒体达人，或者高级贵宾们炒个蛋炒饭的时候，这位厨师基本上就算熬出头了。

厨师行业等级森严，这一点可以从媒体报道中看出来。金字塔顶端的都是御厨，因为这种信任感不仅是靠手艺就可以获得的。

曾经做过泰国总理的著名厨师沙马·顺达卫，他因为早年的厨师经历而进入政界，然后又在执政期间经常参加综艺节目，后来被法院认定做节目的时候收取的费用超出允许的范围，而他解释那笔钱是买菜的费用，总之治大国如烹小鲜这样的名言一直都是政治家标榜的拿手好戏。

外交无小事，一位使领馆的厨师在国人眼里可以代表一个国家的脸面。再接下来就是活跃在社交媒体上的名厨，当粉丝量积累到了几百万之后，是否吃过他做的菜已经不重要了，自媒体时代"点赞"最重要。

总之科技的进步让原来给领导人做菜的光环，让渡给那些在粉丝面前做菜的各种无师自通的流量明星，也说明了美食媒体星系里面分裂出了诸多个著名的小星星。可能有的人就是会给牛排撒盐，有的人就是会炒鸡蛋，这些流量带来的崇拜，完全可以一键清零。真正厉害的是百年老店的名厨，他们或者是米其林餐厅的星级主厨，或者是获得"黑珍珠"评选的主厨，当然也可以是某个媒体认可的主厨，但是一定要是主厨。跟主厨一起战斗过的，不能叫作主厨，就好像你参加过一场著名战役，但是千万不能说你指挥过这场著名的战役。在今天高度数据化的互联网时代，每道菜的趋势周期正在被前所未有的算法力吞噬、消化和吐出。当人们看到某家餐厅宣称它的一道菜已经卖出了一千万次的时候，说明这一代消费者的选择是幸福而多样的。

很多厨师都喜欢以《论语》中的名言作为行业的行为指南，但是估计大部分厨师都不想提孟子说的那句"君子远庖厨"，其实今天的厨师大可不必把这句古训作为一种道德标准来约束自己，毕竟春秋战国时代的厨艺还处于一种非常野蛮的状态，君子的确应该远离杀生做饭的地方，这只不过是在形容一种不忍杀生的心理状态。古代的美食是建立在当时审美以及道德评判之下的古老传说，如果放在今天来看，那个齐桓公身边的易牙用自己儿子的肉做一碗汤孝敬齐桓公，并不亚于变态杀手所实施的恐怖案件。所以当今天西方厨师也开始推动政治正确的时候，的确会让人们感到某种价值观的形成，就是依靠很多人的努力去慢慢影响全行业的变化过程。先是有人抱怨米其林获奖餐厅中的女性厨师比例太少，然后英国厨师协会里有人提议如果发现有虐待下属基层员工的，应该摘取米其林的星级获奖称号，总之人们都还是希望米其林这样的餐饮行业的最高荣誉，应该有一种高于普通道德观的价值存在。

看过综艺节目《地狱厨房》的朋友都能感受到戈登·拉姆齐的暴怒，其实这就是综艺节目的老梗——引起观众的紧张情绪，以此激发观众的观看兴趣，这已经和选秀比赛一样无差别了。

餐饮是一个充满压力的行业，厨师也是一个对食物以及菜谱了然于胸的职业，厨师越是了解食材的特点、菜谱的来历，就越能做出创新的作品，餐厅也就越会吸引更多的客人。曾经某部影视作品中出现一个暴躁的厨师跟一个温柔的小学教师约会，似乎只有小学教师才可以容忍厨师的任性，当然厨师会做一桌美食来安抚她，这个时候如果你把厨师换成建筑师，恐怕只有让建筑师拿着设计蓝图来取悦女友了。

另外媒体也经常会采访厨师早上吃什么中午吃什么晚上吃什么，有资格环游世界的厨师通常会跟媒体讲到在世界各地的特色餐厅，早中晚分别适合吃什么。我很喜欢看英国费顿出版社出版的 Where Chefs Eat，这本书是十年前出版的，为了使用方便，甚至还推出了同名的手机 App。书中提到在上海这座城市的厨师爱去的餐厅名单里，除了可以看到永远需要预订的紫外线餐厅之外，我甚至看到了滴水洞以及鼎泰丰、大董等熟悉的中餐厅。

"你喜欢高温、步调紧凑、永无休止的压力和突发状况、低薪、可能缺乏福利、不公平和白费力气、割伤、烫伤、身心受损——不能正常上下班或者过正常的个人生活吗？"这是世界著名厨师安东尼·波顿对立志进入厨师行业的年轻人的劝告。这个四十岁之前名不见经传的纽约厨师，在他的自传作品《厨室机密》出版之后声名斐然，他谴责道貌岸然的素食者以及无可救药的早午餐食客，他对"厨房是不合时宜的人的最后避难所"的说法深表同情。

他是媒体的宠儿，也是街头美食的传播者，他是让数百万读者得以了解厨师行业的作者，他似乎是大多数人第一个会想到的名厨，尽管他已经多年没有在餐厅工作了。2018年6月8日，他在法国拍摄纪录片的时候上吊自杀。

厨师所做的事情就是厨房里的政治，这是对这群火焰守护者的一种赞美。餐饮行业的严酷事实，很容易把一个狭小空间中的压力描绘成一个艺术家道路上的必由之路，并把残酷描绘成一种真理的语言，而这种繁重劳动所要面对的身心压力，正在慢慢侵蚀专业烹饪作为纯粹创造性表达的光鲜亮丽。美食反映了各种影响的融合，而口味则代表了历史的沉淀，高端美食之旅的成就感令人们所期许。忘记那些试图研究因人与食物之间的关系而产生的雄心勃勃的学术态度吧，好好做菜才是硬道理。（2023.4.21）

深圳高端日料：拿来主义的成功

打开以"发现品质生活"为号召的大众点评网，可以看到这个创建于2003年的生活信息网站正在逐渐影响着中国人的生活。

日本料理在中国的迅猛发展

2015年之前，这个网站上收录的深圳市"日料"的搜索结果已经无法寻找了。业内人士告诉我，当时深圳的日本料理餐厅应该不足百家。我在20世纪90年代曾经吃过富临酒店内的"舞鹤"，应该是名气最响的一家，印象中罗湖香格里拉酒店内还有一家"西村"，还有来自广州的"中森明菜"，总之，各种印象都停留在那种一票吃到底的自助餐或者各种套餐的日式餐厅之中。

时间就好像按着快进键一样进入了2020年，再次搜索深圳的日本料理餐厅，发现已经有2542个结果了。我询问美团网的朋友，这个结果是餐厅的数量，还是提供日式餐食服务的数量，他的回答是，以"日本餐厅"为行业分类的结果应该就是我搜索的结果，这个数字应该是很保守的，因为还有些餐厅为了突出或者强调自己的独特性而拒绝在大众点评网上建立页面。

搜索结果显然看不出什么特别大的区别,不过把全国几个代表性的城市数据汇总在一起看就非常有意思了。

以下数据来自谷歌搜索,数据截止到2019年底,仅作参考:北京人口2154万,搜索"日料"的结果是3641,即每一万人拥有1.69间日料店;成都人口1633万,搜索"日料"的结果是1975,即每一万人拥有1.2间日料店;杭州人口1036万人,搜索"日料"的结果是1607,即每一万人拥有1.55间日料店;上海人口2428万人,搜索"日料"的结果是4474,即每一万人拥有1.84间日料店;深圳人口1253万人,搜索"日料"的结果是2542,即每一万人拥有2.02间日料店;广州人口1530万人,搜索"日料"的结果是3107,即每一万人拥有2.03间日料店;香港地区人口是745万人,搜索"日料"的结果是3341,即每一万人拥有4.48间日料店;台北人口是264万人,搜索"日料"的结果是2955,即每一万人拥有11.19间日料店。这个数据整理出来之后让我非常兴奋,这也同样反映出人们对健康的饮食方式的认可。

日料餐厅的"深圳速度"

深圳餐饮的发展趋势就好像一个四十不惑的壮年男子,正在发生着积极的改变,尤其是这几年新晋出现的高级餐厅让这座城市开始成为美食家们所向往的目的地。最有意思的就是那些在北京、上海和广州刚刚获得米其林餐厅称号的餐厅,带着米其林的光环,纷纷出现在那些原本就要成为深圳城市新地标的商业中心内。新的美食天堂出现在大湾区摩天大楼的裙楼之中,这样的开店速度不禁让人联想到创建特区之初的深圳速度。

在美食榜单"黑珍珠餐厅指南"中，上榜的八家深圳餐厅中居然有三家日本料理餐厅，而它们登陆深圳的时间都没有超过五年，其中最令人惊讶的是"鮨文 Sushi Man"，从香港地区登陆深圳仅 15 天就获得了"黑珍珠一钻"的称号。

翻开这座城市的建设历史，在来深圳投资的 139 个国家和地区中，日资企业无论投资项目数量还是投资金额均名列前茅，累计在深圳投资了 890 个项目，实际投资金额达到了 36.17 亿美元。这个来自深圳市商务局的数据让我想到 20 世纪 80 年代日资大举进军欧美国家时，带动了当地日本料理消费热潮的往事。

在上海经营日料餐厅的朋友告诉我一个有趣的现象，其实在上海的日料餐厅里，也有"日本人喜欢的餐厅"和"本地人喜欢的餐厅"之分。

在过去，日本客人居多的餐厅基本上很少会开多家分店，而以本地客人为主的日料餐厅则是高速发展。深圳的日料餐厅是不是也有类似这样的发展过程呢？

2023 年 6 月开张的植庭寿司店是这一拨深圳日料餐厅高速扩张的代表，这个在深圳和上海拥有多家餐厅的餐饮集团，最初也是在上海开始了餐饮事业，古北区的植藤、觉庵天妇罗、和飨怀石炭火烧，铜仁路的植藤、法国菜馆 OSTRA 是他们最早的餐饮尝试，之后集团又在古北区投资了一家叫作"非常潮"的潮州菜馆。在上海试水之后，他们便杀回深圳，一口气开了植庭怀石料理、植庭寿司、植藤·匠南山店和植藤·天元店、茑山、鸟沢以及珍庭潮州酒家，加上静明茶馆和静酩酒馆，一个拥有 13 个餐饮品牌的餐饮集团就这样在深沪两地浮出水面。而即将在深圳嘉里中心和上海静安嘉里中心开业的"炎珀烤肉""鸟沢"也会成为新的消费话题。虽然经营者告诉我这些新店都是在两年之前就规划好的，但是在新冠肺炎疫情之后继续保持飞快的开店速度，依旧让我感到他们对两地餐饮市场的看好。

这家投资近千万元的日式餐厅，吸引着来自深圳南山区的科技公司新贵以及福田区的证券公司高管。虽然人均1600~1800元的午市套餐未如晚市的生意理想，但是由于日料既适合独酌，也适合情侣约会，更可以安排全家聚餐，如果是商务宴请，更有些华尔街银行家在美剧《亿万》里跑到日本餐厅中坐而论道的味道，所以目前的经营状况还是让经营者充满了信心。目前集团共聘请了六位日本厨师，从天妇罗到寿司以及怀石料理，都有在日本一线餐厅的从业背景。据我了解，这些日本厨师在深圳的月薪为3万~4万元人民币。当然也有店家为了迅速脱颖而出，不惜砸下重金，以6万~7万元人民币的月薪从日本高薪聘请厨师。在和他们交谈的过程中，日本厨师也告诉我深圳客人的一些吃日料的喜好，譬如喜欢吃贵的、稀有的食材，这些来自口口相传的好奇心保证了这些高级日料餐厅的消费市场。

中国食客的不同口味

谈及寿司时，一位娶了珠海太太的日本厨师告诉我，深圳或中国客人与日本顾客最大的不同就是对米饭口感的认知。他认为在寿司的制作过程中，中国客人喜欢吃软一些的口感，并且希望这样的米饭可以甜一些，而这位寿司大师的高徒则固执地认为只有坚硬口感且味道更酸一些的米饭，才可以更好地体现海鲜原本的味道。他甚至自信地告诉我，深圳没有一家餐厅的米饭比这里更酸的了。不同的食材会呈现出不同的酸味和酸度，而丰富多样的酸性也会刺激出更多的口感，这样的口感与口腔中其他味道的互动也会不同，特别是人们遇到酸味就会流口水的生理特点，也让这些日本厨师更加细心地去琢磨每种食材的不同特点。这位曾经在新加坡和我国的澳门、台北、上海都工作过的厨师，跟我谈起各地不同客人的区别，他说澳门客人最有意思，赌赢的客人基本上连菜单都不看，什么贵就点什么。当然赌输的客人不用说都知道，因为是赌场的服务人员陪着一起来的，估计也没有什么胃口。而深圳客人非常年轻且非常有礼貌，这也许跟他们的职业背景有关吧。说到最了解日料的客人，他则认为是台北的客人，但是他们也是这几个城市的消费者中平均年龄最大的。这些身在异国他乡的日本厨师在谈及他们对这座城市的感受时还是一脸迷茫，因为他们和我在上海接触的日本厨师以及调酒师一样都忙于工作，下班之后只想回家睡觉，以至于对深圳丰富多彩的夜生活都没有什么印象。

广州和深圳加在一起有五千多家日本料理餐厅，这样一个庞大的市场背后，食材供应又是如何解决的？经营者告诉我，如今深圳有了越来越多的食材进口商。以前，香港地区拥有最发达的日本生鲜食材市场，厨师说他在香港地区工作的时候基本上日本的新鲜食材可以当天运抵，但是运到深圳则必须要在香港停留一天才可以运过来。不过相比成都、北京、上海、杭州，他则非常自信地说，深圳日料餐厅的食材要比这几个地方的都要新鲜，因

为一个庞大的生鲜食材供应链已经日趋完善，而这个供应链的建立是一个成熟的日料餐饮市场的重要基础。（2020.10.30）

一家广州餐厅在上海的第 22 年

宽广笔直的延安高架桥由西向东穿过繁华的上海城区，在高空俯瞰，成为上海市"申"字形高架快速路网络中的"一横"。

快速路与南京路和淮海路平行而过，人们可以在快速行驶的车流中欣赏中国最为现代化的城市的美丽天际线。而虹桥机场候车区那一排排出租汽车的白色顶灯，则象征着城市文明的井然秩序与繁忙节奏。从此处一路驶上高架桥，从虹桥国际机场奔向灯红酒绿的外滩，长达 14.5 公里的快速路两侧布满了上海知名企业的霓虹灯广告牌，粤菜北进的身影也闪现其中，22 年的时间旅程，不知不觉成就了一家广州高级粤菜餐厅的低调成长。

我在上海拜访了伍先生，头发灰白的他微笑着坐在浅黄色沙发上，从建筑物顶楼书房的落地窗看过去，外面是川流不息的延安高架桥。"名豪"海鲜餐厅毗邻虹桥机场，昔日架设在外墙上的巨大霓虹招牌已经拆掉，但乘车去机场的乘客仍然不难发现这家在上海已经经营了 22 年的广州餐厅。通过公交大巴、地铁、高铁以及飞机将整个长江三角洲连接在一起的大虹桥交通枢纽，是这座国内经济最发达城市的另一个消费板块。因为云集了众多世界五百强企业和大量日韩居民以及城中的隐秘别墅区，这里也是南京西路 CBD 商务区之外的热门消费地区。

名豪这家来自广州的餐厅自 2000 年在上海开业以来，一直都以伍先生喜欢的巴洛克装饰风格著称，浅黄色的主色调、收藏有数千瓶高档葡萄酒的酒窖、巨大的海鲜池，连同在餐厅门口站立的训练有素的服务人员以及 11 间豪华包房，共同组成了这个餐饮帝国王冠上的明珠。

新冠肺炎疫情曾让不少酒店业、餐饮业的从业者濒临破产，很多餐厅早已停止了堂食，但是对很多人来说，外出就餐是一种令人享受的剧院式表演，这是一台精心编排的演出：食物是主角，食客是明星。人们在抵达餐厅时便开始享受待客之道，轻松的交谈声以及各种恶作剧式的八卦，与爽朗的笑声交织在一起，回响在每个楼层。经历过疫情，人们会对往日那个设施齐备的世界产生怀旧之情，疫情危机通过朋友圈的刷屏，展示着生活中的不确定，同样也促使我们思考，生活中缺少的东西在哪里？为什么餐厅那么重要？为什么要花一笔钱和别人一起用餐？

餐厅的存在不仅定位着外出就餐的目的地，还预示着在吃饭的地方会遇到亲切的重逢和美味的佳肴。在今天，餐厅也暗示着其他一些能够治愈因隔离而产生孤独的疗法，因为餐厅不完全是公共的，也不完全是私人的，它是一个社交场所，在我们和其他人一起进餐的时候，我们会一同思考可以分享的事物或者曾经共享的时光、口味、空间，以及相关风俗和态度。

2019年年底，因为租赁业主转手，伍先生关闭了他的餐饮帝国中最有故事的位于静安区的名豪餐厅，以及另外一间位于浦东新区的名豪餐厅，这两间餐厅分别记录着过去近二十年浦西和浦东的高消费阶层对精致饮食的美好回忆。有时候人们敬佩那些行业的经营者，不是因为他们曾经做创立过多大的项目，而是他们可以在历次惊涛骇浪发生之前全身而退。这种对风险的防范与把控几乎成了一种传奇，因为谁也不知道在关闭这两间每个月都要花费至少三百万元营运资金的餐厅之后，一场前所未有的新冠疫情会悄然而至，在这之后如果继续运营这两间餐厅，结果可想而知。当然，很多时候人们都会把这样的决定归结为一种好运气。

位于上海市中心静安区的名豪餐厅，曾经接待过首次来中国的"世界头号酒评家"罗伯特·帕克及参加上海合作组织峰会的俄罗斯总统弗拉基米尔·普京，两人都对名豪的经典菜式赞不绝口。伍先生非常明白，餐厅不是市中心美食的神庙，更不是让人们快速掏腰包的食堂。这间名豪餐厅没有获得过米其林的评星，在今天这个把厨师视为魔术师或心灵鸡汤大师的年代，伍先生的名字也远未家喻户晓，但是他22年前在上海创造了一个美丽的空间，并营造出一种迷人的气氛；他试图传递一种让时间停滞的感觉，那种即将进入一个远离眼前的世界，或者被送到父辈祖辈锦衣玉食的用餐场地，就像是一次神话之旅，这也会让食客们感受到在餐厅这个享用美食的地方，还可以产生宏伟的梦想。在21世纪最初的10年，在餐厅包房里进餐的客人们都在讨论如何尽快拿到项目去改变这座被称为东方巴黎的城市的天际线，而不是谈论如何潇洒地从路易威登或爱马仕买一只价格不菲的包。这些细节影响着人们去餐厅进餐的想法和感官感受,这也是人们心目中对所谓成功的一种定义。这种成功当然包括了生活层面以及整个社会层面上的成功,它们都是基于对智力、偏见、渴望,以及性格特征、社会规范的综合判断,这也是伍先生努力实现的目标。

伍先生是一个喜欢微笑的人。年轻时,他和同时代的广州青年义无反顾地投身到服装买卖的个体户生意中。在几年前的一次聚会上,当见到20世纪80年代火遍全国的歌手张蔷,他回忆起当年自己正在哈尔滨的大街上寻找牛仔裤的经销商,突然发现所有的服装小店都在播放一首甜腻腻的女声歌曲,后来才知道唱歌的人就是张蔷。那时的他感到中国正在经历一个前所未有的变革时代,他希望尽快找到一个可以改变中国人生活方式的商业赛道,他看到了当时迅猛发展如入无人之境的餐饮行业。为了服装销售走南闯北的时候,他发现全国各地无论大小城市,几乎在一夜之间都出现了以前从来没有见过的香港粤菜餐厅,各种打着生猛海鲜旗号的粤菜馆成了各个城市最有消费力的生意场所。

20世纪90年代初,是一个被称为激情燃烧的年代。伍先生真正开始进入餐饮行业是在1992年,他在广州龙津西路开了一个58平方米的大排档,在那里推出了一道被当地人称为啫啫煲的菜肴。多年以后,当《舌尖上的中国》创作团队跟他探讨节目内容时,他谈到中国人用筷子的进餐方式与西方人用刀叉进餐的差异就在于中国人吃的食物的重量以及温度。啫啫煲就是在烧得滚烫的煲仔中倒入食用油将蔬菜或者肉类烫熟,这种被广东人追求的"镬气"作为一种独特的香气,成了伍先生餐厅的无形招牌。2012年5月14日晚上8点,美食纪录片《舌尖上的中国》在中央电视台正式播出，这部纪录片成了美食文化的分水岭：美食作家以及美食博主如翻江倒海一样出现，开启了长达十年的百舸争流时代。这部由陈晓卿导演的美食纪录片教育了一代中国消费者，将一群爱给餐厅计算营业额和翻台率的消费者教育成了一群爱谈食材和情怀的食客。

很多人最初开餐厅时都觉得自己需要一个社交场所，与其去其他人开的餐厅，不如来自己的地方更为简单。抱着这样想法开的餐厅，最后留下来的屈指可数，因为每家餐厅都会存在一种纪律，那就是限制经营者自己的欲望，然后再发挥想象力：你需要有一些忠实的客人，餐厅的一切都是由这些客人来定义的。每个包房都要融合艺术与历史，巨大的水晶枝形吊灯、岭南风情的木雕屏风、各种陶艺艺术家的手工作品，这是一个需要通过构想细节来建立餐饮体验的地方。而感受这样无缝融合的体验是不便宜的，有的时候甚至是昂贵的，无论是蒜茸香草啫帝王蟹还是名豪煨刺参，具体都要取决于选用何种食材。广东人特有的那种"有饭食饭、有粥食粥"的朴实性格，也让餐厅的外卖成为居家时的最佳选择。

2016年9月21日，中国大陆版米其林美食指南榜单第一次在上海发布，上海作为中国大陆最重要的金融中心，逐渐成为一个光鲜亮丽的全球享乐城市和餐饮行业的名利场，开始为更多有志于餐饮行业的经营者和需求多样化的人口提供美食便利。餐厅迎合着潮流的引导者、美食家和精打细算的消费者，同时也成了全球美食潮流的受益者，并且不断推动餐饮行业的变化。也就是在这一年，"名豪"这家来自广州的高级餐厅，和上海城隍庙、杏花楼等一批老字号品牌一起，成了上海的名牌标志。

当社交媒体开始取代报纸杂志和电视，网络文化汇集了这个世界所有的不和谐群体，附庸风雅、看别人以及被别人看，网红经济让每个人都可以成为美食家，也让每个人都能成为吃货。人人开始点评餐厅，美食家们推出了自己的美食榜单，戏剧、电影、电视剧、新闻媒体都开始像撒胡椒面一样加入美食内容。

如何吸引年轻客户也成了伍先生思考的问题，他尝试在餐厅内加入巴黎剧院式的演出大厅，也设想在餐厅内盛装进一个小型的美食图书馆，这样的大胆尝试对他来说驾轻就熟，因为从2000年开始他就一直在时尚杂志上投放平面广告，耗资不菲购买广告版面一直延续到2012年，使用这样的宣传手法的确是很多餐厅想都不敢想的。他认为一家都是由富人组成的餐厅是缺乏质感的，一位娱乐明星可能会喜欢在餐厅里看见一桌足球运动员，但是如果遇到三桌足球运动员，他会觉得走错了地方。伍先生要求他的前场服务员要保持良好的记忆力，不要出现忘记常客姓名的情况，但是他也不希望初来的客人被忽视，毕竟餐厅是一个满足人们与他人交往需求的地方，人们可以在餐厅里开商务会议，也可以选择将餐厅作为面试的地方。餐厅也许是初次约会的地方，也许是分手告别的地方，很多细微的体验都需要悉心服务。

1996年开业的广州惠食佳大公馆是伍先生的广州大本营，每年端午节在珠江举行划龙舟比赛中最好的一段风景就在餐厅的前面，那里曾诞生了历史上著名的"十三行"，各种华丽的广州粉彩瓷器由此远销海外。

当新冠肺炎疫情打乱了正常的生活节奏，食客们也重新回到了自家的厨房，再次为抢购到一筐新鲜的蔬菜在朋友圈中炫耀。重读斯蒂芬·茨维格的《昨日的世界》，也许会让我们怀着更为沉着的心态去面对眼前的纷乱。或许所有的餐厅都会随优雅和秩序的消逝而成为牺牲品，或许所有的餐厅都会变成昨日世界的遗迹，但是餐厅仍然是自由的象征，仍然包含着一种可以选择的思想，意味着一种可以选择的存在；餐厅仍然表示人们拥有一种可以选择的能力，一种可以表达自我的工具，这也许就是伍先生所追求的快乐吧。（2022.4.22）

金宇澄绘画作品《无题 7》纸本丙烯 33x40cm 2014

海纳百川的上海饮食

新年的第一天晚上,我最喜欢的深夜食堂老夜上海餐厅在锦江饭店大堂贴出了通知,告知晚上十二点就会结束营业。这间被称为上海最舒适的宵夜餐厅的营业时间以往是到凌晨五点结束,如果你在这里看过德国世界杯、南非世界杯、巴西世界杯,你一定会怀念这种难忘的感受。人们说午餐是友谊、晚餐是礼貌、宵夜才是爱,早餐则是爱的回味,老夜上海是我们吃宵夜最多的地方。看过西班牙路边餐厅外铺着亚麻台布摆着小花瓶的温柔餐桌,你一定不会接受寿宁路餐厅里的塑料餐具,这种廉价的白色塑料袋包装让你感觉是在喂饱自己,而不是和你最好的朋友喝了整晚的酒稍事休息的地方。消费者是冷漠的,他们对空无一人的大厅视若无睹,他们更关心进餐的时候是否安静舒适、饭菜是否可口、是否不被打扰。营业到凌晨的老夜上海餐厅就是这样一个深夜食堂,空荡荡的大厅等待着彻夜狂饮的客人,它永远是你最不会出错的选择,因为无论凌晨几点这里都会端上来一大桌热乎乎的饭菜,招牌的蟹粉煨面、大煮干丝甚至一条蒸鲥鱼,都可以在这家深夜食堂的菜单上出现。碰巧你还会看到那位著名的脱口秀主持人带着家人和助手在隔壁桌子吃饭，高谈阔论的声浪远远地传过来，据说他住在附近的公寓，甚至在夜晚还可以把他的狗带进餐厅，这样的画面你是不会在这栋古老大楼另一面的新旺餐厅看到的，甚至有一次我们还看到那位长期看空中国楼市的经济学家在大厅的角落里和几个面容姣好的女粉丝一起谈论着中国经济的走向。最有意思的时刻还是看世界杯比赛，现场两台大电视，两桌客人各看一台。餐厅的经营状况究竟如何，消费者是不关心的，消费者仅关心这家餐厅是否可以正常开下去，这样齿冷的过客心态人皆有之。

英国《金融时报》著名美食专栏作家尼古拉斯·蓝德在他的著作《餐厅的艺术》中阐述了一个令人眼前一亮的观点：每一家餐厅的老板都是一个伟大的电影导演，因为他要将主厨像电影明星一样网罗于麾下，除了装饰风格他还要确定出品的风格、背景音乐、员工的制服款式、菜品的价格，他要和政府部门打交道，他要给前场的员工培训并且训练他们成为专业的侍者，也要给后厨的厨师们鼓励和提示，以保证出品的正常。他要和各种供应商打交道，要和各种老饕探讨餐厅的形象，他是整个餐厅的灵魂也是整个餐厅的领航者，以往我们把过多的目光投向活跃在各种媒体上的主厨，其实躲在幕后的导演深谙低调做人的行为准则，他们才是最重要的决策者。老宋这个穿着山本耀司潮牌衣服的美食家，十年前从广告界华丽转身，从一个汽车品牌广告的制作人跨界变身为潮流美食的推广者，从最早和朋友合作静安公园内的巴厘岛餐厅开始了他的漫漫经营之路。他周游世界搜罗各种入眼的古董与小物件，仔细观察新一代消费者的美食趣味，营造享乐主义的用餐环境，在餐厅这样的大片里一发不可收，用国际4A广告公司创意总监的创新精神和客户总监的服务态度，不断开发新的品牌，"FCC满舟""FCC CLUB""孔雀""龙凤楼""爱玲""誉八仙"，旗下的每一个餐饮品牌都像一件当代艺术品，成了各大商业楼宇开发商眼中的红人。无论是人潮汹涌的嘉里中心，还是华贵高冷的环球金融中心，以及年轻人的挚爱大悦城，一家家分店犹如一部部文艺电影出现在竞争激烈的上海餐饮市场。他无数次在成都等地的众多苍蝇馆子里找寻最地道的民间高手，大胆地使用著名珠宝品牌Tiffany最具代表性的孔雀蓝作为整个餐厅的主色调，为传统川菜赋予了时髦的元素，这种中西混搭的跨界手法你会在各种影视广告中屡见不鲜，但是运用在餐厅的装饰上，则是一种美食与艺术的独特体验。沉浸于大隐隐于市的浪漫，辅以甜美迷人的审美情绪，成就了潮人必去的"孔雀"川菜。他不计成本享受这种创作的乐趣，于是又有了后来的"龙凤楼"港式餐厅和香艳迷人的"爱玲"上海菜。有人说他的爱玲上海菜有伦敦Hakkasan（客家人）餐厅的影子，也有人说他的誉八仙酒楼让人想到香港地区知名的陆羽茶楼，但是无论消费者怎么看，海纳百川的上海滩完全接纳了他的创意，在他的心目中提供高级的服务和适中的价格一定是精明消费者的最爱。

誉八仙酒楼已经成了怀旧粤菜的最好注解，娓娓动听的南管配乐之下，金线相间的拼砖地面严丝合缝地体现了岭南文化绵长的历史，而各种精雕细刻的中式古董家具、名人字画、景德镇定制茶具则体现了一派南国悠闲生活。更有来自北京"中国会"掌门人吴城锦先生和20世纪70年代香港东方文华酒店文华厅经理何厚存先生两位业界老行尊的加入，再现了老派高级中餐服务精髓。后厨全班香港大师团队，吸取老师傅的细心教导烹饪出20世纪60~70年代香港怀旧点心和当年的驰名菜式，让食客一览怀旧粤菜料理的宴席之乐。

谈到岭南文化我不得不提及伍先生在上海耕耘十二年建立的上海知名品牌名豪餐厅，这位收集了从清末一直到改革开放初期广州各个历史时期餐厅菜谱的美食爱好者，一直认为西餐与中餐的分野来自刀叉和筷子，这样的工具影响了食物的获取方式以及宴席的形式。

我也很关心我们成长过程中的统计数据，曾看过相关资料，1966年全国人均粮食379市斤、食用油3.5市斤、猪肉14市斤，1976年全国人均粮食381市斤、食用油3.2市斤、猪肉14.4市斤，我便明白了为什么如今40岁左右的一代人那么喜欢吃猪油捞饭，当我们想到关于妈妈的味道的时候，总会觉得在果腹之后更加难忘饥饿的滋味，由此关于所谓美食观念的建立便无从谈起了。如果说餐厅年鉴是富裕阶层的炫耀，那么挨饿指南则是愤怒的自由主义体现，写下著名诗歌《未竟之路》的美国诗人佛斯特说，餐厅是你必须前往，而且也是他们必须接纳你的地方。餐厅就是当你前往那里的时候，他们不仅接纳了你，而且还要表现出很高兴见到你的地方，譬如著名的"很高兴遇见你"餐厅。在一个陌生的城市，这样的矫揉造作还是非常可贵的。

食谱是一个厨师安身立命的基础，它包含着上一代师傅留下来的实操智慧以及一种"跟着我做你就会做出来"的自信，但是"教会徒弟饿死师傅"的民间谚语让很多食谱距离极品还差了好几条街，所以食谱是一辈子的琢磨和实践。在"厨神"费兰·阿德里亚光临上海的时候，曾经作为美食图书出版人的我拖着一只拉杆箱来觐见这位全世界餐饮界敬仰的厨神，几乎上海最有名的西餐厅老大都衣冠楚楚地挤在东方文华酒店大厅里，敬仰般地倾听他在西班牙的故事，而全场等候签名的队伍里只有我带着我策划出版的《厨神的家常菜》中文版和《终极飨宴》以及若干本在国外买回来的精装书等待他签名，而他即将出版的一套五本的丛书，竟重达25千克！上海的西餐厅已经可以与新加坡、中国香港地区的比肩而立，不过距离东京的还差一点，之所以在上海可以吃到诸多的高级西餐，也是因为来自全世界的热钱都聚集在狭长的外滩上。厨师要在今天这个名利场里打拼，除了要有一家或者若干家用自己名字命名的餐厅，还要有微博或微信公众号，你要写书，你要参加电视节目，你要在娱乐综艺节目中露面做评委，你那副高深莫测的表情都会把选手急哭，虽然现在的厨艺节目无一例外变成了励志节目，但是最后的评语往往体现了你的文化水平。而写书是让厨师成为明星厨师最为关键的龙门一跳，全球知名的英国PHAIDON出版社出版社已经成了全球顶级厨师的御用推手，他们敏锐的市场眼光总是让作品可以及时地出现在餐饮图书繁杂的书架上，并且成为最厚的也是当年最重要的一本书。出版社的影响远远超过了杂志，因为它在制造餐饮行业的时尚，并且予以重要的肯定。如果没有在PHAIDON出版过一本重达2千克以上的画册，要成为全球知名厨师基本上是不可能了。我国的餐饮综艺节目虽然起步较晚，但是显然成长迅速，之前的厨王争霸赛已经慢慢向着打败国际厨师的民族气节上靠拢，毕竟希望在中国开餐厅的老外越来越多。而像杰米·奥利佛这样长得讨人喜欢的国际名厨之所以其图书以及电视节目都造成洛阳纸贵万人空巷，最合理的解释是主妇们看完他的节目之后觉得自己也做出了一道很好吃的菜肴，然后便带着家人出去吃饭了。（2016.1.4）

从餐饮到时尚:那些抄袭与原创的缠斗

2006年12月,三位全球顶级厨师:费兰·阿德里亚(Ferran Adria,时任西班牙斗牛犬餐厅El Bulli主厨)、赫斯顿·布卢门撒尔(Heston Blumenthal,英国肥鸭餐厅The fat duck创始人)、托马斯·凯勒(Thomas Keller,美国"法国洗衣房"餐厅French Laundry Yountville和Per Se餐厅创始人)与著名美食作家哈罗德·麦基(Harold McGee,《食物与厨艺》作者,该书简体中文版已出版)共同发布了烹饪行业的《新烹饪宣言》(*Statement on the 'New Cookery'*)。在分子料理逐渐平静的今天,我更愿意把它看作一个来自顶级厨艺大师的道德宣言:他们希望对餐饮行业的版权问题做一个比较规范的诚信约束,他们认为全世界的烹饪传统是一个集体性和累积性的发明,是经由N代的厨师共同创造的遗产。传统是所有追求卓越的厨师所必须了解和掌握的基础,对创作者而言,最好的开放式方法就是建立在优良传统的基础之上。《新烹饪宣言》的四位作者认为,合作与分享的精神对烹饪行业的进步发展至关重要。

吃饭这个行为涉及诸多的感官和思想，准备和提供食物的过程可能更像一种表演艺术，烹饪大师就像明星一样出现在众人膜拜的目光中，表演是他需要完成的最复杂的工作之一。为了探索食物和烹饪的表现潜力，全世界优秀的厨师会与各个领域的专业人士展开广泛合作：从食品化学专家到心理学家，从工匠手艺人到表演艺术家，从建筑师、设计师到工业领域的工程师……，必须相信合作与慷慨的重要性，这样才能保证想法与信息得到分享。但与此同时，也必须承认和尊重那些发明新技术和新菜式的人。

《新烹饪宣言》基本厘清了一个现象，那就是餐饮行业和时尚行业的情况非常类似——版权很难受到保护。时尚行业的核心是地位，高级时装站在时尚领导者的地位，永远位居首发的第一线。在各种高定发布会上向特邀人群展示新款设计，目的之一也是展现这个特殊人群与众不同的品位和卓尔不凡的消费能力，因此高级服装也是可以即刻体现出身份地位的炫耀性商品。然而当作为"指标性"的设计经过现代大众传播，而被行业全面抄袭之后，某个款式就会"烂大街"，那种彰显价值的排他性也会慢慢递减，这时设计师就必须马上推出新的设计，才可以保住自己的江湖地位。从这个角度来看，"山寨"产品是不是那个迫使设计师向前拼命奔跑的猛兽呢？时装拥有自己的周期，而抄袭行为的出现就是在缩短这一周期，让一种潮流从兴起到衰落的时间变得越来越短。

回到众说纷纭的餐饮行业的版权问题上来，各家餐厅著名菜式被抄袭现象屡见不鲜，三位顶级大厨和一位著名美食作家共同发布的行业宣言，其实也意在敦促餐饮行业的从业人员在推出与其他餐厅极为相似的菜式时，要标明原作者以及出处。如果不标明的话，则希望来自行业的谴责可以进一步让这家餐厅遭到消费者的唾弃。在处于行业领先的法国高端餐饮行业也有三条约定俗成的行业标准：第一，厨艺精湛的名厨们希望其他不太出名的厨师不要完全照搬他们的食谱；第二，名厨们希望那些得到菜谱的人不要未经同意就把内容再转发给其他人；第三，希望普通厨师在得到菜谱后可以承认名厨是原作者。看完这三条江湖规矩，感觉名厨们的态度还是非常友好和谦卑的。

不过从美食爱好者的角度看，烹饪行业本身仍是一个充满了体验感的行业。好吃就是好吃，形似而神不似是最容易发生的"撞车"事故。一道创新菜式从商品转换为体验、从产品转变为演绎，致敬的程度越高，那么原创者就越发不能忽视仿冒者的存在。

消费者很少会因为一道著名菜式而去光顾一家餐厅，人们还需考量餐厅的环境、服务以及各种充满细节要求的出品和呈现。比如片皮鸭搭配鱼子酱这道高价菜，坊间总有人说它最早出现在伦敦的Hakkasan（客家人）餐厅，但是几年过去了，如今在国内的各种高级餐厅中，这道菜已经屡见不鲜。

在餐饮行业的黄金时代，餐厅装潢的抄袭事件也是此起彼伏，特别是到了三四线城市，总会发现若干家京沪高级餐厅的山寨版。仔细观察不难发现很多餐厅的思路都是这样的：装修风格抄袭了某家餐厅，菜单设计抄袭了另外一家，菜单图片山寨了第三家，服务员的制服则是其他家的翻版，总之餐厅经营者集思广益，采百家之所长，为吃遍百家饭耗尽心力，最后终于搞出了一家"四不像"餐厅。

当川菜馆开始纷纷采用蒂芙尼蓝作为餐厅主色调的时候，我会想到最初采用这种设计风格的上海孔雀餐厅。当"楼上火锅"的港式消费场景开始变得时髦，各种抄袭者也是层出不穷。但无论如何，各式各样融合了众多装修风格的"百家饭"餐厅，在各地却依旧非常受欢迎，因为大部分的普通消费者并不是那些经常会在周末专程去上海某家网红餐厅打卡的网络达人，他们也会想当然地以为这些四不像餐厅就是别人常说的产业升级的体现。

当这些山寨餐厅的经营者都在大谈餐厅的空间感，以及餐厅的食材与出品的时候，可以认为那些借鉴与学习甚至已经开始惠及整个行业的发展与进步。那些被抄袭的餐厅经营者或许会心存不满，但是高速发展的中国餐饮业依旧焕发着令人着迷的创造力。人们常说成都的餐厅中大概每个季度都会出现若干道以前从来没吃过的新菜，然后这样的新菜迅速被各家餐厅所学习并且端上餐桌。而全球化的发展又让各种以前不为人知的各地食材出现在我们不断扩大的案板之上，每天都会有新的菜式被发现被改良被借鉴。

我们生活在一个美食的黄金年代，食客们面对着史无前例的美食选择——厨师们的新鲜创意、忙碌的生意以及不停地爆单，还有哪个厨师会有时间在意哪一道菜才是自己真正的原创菜式呢？创意大师们只好继续保持旺盛的创造力，继续创造更多风靡一时的新菜式，这也许也是无法根本杜绝抄袭或借鉴的主要原因吧。

在气候问题开始越来越多地影响人们生活的时候，我们愈加尊重和向往二十四节气。某著名汽车品牌在一个传统节气当天花了不菲的制作费和推广费,猝不及防地"突袭"了网络,接着从文案、导演到广告代理公司再到品牌公司全部"中枪",也许是由于某位天王出演了这条广告,所以声讨抄袭者的浪潮一浪高过一浪。此时,我突然发现距离我最后一次观看《广告饕餮之夜》已经过去了整整二十年。

过去二十年间,人们已经从花钱买票观看全球最精彩的广告,发展到随时可以在朋友圈里免费看到全球最具震撼力的视频创意。拜无远弗届的互联网发展所赐,从渴望信息到信息泛滥,我们看到需要创意的地方同时也在发生着抄袭。广告行业尤为典型,本来汽车广告就是一个舶来品,美国是世界上发展最早的汽车大国,源源不断的新车型撑起了众多保持顶尖创意能力的大型广告公司。同样的情况也发生在已经跃居全球最大汽车市场的中国,如果没有汽车客户,那些大型的广告公司基本上无法生存。无论是本土还是有国际背景的广告公司,从接下项目就开始寻找大量素材来策划构思,无论是航拍、俯拍还是远景拍摄或45°角拍摄,无论是展现发动机的澎湃动力还是展示风吹过之后路边小动物的反应,林林总总的拍摄手法都已经有人尝试过了。曾经人们会对广告感到眼前一亮,原因之一就是优秀广告的传播欠奉,说句不客气的话就是没吃过什么好的。在一个喜欢喝鸡汤的时代,有谁愿意去探究这碗饱含浓浓爱意的鸡汤最初的作者是谁呢?想想我们年轻的时候,如果听的唱片足够多,应该知道美国枪炮与玫瑰乐队(Guns N' Roses)的歌曲 *Bad Obsession* 不可能在两年之后出现中文版,但非常可惜,那个时候我们听的好唱片实在太少了。

从中国艺术家涉嫌 30 年持续抄袭一位比利时同行的作品，到著名编剧被法院裁定抄袭之后缴完罚款仍拒不认错，再到抄袭 500 多万条餐饮点评以及上千万条酒店点评的互联网公司被曝光，我们看到了太多抄袭和借鉴的案例，最后大家甚至都懒得使用"致敬"这个褒义词了。

放眼全球也会发现一个非常有趣的现象，那就是越是山寨产品横行的行业，越是讲究创新和原创性，也越是讲究先发优势，因为先发优势会占尽名气和利润的资源，抄袭者只能等先发者去寻找开发更为新潮的产品之后，才有机会去开发他们剩下的市场。无论是时装、影视、音乐还是餐饮行业，一方面是创意产业抄袭纠纷源源不绝，另一方面这些行业依旧屹立不倒，并且还在极速发展。

法国时尚品牌 LANVIN 设计师 Alber Elbaz 曾经说过："他们可以抄袭的都是历史，但是他们抄不到未来。"著名时装设计大师卡尔·拉格斐也有句名言："除非有人抄袭你，否则你什么都不是。"而牛顿也曾说过："站在巨人肩膀上人们可以看得更远。"因此，希望那些站在巨人肩膀上的后进者们不要眼高手低，伟大的领导者将会永远保持前进的动力，他们让只会抄袭的追随者一路走来都只能是尾随而永远无法超越。

让他们抄袭我们，让我们做得更好！（2022.6.1）

在"食无定味"的世界,为何还需要一份美食指南

全球餐饮行业的榜单有很多,仔细看看好像也只有两个:一个是米其林指南,另一个是米其林指南之外的其他榜单。第一本《米其林指南》于1900年面世,这本后来被称为"红宝书"的公路旅行信息指南当时共印刷了35 000册,而那个时候全法国也只有3000辆登记在册的汽车。

不知道当时米其林指南的市场部会不会像今天一样搞一场盛大的颁奖典礼,请来众多媒体人围观戴着白帽子的厨师们兴高采烈地领奖,反正最后这些书都随着购买汽车和轮胎的订单被送出去了,米其林轮胎也和全世界的汽车爱好者们一道,去了更远的地方吃吃喝喝。

1885年,贝莎·奔驰(Bertha Benz)协助丈夫卡尔·奔驰开发出世界上第一台量产的汽车,并在1888年行驶了60多英里(相当于从上海市中心到上海附近的嘉兴市的距离),这也是人类第一次长途汽车旅行。我想起自己第一次参加主题为"一个鸡蛋的

暴走"的慈善活动，汗流浃背地从早上8点走到下午5点，完成了50公里的行走，如果走完96公里（约60英里）的话，我估计要走到第二天凌晨五六点。今天回想起来，我们距离汽车普及也不过就是近二十年的事情，如果没有改革开放，估计我们中的大部分人依旧是自行车洪流里的一分子。

人类在19世纪的浪漫与热情，与"机械如何改变生活"牢牢绑定，而米其林美食指南以及旅游指南则是汽车文化的一个分支，就好像好莱坞在20世纪五六十年代流行的公路电影一样。到了我们国家，真正意义上的公路电影，应该是近二十年才出现的。

农业时代的美食文化和工业时代的美食文化之间的区别在哪里？在工业时代，餐饮变得更便捷，人们可以走得更远。二十年前广州人流行深夜或凌晨驾车跑到附近的郊县去吃刚刚宰杀的猪杂，不是因为那时屠宰场流行在晚上杀猪，然后送到郊区的路边餐厅开始做猪杂给路人吃，而是那个时候广州人民的私家车开始多了起来，人们可以去更远的地方了，人们可以选择的餐厅也更多了，这一切都是拜汽车所赐。

2016年，法国人不远万里来到上海颁布了中国大陆地区第一版米其林指南榜单，那时距离1907年北京巴黎汽车拉力赛已经过去了100多年（记得当时官方公布的赛事距离是一万英里）。而彼时我们自己的美食榜单，则更像是在家门口找了一位善长仁翁，花钱给我们平时喜欢吃的馆子颁发"荷兰水盖"，然后大伙儿找个机会喝了一顿大酒。看过小说《顽主》的人，都会在眼前浮现出这种众人捧奖杯的愉快场景。

米其林公司向来拒绝告知其地图和指南部门的盈利能力，不过根据2022年2月17日米其林集团公布的2021年财报显示，集团全年销售额达到了237.95亿欧元，业务线的利润达到了29.66亿欧元。在更早的时候，有国际媒体推测其地图和指南部门的年销售额应该不到总销售额的1%，而每一位神秘的米其林国际美食侦探一年的费用约为10万欧元，这笔费用包括3万公里的差旅以及160次酒店住宿和250次餐厅进餐。而伴随着米其林指南国际化步伐的加快，这本美食指南的"红宝书"已经成为一本无可替代的畅销书，这本书对全世界近30个国家和地区超过3万家餐饮机构进行了评级，已经在全世界卖出了3000多万册，地图和指南部门的海外销售额应该已经占到整个部门营业额的六成以上。

即便有众多批判者，米其林指南依旧是目前全世界最权威也最具影响力的餐厅指南。如今，世界各地已经有了各种各样的餐厅评选榜单，就好像在每年九月苹果公司新品发布会之前，苹果手机的竞争对手们都会提前发布自家的新品一样，竞争品牌们都非常清楚，谁才是这个行业的领导者。每一个在米其林指南发布之前出现的榜单，都更像是摇滚巨星演唱会上的暖场乐队，大家都清楚观众是在等着巨星的登场，当全场的灯光全部打开，一个胖乎乎的充气轮胎人站在台中央，其他榜单便都黯然失色了。

批评米其林指南是一件非常痛快的事情，也是一件非常容易的事情，每个人都可以把在过去一年或者半年内吃过的餐厅排列一下，自己做一个榜单。既然是榜单，就会存在偏见和不平等，比如年轻人和老年人的口感差异还是很大的，老年人更喜欢吃口感温糯松软的,年轻人则更爱气氛热烈的。但是这些差异都不重要,重要的是米其林指南从来不向媒体证明自己的合理性,更是从来不会向大众透露评选过程的细节。

厨师们对不同榜单的反应同样关键。榜单让我们把一顿饭变成一次比赛,让我们把喜欢的厨师推崇为大师,却已经很少提及他们实际上在做什么菜了。我们需要一个联赛系统,因为只有这个联赛系统继续存在下去,我们的批评才会变得更有意义,从这个角度看,是我们更需要米其林,而不是米其林更需要我们。

米其林指南最宝贵的资产或者说皇冠上的明珠已经跟各种奢侈品紧密地联系在一起。人们在米其林一星和二星的餐厅里还可以说出一些家长里短的油盐酱醋,但是到了米其林三星餐厅,所有人都闭嘴了。米其林三星餐厅已经不会再跟食客解释他们还获得过其他哪些奖项——"我们就是很贵,我们就是很难预订,我们就是需要客人排很久的队,等候的时间就是很长"。这些非常无礼的要求不是那些在法国做轮胎的工程师们跟全世界各地的厨师们一起商量的结果,这就是品牌的影响力。不少自诩很会吃的老饕,看到国内城市榜单出来的时候嘟嘟囔囔,但这并不妨碍他们参加一个可以在米其林三星餐厅预订位子的旅行团,然后专程飞到某处,再得意洋洋地告诉周围的朋友,自己刚刚在东京或者哥本哈根的某家米其林三星餐厅完成了一次摘星之旅。请问,能满足这样虚荣心的餐厅榜单除了米其林指南还有别的吗?

可以匹配全球高净值人群的价格以及长长的等候名单,已经跟食物没有关系了,被认可的感觉要比食物本身更重要,米其林三星餐厅的品牌也变得比餐厅或者厨师更重要。奢侈品从来都不是用来满足日常需要的，奢侈品不会满足于如何烹饪、如何进食以及如何吃到眉开眼笑，而是强调"我在这里""我来了"，这种满足感的建立是有一群超级消费者提供的背书，并且他们也为此支付了高昂的账单，这也是米其林指南越来越脱离群众，且远离普通消费者的危险行为。

当然，认为米其林指南不懂本地文化的美食家依旧有很多，就好像总有人对爱马仕铂金包感到不满，也总有人对法拉利跑车的轰鸣声感到不满，但是爱马仕或法拉利会在这些意见后面一条一条地解释回复吗？每一年的评选结果似乎都会让米其林指南成为被讨伐的对象，但是在那个由喜欢法餐的美食专家说了算，由跨国富豪组成的消费者人群中，他们会认为自己才是真正的食客。这就是典型的法国人，他们可以在全球化的时代大唱一首《马赛曲》，然后继续在所有领域都去坚持自己的所谓卓越理念，哪怕那仅仅是他们自认为的卓越。

在高端餐饮市场，一家餐厅成为米其林三星就可以赚钱。要么赚钱，要么关门，生意就是这么残酷。世界顶级厨师的天花板上并没有布满星星，现实就是这样残酷。行业专家保守估计，在获得一星之后，每增加一颗星，餐厅的营业收入就会增长20%~30%，但如果不思进取的话，被摘星的故事也屡有发生。这是一个按照既定原则运行的世界，当整个餐饮行业被严格的评选标准推动发展的时候，人们可以做什么不可以做什么，早已有了定论。

大数据时代消费者的消费习惯已经可以精准量化，今天中国的餐厅如果离开外卖平台，估计大多数是很难生存的。但是请记住最关键的一点，烹饪科学是包括了化学、生态、农业、经济、设计、艺术和健康的综合门类。哈佛大学可以请西班牙名厨费兰·阿德里亚去教授烹饪和创造力课程，这绝对不是去高等学府做一次演讲就结束的短暂培训。随着全球化进程和互联网技术的发展，餐厅已经成为一个城市中为数不多的独特识别系统。建立一个日臻完善的国际标准是不是可以满足所有人的需求的确有待商榷，但是补充一些当地的文化知识也的确是必不可少的。当米其林指南试图对全世界的餐厅进行排名的时候，如何把法国文化与那些米其林指南从来不了解其真正美食的国家结合起来，将会符合餐厅顾客的最大利益。就好像米其林星级厨师们常说的那样：在做菜的时候，我使用最多的肌肉不是舌头而是心脏。

尽管这样的"鸡汤"已经十分常见，我依然认为，虽然世界上没有一片叶子是相同的，但它们都是叶子。是不是可以让全世界各项榜单经营者、餐厅东主、厨师、美食博主或美食网站的经营者们联合起来众筹一笔巨款，像购买一支英超足球队一样，把124年历史的米其林指南买下来呢？我感觉这样做最终所得到的，依旧还会是一份米其林指南之外的"其他榜单"。

熟悉中国白酒的朋友们都知道，中国白酒只有两款，一款是茅台，另一款就是茅台以外的其他中国白酒。不过从2022年开始，米其林指南的官方合作伙伴是中国五粮液，这是茅台以外的另一款中国白酒。（2022.9.29）

米其林指南的商业逻辑

中国餐厅的平均寿命是508天,这个数据来自《中国餐饮报告2018》,这是美团网联合自媒体"餐饮老板内参"共同发布的中国餐饮行业的年度报告。而米其林指南诞生于1900年,目前全球共有30个城市版本。

米其林百年往事

米其林轮胎使用年限和普通轮胎一样,基本上是6~8年或者行驶6万~8万公里。1895年,爱德华·米其林和安德烈·米其林发明第一只充气轮胎的时候,法国只有350辆汽车。而也就在同一年,梁启超和康有为因为反对清政府与日本签署《马关条约》,撰写了18 000字的《上今上皇帝书》,坐着公家提供的马车前往都察院门前请代奏光绪帝,史称"公车上书"。

第一本《米其林指南》于1900年首次发布,共399页的小册子包含33页如何安装和保养米其林轮胎的相关信息,以及50页汽车零配件制造商的广告,剩下的内容全部都是关于游览法国城镇所需要的信息指南。这些信息指南中包括法国数十个城市的地图以及相关旅行信息,其中还包括米其林评级的酒店,以及说服酒店提供的免费停车位,这是一本非常实用的手册,因为在没有加油站的1900年,只有药店里出售几升装的桶装汽油。有意思的是,那个时候公路上没有路灯,驾驶员们需要知道每年各个季度每一天太阳落山的时间表,以及哪些汽车维修店还在继续营业,哪些商店会在夏季结束的时候关闭。更有意思的是,米其林指南当时的竞争对手不是今天各国仿效它的各种美食指南,而是火车旅游指南。米其林则骄傲地说:有了汽车之后,早上五点不用再坐火车了。的确,相比火车这样的公共交通工具,汽车为合家欢旅行提供了更多的亲密空间。比起这些温馨的广告,米其林还是做了更多的前瞻性工作,他们去游说政府为驾驶人士在公路上设置由爱德华发明的道路编号,这种在公路立柱上出现的数字编号路标与米其林提供的道路地图完全一致,这些都是作为汽车行业可持续发展的一部分,而这一切都是米其林兄弟为了说服更多的富裕人士购买汽车的一个促销手段,在距今120年前可以用这样高瞻远瞩的眼光去预见未来,是一个伟大企业的天生基因的明证。

首本指南在1900年免费发放了1万多册,20年之后开始以每册2美元的价格出售,当时售出了近10万册。1926年,米其林创建了地区指南,后来被称为"绿色指南",类似传统的旅行指南,而"红色指南"则继续保留了餐厅和酒店评论。也就是在这个时候,令厨师们最好奇的专职评论员出现了,这是米其林自己聘请的专业美食侦探,他们用几个月的时间来评判哪些餐厅符合米其林的推荐标准，而这个世界知名的轮胎品牌对全世界的优质餐厅制定了他们独特的星级标准：一颗星为该类别中非常好的餐厅；二颗星为该类别中不容错过的餐厅；三颗星为其卓越品质值得专程前往的餐厅。1930年，资本主义的鼎盛时代，米其林的"红色指南"已经享誉国际了。1952年，美国《时代周刊》称米其林指南是全球的广告圣经，作为世界经济发展的火车头，美国人平凡的口味以及巨大的好奇心，加上无与伦比的消费力引领着各种餐饮品牌的前进之路。

而在GPRS卫星定位系统汽车导航仪出现之前，米其林地图指南堪称全世界最好的汽车驾驶地图，因为米其林兄弟中的安德烈曾经担任政府的制图师，他花了7年时间开发出世界上最好的地图。而在1944年6月6日第二次世界大战中的诺曼底登陆战役中，盟军带着米其林地图指南并凭借其高质量抵达了法国的诺曼底海岸，当然米其林兄弟谦虚地说这是一家法国公司应该做的。

通过百年米其林往事，可以看出米其林有多么希望通过驾驶旅行的方式逐渐规范以及完善人类探索美食的可能性。

独特的考察制度

20世纪50年代，米其林每年耗资数万美元建立起独一无二的廉洁的考察制度，因为它不需要像美国美食调研平台Zagat一样依赖餐厅客人的评论和调查，也不会像互联网时代诞生的美国最大的点评网站Yelp那样以用户创造内容的模式进行一种就餐质量的指引。虽然在前几年，大众点评网和携程网也随之跟进了这样通过数以百万计用户的感受而产生的综合评选。这种不要求免费餐以及不需要和厨师或餐厅业主熟络的陌生拜访，与那些由厨师、餐厅业主和美食博主共同组成的评选结果拉开了距离，消耗这样的餐饮资源会是每一个美食家的梦想，但这样我行我素的梦想，也仅仅是建立在一个对餐费无动于衷的商业公司的充足市场预算之上的，这就是那种我们常见的法国人的表情：我知道你对我的行为看不惯，但是你依旧无法把我怎样。如果用一个常见的微信表情来表达，应该是那个耸肩的表情吧！

当米其林指南代表和米其林投资（中国）有限公司总裁与北京旅游局的领导一起在大屏幕上推开代表传统北京的朱红色大门的时候，期待已久的北京米其林指南2020发布会正式开始了！在犹如登机般严格的安全检查后，众人鱼贯而入，在北京四季酒店宴会厅的入口处我看到了戴着头盔的安保人员以及表情严肃的西装男子，让人感到极高规格的安保部署。其实有关米其林评级的争议一直都存在，只是这一次的引爆点是在米其林提前公布的"必比登"名单中的卤煮以及爆肚等北京小吃餐厅的出现，这种一直令当地居民自豪的本地小吃，引发了不小的争论，更多的质疑是法国人了解北京吗？其实知情人告诉我们，神秘的美食侦探中并没有法国人，几位华裔雇员组成了探访小组。后来甚至有人传说，北京的餐厅同业通过各自餐厅的监控设备将几位极有可能是米其林美食侦探的食客面孔拍摄下来并在同业之间流传：注意他们的行踪！

当公布二星餐厅榜单时，颁奖嘉宾宣布"屋里厢"餐厅摘取了二星，有人听到媒体区传出一声"苍天啊！"的呼喊，后来在微博上看到一名知名美食博主在颁奖的过程中被主办单位带离了现场，原因是他（她）的VIP请柬被怀疑来路不明，总之这是最热闹的一次颁奖礼，甚至比当晚的晚宴现场都要热闹。作为一个刚刚落成 8000 万旅客吞吐量的超大型国际机场的中国排名第一的旅游城市，出版一本被国际认可的餐饮指南更会被认为是旅游的配套工作。作为整体的旅游硬件设施，近四十年的发展已经让全球知名酒店悉数落地首都北京，而在更多的旅游软件服务之中，作为一本最老牌的国际认可的旅游指南，米其林指南来得有些晚了。

其实争论在每次米其林公布新的城市指南时都会遇到，十余年前，鼎泰丰餐厅在上海遭遇当地生活类媒体的口诛笔伐，这样的情况跟今天北京美食类自媒体对米其林的态度如出一辙。唯一的区别就是，当年鼎泰丰获《纽约时报》评奖，但上海食客根本不买账，因为他们从小就熟知的小笼包价格仅仅是鼎泰丰的三分之一都不到。但是这么多年过去了，鼎泰丰分店越开越多，以至于许多西方食客都是在这家来自台湾地区的连锁餐厅里第一次吃到这种著名的上海小吃。

作为一本国际读物，主要读者都是来自各国的游客，《米其林指南》显然没有责任照顾当地人的口味和认知，我想这就是所谓水土不服最重要的问题。另外，还出现了餐厅厨师拒绝米其林颁奖的事情。米其林榜单从来都不是给厨师看的，国际游客才是米其林真正要取悦的对象。如何评价一家餐厅以及如何宣传一家餐厅？对开门做生意的餐厅来讲，显然是不可以禁止顾客评论的。米其林也在日本取消了几家关起门做生意的餐厅的评选资格，毕竟那种邀约制的餐厅不符合当下的消费模式，更不要说各种预约制的私房菜了。《礼记》中说"夫礼之初，始诸饮食"，也就是说古代最初的礼仪是由饮食文化开始的，而一个陌生人去一个陌生城市，可以受到最热情欢迎的地方难道不就是餐厅吗？

作为一家轮胎公司，它还可以继续出版几十个城市的美食指南的唯一理由就是这是一个盈利的项目，所以说，指南业务会被认为是一项长期的投资。在米其林公司公开的财务文件以及投资者介绍中，我们很难看到关于旅游业以及指南的盈利情况，但这也恰好是一个两三年才会发生一次购买行为的商品最好的品牌接触点，因为《米其林指南》每年出版一次，这样与品牌互动的方式也是一种完美的组合。很多营销机构都把《米其林指南》作为内容营销的一个成功案例，特别是在米其林又收购了"Open Table"和"Book a Table"网络平台来补充它的在线餐厅搜索服务之后。有意思的是，在米其林指南北京版发布的第二天，中国食客最常用的大众点评网上所有关于米其林餐厅的标示都被米其林要求撤下了，毕竟这是一盘生意，惠及的只可能是自己的品牌。如果把这样一个商业评选看作是一种餐饮行业的武林大赛，就有点幼稚了。（2020.1.7）

米其林星级：光环与魔咒

60岁的美国人Michael Ellis 2018年没有出现在上海米其林指南的颁奖台上，在16岁的一次高中旅行时，他爱上了法国，目前他和他的法国妻子以及9岁的儿子住在巴黎。

他从米其林摩托车轮胎部门的销售岗位开始了他在米其林公司长达40年的职业生涯，负责监督米其林指南的所有内容，以及向全世界的明星餐厅颁奖。在2018年8月广州米其林指南颁奖礼结束之后，他离开了米其林公司到一家著名的酒店集团担任首席烹饪官，那是他最后一次在中国的米其林指南活动上公开露面。隶属于卓美亚全球酒店管理集团旗下的上海喜马拉雅酒店，也成为2018年上海米其林指南颁奖活动和晚宴的合作伙伴。

米其林星级的影响力

2003年2月24日，52岁的法国著名厨师Bernard Loiseau因为有传言预测他的餐厅即将从米其林三星降星，而将狩猎步枪塞进嘴里自尽。这是世界上唯一可以给名厨们造成巨大心理压力的美食排行榜，尽管这个城市神话的缔造者总是希望厨师们不要害怕来自米其林指南所造成的压力，但是无论你认同它还是不认同它，你都不能放弃它，这就是米其林指南的影响力。

米其林指南已经成为美食文化的一部分，而获得米其林指南的认可，被认为是一种国际货币变现能力的体现，人们从全世界飞来飞去就是为了品尝某家餐厅的美食，而这家餐厅就是米其林大家族中的一员。一位优秀的主厨如果可以加入这个俱乐部，就意味着他成了一名艺术家。这个建立了一百多年的美食评选制度让餐饮从业人员感到着迷，因为获得了米其林指南的认可之后，就意味着基本上获得了全球50佳餐厅的称号，或者进入了媒体食评版头条，又或者有了在国内各美食奖项中继续获奖的可能，因为这些奖项的获得者基本上与米其林指南高度重叠。另外，厨师们还可以出版自己的食谱书、在电视台开办美食节目、在社交媒体上做烹饪直播，或者代言某个著名的美食产品，甚至可以到顶级学府去讲授食品方面的知识，这一切的荣誉都来自米其林指南的背书。

创立于1900年的米其林指南，最初作为一家法国轮胎公司的营销方式，用以鼓励人们自驾旅行，那时汽车旅行还是个新概念，从此，米其林指南用了100年的时间成为世界范围内强大的味觉仲裁者。当2016年米其林指南登陆上海的时候，它是这座城市烹饪系统最权威的验证。上海市旅游局的领导在颁奖台上为上海米其林指南揭晓而发表祝贺感言，而在几个月前，台北市和广州市旅游局的负责人也在祝贺米其林指南来到他们的城市。中国下一个米其林指南城市是哪里？是喜欢吃饺子的北京还是喜欢吃火锅的成都？美食爱好者们都在期待着。

驾驶的快乐、旅行的博览以及难以忘怀的体验，所有这些都被这个胖胖的白色轮胎人完成了。作为一个存在了一百多年的美食指南，它以自己付费消费的体验过程而闻名于世，比起那些犹如钦差大臣一般招摇过市的各种奖项的评委空降餐厅的夸张品鉴形式相比，它向全球各地输出自己众多的匿名美食侦探，评估全世界28个国家的餐厅的食物以及服务质量，他们依据在全球范围内相同的标准来评估上海的餐厅，并根据食材和搭配、烹调的技巧和味道的层次、菜肴所展示的创意，以及食物水平的一致性来做出评判。在上海近10万家餐厅中，仅有34家餐厅获得了令人垂涎的米其林星级认可。

米其林名利场

成为米其林星级餐厅的荣耀和实惠是显而易见的，过去一百多年里，无数法国厨师用自己的名字为餐馆命名来建立自己的声誉，由于他们没有租金上的烦恼，通常都是私有物业而成为餐厅的永久经营地点，这一点和亚洲特别是中国香港地区的很多餐厅有着天壤之别。

中国香港地区的米其林餐厅通常是在获奖第二天就会收到业主提高房租的通知书，而上海的某家米其林餐厅也遇到过获奖后第二天因为无照经营而被迫停业的情况。获奖之后，法国厨师会让自己的老婆经营餐厅，自己去管理厨房，然后与权威出版社合作出版自己的新书，这一点在上海以及香港的餐厅很少遇到，毕竟在这两个亚洲最重要的金融城市，豪华餐厅的财务控制以及经营权都与厨师关系薄弱，在整个餐饮集团管理层定下基调之后开始招徕顾客，厨师和员工在米其林进驻上海之前从来没有那么重要，他们像电影明星一样被无数美食自媒体的博主们紧紧地贴在一起合影，这也是在有了米其林指南之后最时髦的事情了。

中国厨师大部分毕业于职业技术学校，中国劳动和社会保障部会为厨师颁发五个等级的职业资格证。但让一名优秀厨师一夜之间成为年薪百万、在镁光灯下闪耀的明星厨师的神话，只有米其林才能创造。

今天的房地产行业开始更加依赖商业地产的利润回报，开在商场中的餐厅成为地产商体面的利润来源。而以米其林星级餐厅作为挖角的条件，几乎成了明星厨师职业生涯中最为重要的背景资料。一个餐厅主厨的突然离职会直接导致餐厅出品不稳定，而在次年的评选中则会出现被降星的可能，这种相互牵制的传闻在上海米其林指南发布后得以证实：连续两年获得米其林三星的"唐阁"餐厅惨遭降星，从"卓越烹调，值得专程造访"的三星降成了"烹调出色、不容错过"的两星，据说与餐厅主厨被某家新开业的星级酒店高价挖角的传闻有关。虽然另外一家米其林餐厅同样也传出了类似的挖角故事，主厨被更有实力的地产商以翻倍的薪水挖走，但是由于继任厨师与这名主厨原本就是前后任的关系，于是前任空缺的位子迅速由前前任补上，前前任变成了现任，使得保星行动有惊无险，这样的餐厅降星情况在上海还是第一次出现。在米其林一星餐厅中，"老干杯"以及"金轩"被降星成"米其林餐盘"餐厅，这个第一次出现在中国大陆米其林指南广州版的奖项，遵循"评审员万里挑一的餐厅，食材新鲜、烹调用心、菜肴美味"的评选标准,更多时候被美食爱好者们认为是一个安慰奖。

米其林传闻

排名有升有降的做法,更加佐证了一个拥有百年历史的美食指南所具有的权威性。当然来自业界的质疑恐怕还不止于被降星的餐厅有几家,在颁奖仪式结束之后的厨师合影以及媒体专访过程中,美食行业的各种八卦在酒店的宴会大厅上空流传:被业界视为餐饮实力极为强大的两家全球酒店集团连续三年继续榜上无名,被视为在中国大陆最好的几家上海日料餐厅则没有一家出现在榜单上,而一家隶属于某个著名牛排集团的烧味餐厅连续三年在榜单上出现。在榜单揭晓之前,业内传闻满天飞,但是上海米其林三星餐厅仅剩下一家以分子料理闻名的 ULTRAVIOLET by Paul Pairet,这也从一个侧面反映了本地中餐厅的迷茫。虽然新荣记成为本年度上海米其林指南的最大赢家,在继续保持一家一星餐厅的基础上,再次收获一家二星餐厅,但是究竟如何成为一个值得专程造访的优质中餐厅,让很多具有民族自豪感的本地食客感到不解。而在 2019 年度上海米其林指南颁布的前一天,社交媒体上疯狂流传出上海某家餐厅 40 万元人民币的订制晚宴,一张流水单体现出了不同文化背景下不同的美食观念,这种土豪式的欲望释放显然不是米其林指南这样代表全球化品位的美食榜单所愿意触及的,这种将山珍海味堆积如山的豪门夜宴与米其林一贯强调的创新精神相去甚远,甚至有业内资深人士认为这样的菜式之间并没有任何逻辑可言:除了贵以外,它更像改革开放初期广东各种包房宴席的翻版,仅仅是将各种贵价食材一一烹制,谈不上任何美食流派以及烹饪技巧,这也是被米其林指南所摒弃的。

米其林指南更喜欢把厨师看作一个明星,而把餐厅看作一个戏剧爱好者的舞台,无论喜欢参与还是被动参与,都是厨师最终权力的一种释放。对餐厅来讲,控制食物成本并且为餐厅带来收入,是一个年轻厨师的梦想,而对那些喜欢追求时髦、喜欢去最潮流的餐厅吃饭的食客来讲,他们可以随时获得餐厅的预订而不是可怜巴巴地等上一个月才可以进餐,这也许才是一个资深食客的骄傲。而在这一点上,ULTRAVIOLET by Paul Pairet 餐厅的在线预订系统则显示了一种作为米其林三星餐厅的权威,所有人都要通过互联网的预订系统订位,当然这样并不妨碍一些很重要很有实力的客户包场或者外烩服务。主厨 Paul Pairet 2015 年曾经为法国著名干邑品牌马爹利三百周年晚宴亲赴法国巴黎凡尔赛宫,为 300 名来自全球的客人制作独特的品牌周年庆晚宴,一个月之后继续在上海外滩为 300 名中国客人制作了同样精彩的 ULTRAVIOLET 晚宴,并获得了一致好评。来自高科技实验室的分子料理技术,采用了完美无瑕的手段和娴熟的烹饪技巧,虽然风味与技术的运用多少有些过于花哨,但是依旧不妨碍上海这座中国重要的金融城市众多的美食爱好者前来捧场。

那么,厨师真的就是艺术家吗?法国著名米其林传奇名厨 Alain Passard 在接受英国《金融时报》采访时被问道:客户总是对的吗?他的回答非常有意思,他说:"是的,我在那里为别人的命令服务,我总是按照我的要求去做,当某位客人的下单要求是以某种特别的方式去煮熟或调味的时候,我就会放下自己的顾虑。"说到底,食物是味道而不是天马行空的艺术,特别是在一家餐厅里面。(2018.9.28)

金宇澄绘画作品《收获》纸本丙烯 103x77cm 2017

用春天回忆春天

春雨降临的时候，建筑物都浸满了湿气，就像它们自己图像的油画。春天以一种自然生长的方式，表明我们的青春期是可以重新开始并且再次经历的事情。春天的到来通过盛开的惊喜打开人们的记忆，我们会因为春天的鲜花和蔬菜，期待夏天的肉感与湿润、秋天的饱满与丰腴，而忘却冬天的寒冷与肃杀。

讲究一点的餐厅会陆续推出春季特色菜品品鉴会，红烧刀鱼、蚬肉炒韭菜、春笋炒蕨菜等各种时令菜式摆满一桌，很有春晚的欢快气氛。和饮茶讲究喝明前茶的做派一样，对时令蔬菜和河鲜，人们都喜欢在第一场春雨降临前品尝。最令人期待的河鲜就是螺蛳、河蚌和河虾了，人们在遵循二十四节气的同时，对经过一个寒冷冬天净化后的河水更有信心，似乎春雨来临之后，河水就不再纯净了。

春分是很多当季食物的分水岭，譬如人们相信春分时节的刀鱼又鲜又嫩，过了清明则骨刺变硬。春分前的笋稚嫩甘甜，适合与咸肉一起煮成一锅腌笃鲜。出现在崇明岛长江口的尖鲨鱼，以清明前肉质肥嫩而著称，用红烧、清蒸的方法烹饪最为常见。香椿头也是以春季在椿树上冒出的第一批嫩芽最受食客欢迎，椿芽鲜嫩爽脆，节气过了之后反而苦味涩味加重，入菜就很不受待见了。竹笋在春分前上市，与莴笋一起凉拌，清香脆口，翠绿与嫩白交织，无论是味觉还是视觉都是一流的春之祭。而毛笋会比它们再晚一点上市，谷雨前后长得特别粗壮，农历四月后更是体态庞大。春季的植物都以脆嫩著称，由于糖分充足，口感十分甜脆，时间再久一些，这些糖分就会转化为淀粉，口感就没那么可人了。而蕨菜和春笋一样，都属于正当时令的食材，过了春天也就下市了。鲫鱼和螺蛳也是在春天最为肥美，特别是鲫鱼在清明时节产卵，肉质鲜美无比，无论炖汤还是炖蛋都是江南居民常用的烹饪方法。还有一种说法是清明之前的螺蛳没有寄生虫，所以也变成了春季的时令物产。蚬肉取自小河底下的小蛤蜊，过水之后取其肉，与春季新鲜脆嫩的韭菜一起炒，大蔬小肉，鲜美甘甜。河虾与秧草也是江南水乡的春季特色，春季到来，河虾肥嫩，秧草翠绿，因为季节的变化和温度的提升，各种河鲜都变得生机勃勃，而秧草又是以春分前食用为佳，春分后的秧草因长茎而变老。

从二十四节气的角度谈饮食，多半是从一方水土养一方人的生存经验出发，毕竟农业社会看天吃饭有一定的规律性可言。而从二十四节气的风土物产转换到中医的保健养生也是人类生活经验的提升，中医认为春季肝强脾弱，要以养肝护脾为要旨。五行对应五脏兼顾四季，春季与木气相对，而脏腑对应于肝，春天是肝木旺盛的季节，中医认为此时肝脏最为旺盛，所以春日宜省酸增甘，以养脾气。

春雨之后韭黄破土而出，搭配猪肝、猪肾等内脏作为一道时令菜肴非常普遍，另外各种内脏的异味也会被韭黄的浓香横扫，茁壮而鲜嫩的韭黄爆炒肝腰是江南各地人家在春季常吃的一道家常菜。当然也有一种说法是在食物匮乏的时代，内脏组织成了肉类的替代品，这倒是有些更为现实的生活智慧。如今，在江浙地区的农家乐餐桌上，这样一碗民间美食经常会成为最难忘的一次饮食回忆。

餐饮行业所倡导的"不时不食"，大多会被童年时代的食物匮乏记忆所颠覆，如果说那个时代的冬储大白菜以及各单位分到每家每户的过冬萝卜也是不时不食的话，基本上会对曾经生活在齐鲁大地的孔夫子产生一定的质疑。当然，古人也没用过冰箱或冷柜，所以他们对季节的回忆是那么的真实可信，因为除了腌制之外，似乎没有什么长期储存的方法可以让当季食物保存得更久。

今天拜无远弗届的物流运输和全球贸易所赐，即便困于全球停摆的状态，我们依旧会对各种当季蔬菜产生期待。远渡重洋的各种海鲜以及奇珍异果也许不是我们当季的物产，但谁又会拒绝呢？即便是本地的物产，今天也发展为在不同区域种植不同的蔬菜和水果，以保证巨大的市场需求。因为在市场经济无形之手的调节之下，市场是不喜欢出现空白的，哪里有空白，哪里就有机会和利润。

广东菜心以及芥蓝的种植已经不再局限于广东本地，宁夏、河南、甘肃和云南也开始大规模引进，以当地的气候条件、昼夜温差、日照时间、土壤条件，都能种植出非常优质的菜心和芥蓝，并且可以销往全国。在甘肃，从土豆种植发展到洋葱、芹菜、西红柿、甘蓝、娃娃菜、花椰菜、菜心、芥蓝等多品种，5个种植面积超过30万亩的蔬菜大县已成为主要蔬菜种植基地。

在寒冷的冬季逐渐转入春天的日子里，人们更期待一碗热汤或者一碗热气腾腾的炖菜，那种丰盛与温暖，是人们从每一年的季节变化中感受最深的。因为再过几个星期，我们的渴望就会被那种生机盎然的新鲜绿色植物所接管了。

在任何一个地方，你都会在经历过一个冬天之后开始迎接春天。人们对四季的定义有所不同，因为现在大多数时候我们只会经历冬季和夏季：在几乎永远不变的白色T恤衫外面，穿上羽绒服或者不穿羽绒服。你可以说这是优衣库的胜利，也可以说是因为以前那种四季分明的气候所造就的生活方式正在逐渐变得模糊。

人们有着一系列完整的生活系统以适合季节的变化，无论是环境的颜色和温度，还是城市的气味。城市的气味是一种方言，中国的每一座城市都有一种方言。

在上海，文艺青年通常是以纪念张国荣来记住春天的开始，美食爱好者是以蔬菜的上市时间作为味觉记忆的分割线，时装爱好者是以新天地太平湖的上海时装周作为春夏之交，而腕表爱好者则将瑞士钟表展作为他们对季节的记忆锚定。而前不久造成香港地区交通瘫痪的巴塞尔艺术展，已经成为艺术爱好者的春天记忆。更多的人把2022年春天的记忆放进了挥霍者的梦想之中，然后我们不计成本或者愿意付出任何代价来感受爱的不计得失，过去是，现在是，以后还会是。想到2022年此时此刻那些长出

绿芽的土豆以及腐烂的卷心菜,与困在家中的各种记忆,这一年真是过得好快啊!(2023.3.21)

金宇澄绘画作品《静安寺》纸本丙烯 72x58cm 2018

摆上餐台的不仅是鲜花和美食

北京三里屯酒吧街的拆除改造再次引发了一代人的集体回忆,一时间各种回忆文章连篇累牍。每次这种城市地标的消失都会伴随着哀鸿遍野,有些人在感伤自己的青春记忆无处埋葬,而更多的年轻人则会茫然地感叹,这样脏乱差的地方怎么还会有那么美好的故事呢?

印象较为深刻的几次拆迁,都和我们的娱乐生活有着某种剪不断理还乱的关系。

回想深圳因为兴建中信城市广场而拆迁的上步食街,午夜时分纷乱繁杂的停车场以及卖花女都曾是那里的一道风景线。当然印象更深刻的是由过山峰、饭铲头、金脚带三种毒蛇组成的一道三蛇炖龟,以及半打蒸馒头和半打煎馒头,逼仄简陋的包房以及热情待客的潮汕口音伙计,还有生吞蛇胆泡酒之类清热解毒、明目、化痰止咳的现场中医教学,这些都成了 20 世纪 90 年代热情豪迈的都市特殊记忆。此后,还有因为兴建上海文化广场而被拆掉的茂名南路的酒吧街，也算是一个热闹去处的曲终人散。风靡全国的BabyFace迪厅以及林栋甫先生开的Blues&Jazz酒吧当年都曾是娱乐圣地。

偶然看到一本意大利杂志上的一张照片，阳光明媚的海边堤坝上摆着一排整齐的桌子，洁白的亚麻桌布上摆放着金属刀叉、餐盘和餐巾布，花瓶里插着一捧鲜艳的红玫瑰。这立刻让我想起某次在马德里市中心闲逛的时候，也是被路边餐厅类似的餐桌装饰所吸引。

上海寿宁路的夜市已拆除很久了，曾经有朋友跟我说，不应该把寿宁路的龙虾馆与欧洲的街边小馆放在一起做对比，在众多美食博主的小视频中，热闹喧哗的夜市被视为充满了烟火气，但是在那里应该没有一家餐厅会将亚麻质地的桌布铺设在沿街的简易折叠餐桌之上。这里只有白色超薄塑料桌布上摆着的一次性泡沫塑料碗碟，人们用一次性竹筷撬开啤酒，然后再将一次性纸杯倒满。并不宽的街道边上摆着巨大的垃圾箱，正对着每家餐厅外面摆放着的餐桌，凌晨去吃宵夜，垃圾箱都满得已经快装不下了，远远望去，一堆堆白色小山冒了出来。人们埋头吃着小龙虾，大声说笑，没有秩序感的大快朵颐或许才是最大的快乐。记得小龙虾刚开始火爆的时候，一位美食达人就说我们的饮食习惯非常适合消费降级，没有大龙虾，我们可以有小龙虾；没有大鲍鱼，我们可以有小鲍鱼；没有桑拿推油，我们可以洗脚敲背，总之让更多人参与体验，才是做大做强的基本思路。

从拆迁改造的三里屯酒吧街，到烟消云散的寿宁路小龙虾一条街，前前后后也就是一代人的光景。最近又开始流行重现宋宴，灿烂的古代文化总是现代人拼命要去展现的主题。记忆就是这样一代一代地传承下去，随着时间的推移，叙事被提炼，英雄被创造出来，可耻的细节被删掉，我们沉醉在美好的古法烹饪的回忆中。但是随着生活节奏越来越快，效率越来越高，各种讲究的礼仪也被当作繁文缛节给删减掉了，就像以三倍速度收听播客或者用五分钟短片讲电影，人们的时间越来越珍贵，享受美食的过程也只剩下关注食材和餐具是否名贵，更多细节的缺失，让餐厅成了流水线，如何提升翻台率是餐饮行业一直喜欢讨论的话题。

总觉得今天的高级中餐厅里缺少一个重要的道具，看看上海的高级餐厅，昆庭的银质餐具有了，玮致活的骨瓷也有了，甚至爱马仕的餐瓷也出现在餐桌上，再想一想，就是桌布缺席了。

还有多少家高级餐厅会铺摆高级桌布呢？当然不铺摆高级桌布的理由有很多。所谓高级桌布当然不是指那些化纤材料制成的廉价桌布，而是棉质的或者亚麻材质的，需要干洗之后熨烫再上浆。化纤材料的手感非常差，棉质和亚麻的手感才是最好的。

一家伦敦的桌布制造商这样形容自己的产品，大意是：亚麻餐巾以及桌布可以捕捉我们在餐桌旁被亲人簇拥时所感受到的幸福能量，而这样经典的设计将为室内外的任何场合带来欢乐。当然欢乐无价桌布有价，盛惠220英镑购买一张165厘米宽、270厘米长的亚麻桌布，再加70英镑可以购买六件套餐巾口布。在养护方面还特别指明，不可以漂白，只能用四氯乙烯干洗（而全球对四氯乙烯的严格控制似乎也是对环保的一个悖论）。设计师在产品设计分享中也清楚地告诉消费者，桌布这样的家居用品具有一种统一、怀旧而且是自然驱动的叙事方法，旨在提醒我们自然世界的美丽和脆弱，设计师的作品超越了季节性并且抱有一份对大自然的良心。

对中餐厅来讲，不摆放高级桌布的理由实在太多了。首先，中餐重油，在还没有出现公筷的时代，大家一起下筷子去夹菜，滴滴答答的油渍让餐厅觉得铺高级桌布不值得啊！

再者就是给餐厅做清洗的洗衣厂的洗涤剂去污力过强，强到很多桌布因为褪色而变得颜色深浅不一。据说五星级酒店自己的洗衣厂设备高级，但是很多酒店如今生意不好只好将这些洗涤业务外包出去，于是乎殊途同归，最后也没有办法花时间和精力去上浆打理，索性省却各种不必要的步骤。

另外，中式餐桌多以圆桌为主，有的圆桌装上了转盘，讲究的餐厅会先铺上软垫，在软垫上铺底布，然后再盖上一席带有刺绣图案的圆形桌布，并且这席桌布的下摆还要露出设计师的签名刺绣。邓永锵先生亲自设计的"中国会"，桌布上还有各式图案的搭配，并且要做到转盘始终压在圆形图案上面，总之如此考究的设计在今天的高级餐厅里已经少之又少了。

为什么说亚麻质地的桌布高级呢？亚麻被收割之后，需要手工纺织、漂白，经过工匠们手工编织成布，最后再将其漂白压光。在存放期间，对洗涤和熨烫也都有专门的要求。在20世纪的西方国家，亚麻材质的桌布甚至会出现在遗嘱清单中，并被视为传家宝而流传下来，因为熨烫工艺是在中世纪的晚期才出现的，所以熨烫挺括的桌布是家庭勤勉的象征。在中世纪的餐桌礼仪中，铺着雪白的亚麻桌布是一件很有面子的事情，在那个没有洗涤剂、洗衣机、烘干机、电熨斗的时代，用白色亚麻桌布宴客无疑是在炫耀家庭的富有。当然今天的高级餐厅显然不需要用这样古老的方式来展现自己的地位。

往昔富贵之家宴客时也会使用银质酒杯，人们认为如果酒中有毒银器就会发黑，于是在高级银器下面会衬一枚用"袁大头"银元做的银质杯托，而且会将这个镶有银元的杯托作为手信送给赴宴的客人。每吃完一餐饭都以一块银元作为手信也是颇有格调的做法，有朋友曾经在古董市场买到过银元做的杯托，价格大约两千元人民币。

为了让人们更体面地进餐而不是像动物一样进食，人们发明了各种各样的礼仪来约束吃饭时的粗鲁行为，这可能就是愤青眼中的"装"吧。但"装"有时就是人类进步的必由之路，这也是不争的事实。虽然历史发展各有不同，但是文明的光芒都是同样地照耀着人类前进的步伐。（2023.2.17）

金宇澄绘画作品《街景》纸本丙烯 73.5x53.5cm 2018

吃相与卖相

翻看过去一周的娱乐八卦，我始终觉得多年以前的媒体作风依旧是硬朗的，起码那个时候我所供职的媒体对娱乐八卦的态度，就是旗帜鲜明地"让他们娱乐我们"。

娱乐话题面前人人平等，即便话题主角有超过亿元的带货收入，网友们依旧可以吃着泡面笑看豪门恩怨，这些都能为人们或许艰难的生活增加一些乐趣，而这个乐趣正是来自他们所不齿或者他们所不及的阶层。

在"大蒜与咖啡"的争执中，上海人的形象逐渐变得正面起来，曾经由一位脱口秀演员和一位相声演员引发的隔空论战，一度成为全国人民嘲笑上海人矫情的标志性事件。不过近年由于上海人对吃相与卖相的理解已经超越了前代，所以暂时咖啡领先大蒜一局。如果从浩瀚的历史长河来看，东南沿海也就是传统意义上的南方总能影响到寒冷僵化的北方，尽管现在北方的相声演员要比南方的脱口秀演员更加具有正面意义，但这依旧是一个无法更迭的历史规律。

"吃相难看"算是上海话里骂人不带脏字的代表吧。何谓吃相难看？无非就是吃饭的时候吧唧嘴，或者在吃东西之前把舌头先伸出来，然后含着食物舔来舔去，又或者吃东西的时候张嘴说话，然后饭粒菜渣喷射出来，令人尴尬。其实这些都是个人的习惯行为，就好像有人喜欢在聊天的时候抖腿，这种行为被我的朋友形容为"在踩缝纫机"。不过今天谈及吃相难看，更多是出现在社交媒体的吃播节目，以及推销各种土特产或者家庭制作食物的小视频广告里，为了表现吃完这种食物非常享受，除了舔嘴唇吧唧嘴，还要发出啧啧的声音，甚至还要故意打个饱嗝儿以示舒坦，观众除了觉得粗鲁，似乎也只有快速滑过这一条，没有更多办法。不过各花入各眼，吃播 UP 主既然愿意这样做，想必也是群众喜闻乐见的一种讨好方式，更不要说各种扶着墙艰难走出餐厅的"饥民"了。

如今写美食的文章多了，多半文中会引用孔子的那句著名格言"食不厌精，脍不厌细"，其实后面还有好几句，但不太被提及，"食饐而餲，鱼馁而肉败，不食。色恶，不食。臭恶，不食。失饪，不食。不时，不食。割不正，不食。不得其酱，不食。"就像是冰箱出现之前的饮食指南：食物变质了味道就变了，鱼肉腐烂了不能吃，变坏的东西不能吃，烹调得不好的也不吃，不是进餐的时间不吃，切割得不正当的不吃，没有合适调味酱的不吃。孔子对饮食加了诸多的规矩，连什么时候吃饭都要管，真是不厌其烦啊！

前几天在电视上看到沪上名媛何佩蓉女士与美国Netflix网联合制作的教授餐桌礼仪的纪录片，片子一开头就是她正在教一位黑人女子如何用刀叉正确地切开一根香蕉，她先用餐刀切掉香蕉的两头，然后沿着香蕉的弧线切开表皮，然后再把里面的香蕉果肉切成一段段，用叉子叉住送入口中，一段非常古老的橡胶园庄园主的生活场景栩栩如生呈现出来。

其实如果都要按照孔子的要求去生活的话，估计饮食男女这样的人之大欲都很难达到标准，连进餐时间都规定得这么仔细，男女交往却仅以一句"食不语、寝不言"而草草带过。而当今社会中更多的"吃相难看"往往都是在男女这样的人之大欲中发酵开来的。有人说宝岛明星北望长安，其实各种交往细节都在各种自媒体的销售方式下转换成了流量红利，该带货的继续带货，根本不觉得有什么问题。有人好奇为什么好莱坞影星约翰尼·德普与艾梅柏·希尔德可以在世纪离婚官司中成为直播网红却没有成为带货天王，原因可能是中美国情不同，也可能是两国互联网购物的消费习惯不同吧！

总之娱乐圈的新闻似乎都还是有不同的层级可以区分的，有的演成了法庭律政节目，有的演成了家庭综艺节目，无论哪一种，似乎都是老百姓喜闻乐见的。娱乐新闻中最为抢镜的内容往往就是豪门分家产，戏码十足，令吃瓜群众目不暇接。

有食客的吃相就一定会有菜的卖相，在今天这个"手机先吃"的时代，菜品如果没有卖相，那几乎就要被食客踢出颜值俱乐部了。有时席间突然看到有人拿出高级莱卡相机拍摄菜品，甚至随手从小包里掏出一只手灯或面灯,不用问,那一定是餐厅请来的美食KOL。所以拿着镊子来摆盘的Fine Dinning餐厅,虽然不能说全部都靠卖相,但是要把摆盘做到先声夺人已经是不争的事实了。

看过一篇教食客如何用英文形容食品卖相的文章,非常有趣,文章中列出了常用的Amazing、Fantastic、Good、Great、Yummy、Delicious等常用来形容美食的单词,还介绍了更为细分的词汇:Appetizing,意思是指食物卖相非常值得称赞,甚至在开口吃之前就可以让人感到味道极好。另外,"Mouth watering"应该就是指垂涎吧。还有美食公众号文章中经常使用的单词:Tasty、Flavorful、Savory,这些都是泛指各种风味浓郁的或者充满诱惑力的饮食感受。"Melt in one's mouth",就是指融化在口腔内,可以跟"入口即化"相对应。而"Finger licking"大概就是肯德基常说的那种吮指之味了。"Pleasant aftertaste"就是指齿颊留香回味无穷吧。总之像"吃哭了"或者"扶墙而出"等形容美味的口语,似乎在英语世界中并没有特别的对应。卖相一般都要精致或者充满气势,或者"Fancy",当然卖相也可以非常大排档非常农家乐,或非常有趣,甚至可以非常暧昧,总之卖相这种事情不可以跟着人们常说的相由心生,否则还以为是厨师的自画像呢!

其实无论卖相还是吃相,都不及芸芸众生的众生相来得精彩。在全球热播的英剧《王冠》第五季中,看到剧中王室经常举行的盛大晚宴以及简朴早餐,不免会感慨他们也不过是吃着简单的芦笋烤鸡蛋、烟熏三文鱼、烤饼和三明治、烤鸡或者烤鱼。一位曾经的皇家厨师这样评价英国女王的饮食:那是一个为了生活而吃饭的君主。想想传说中的满汉全席,对比一下,或许可以真正领会什么叫作美食之旅。(2022.12.2)

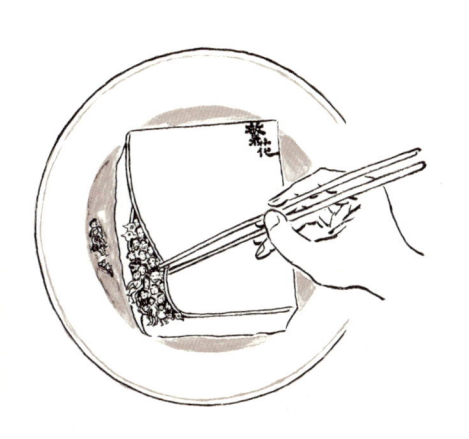

金宇澄绘画作品《繁花2》纸本水笔 33x40cm 2014
《繁花3》纸本水笔水彩 38x38cm 2016

节气轮转中的汤汤水水和千滋百味

从春分、夏至、秋分、冬至,发展到秦汉时期完全确立并流传至今的二十四节气,让南方的生活在有了互联网和社交媒体的烘托之后,变得更加体面也更具有仪式感。相比在多个节气不是吃饺子就是吃面的北方,南方则代表着更加久远的戏曲、园林、梦境以及各种才子佳人。

在这个以农立国的广袤疆域,节气更多是以农作物的收成来定义的。在没有时钟和计时工具的岁月中,仰观天象来决定日出而作日落而息,其实参照物都是那个明月照沟渠的月亮。从有月亮的日子过到没有月亮的日子,从春耕夏耘到秋收冬藏,本来就是一种朴实无华的日子,而出现微信朋友圈之后,每到节气更迭都会成为当天刷屏的话题,当激情燃烧的岁月逐渐归于平淡的生活点滴,人们沿用古代的传统丰富平凡无奇的日子。瓶瓶罐罐、花花草草都被各种有钱有闲的朋友们带领着,从一个节气走向下一个节气。人们对急着用的东西追逐久了,就开始惦记那些"唔急住使啲嘢"。何谓"唔急住使啲嘢"呢？就是那些多余的没有什么太大用途的东西。它们不是生活中急需的，更不能当饭吃，但是有了总比没有强。这些看似无用而有大用的就是我们常说的"好得闲"。

好像没有哪里人像广东人民这样一年四季都在坚持不懈地与湿气和热气做斗争，广东人民谈起二十四节气来会比其他地区的人民更加有底气。香港地区的朋友甚至把苏格兰威士忌称为"鬼佬凉茶"，足见时刻保持着与这种热气战斗的警惕性。而地处黄河流域的北方地区，主要农作物是小麦，于是各种生活习惯都是跟着小麦的种植和收获而沿袭的。所谓"冬至的饺子夏至的面"，完全是因为新麦收获的时候，人们要用新面做喜面作为一种庆祝丰收的方式，在酷热的夏天吃热面还有驱除邪恶的寓意，当然北方的人们也会承认多出汗可以祛除体内的湿气和暑气。谈到小麦生活区，从馒头、烙饼到面条、油条、包子、烧饼、煎饼、饺子、馄饨、花卷，都是今天各种扛得住的硬货，连中医都说，面可以补虚、实人肌体、厚肠胃、强气力，说得更直白点就是"人是铁、饭是钢，一顿不吃饿得慌"。

比起如今出门上班还要看一下空气质量指数的上班族，古人不但没有时钟计时，更没有温度计和湿度计。当然古人也不用排队坐电梯，但是他们依旧利用二十四节气来顺应温度的变化。温度代表着气候以及季节的变化，八个关键节点区分了公转运动对地球的影响，立春、春分、立夏、夏至、立秋、秋分、立冬、冬至，又被称为农耕八节。剩下十六个节气则反映了四季更迭中更加细微的变化：雨水、惊蛰、清明、谷雨、小满、芒种、小暑、大暑、处暑、白露、寒霜、霜降、小雪、大雪、小寒、大寒。古人的口诀也是将日子排得满满的："一年有四季，一季有三节，一节有两气，两气有六候，一候有五日。"看到最后，估计真的会有人以为一周工作五天就是这么来的呢！

广东人的自负绝对不仅仅因为他们不是一个人在与湿气和热气战斗，而是来自那种背脊向天任人食的物产丰富，是所谓"天下所有食货，粤东几近有之，粤东所有之食货，天下未必尽也"的一览众山小。

从春分开始，广东人就开始讲究忌食偏热偏寒的食物，以不损脾胃为第一要务。加上南粤大地春季潮湿多雨，所以鼓励多食助阳之物以利化湿防潮，于是菠菜、韭菜、枸杞、淮山、莲子、芡实这些可"固精益肾、祛湿止带"的食物要多吃常吃。又因为春分养生重在养肝，须"疏肝解郁"，于是各种汤水应运而生。反正在冬春时节，餐厅不会推出什锦冬瓜盅，夏季也不会有清炖北菇或者清水芥菜汤，秋冬时节更不会煲一锅冬瓜荷叶汤。

其实更讲究的是农民，按照节气，农民是不时不植，春耕夏耘秋收冬藏都是按照日子来计算，所谓"四者不失其时则五谷不绝"。还有一个顺口溜：正月葱，二月韭，三月笕，四月蕹（空心菜、通菜），五月匏（葫芦瓜），六月瓜（丝瓜、胜瓜），七月笋，八月芋，九月芥蓝，十月芹，十一月蒜，十二月白（白萝卜）。

20世纪90年代初期,各种汤馆大行其道,记得当时"阿二靓汤"、"沈记靓汤"以及后来的"汤司令"都开始大展宏图,各种汤水蜂拥而至,结果一煲老火汤前决定胜负。以为很容易,各种猛料都往瓦罐煲里倒,但不同的材料有不同的处理方法,例如银耳和冬瓜容易融化,这些材料要在最后放入,而莲藕和粉葛这些耐煮的要先下锅,否则银耳熬成一锅糨糊,莲藕又没煮熟,像石头一样坚硬,这些都是要讲究火候的。即便是用猪骨煲汤,都好像跟感情一样,猛火滚起然后文火熬三四个小时,这样喝起来才有味道,或许可以喝出类似老夫老妻胸臆顺畅的感觉。

迎来了霜降,一年的尾段就要开始了,所谓夏蝉噪鸣到寒蝉无声,此时秋天的丰收似乎更让人沉浸于大快朵颐之中,梨、苹果、柑橘、葡萄、石榴、大枣相继上市,让人们有了各种养生保健的念头。广东人则会告诉大家闲过立秋,因为在农村,最忙碌最繁重的耕耘工作已经结束了,秋收待熟,"真嘅好得闲吹水"的日子,所以滋阴润燥的中年人看着高喊"躺平"的年轻人,总有一种重整河山待后生的志忐与忧郁。

长三角地区的阳澄湖大闸蟹当仁不让地成了当季的明星,不到阳澄湖过水的大闸蟹似乎总有些名不正言不顺的味道,环保人士谈起关爱小动物时的声泪俱下,已经让人忘记了人类吃起养殖动物的一呼百应。秋季,人类对动物成熟性器官滋味的惦记与农耕生活早就越行越远,而霜降之后日照减少,天气渐冷,草枯叶落,也正好是食蟹的黄金档期。国人总把带着老外去吃牛鞭当作笑话来聊,促狭淘气地看着他们吃到牛鞭的尴尬笑容。后来看到

《007》作者伊恩·弗莱明在1959年拿着《泰晤士报》支付他的800英镑稿费买了一张30天环游全球的机票，又领了500英镑零花钱开始全球旅行，结果在东京的百兽餐厅，他发现这是一个可以吃到猴肉、猴脑和野猪的著名餐厅。而在另一家Talko餐厅，餐单上直白地写着牛鞭汤、子宫烩蘑菇以及酸甜牛鞭，价格均为300日元（6先令），人们亲切地称之为"壮阳料理"。

中医认为，气是构成人体以及维持人体生命活动的最基本物质，无论是气壮则康还是气衰则弱，总之为了延年益寿，各种跟"气"有关的形容林林总总，譬如不要生气不要劳气不要叹气，更不要盛气凌人之类，其实今天的科学依旧无法将中医所提出的热气、寒气、温气、凉气、元气、精气、神气、戾气、恶气等做出客观分析和度量，总之这种将聚合之气称为阳气，将散分之气称为阴气的朴素哲学观点应用到生活之中，似乎给了更多埋头于厨房之中的人一些理论支持。人们好像不太关心气候变暖的问题，即便被问到何谓气数已尽还是气数未尽或者气数将尽，似乎也都无法用一种静观其变的心态去平和地看待人世间的岁月蹉跎。

写这篇文章的时候，人们正沐浴在深秋的和煦阳光之中，按照天人合一、天人相应的思想，未来的冬季又要完成一个储藏能量敛藏阳气的万物闭藏过程。都说冬季万物凋零大雪茫茫的景象会使人触景生情而郁郁寡欢情绪低落，不过从中国人的节气设置中倒是可以看出一个很有趣的现象，二十四节气中的小暑大暑、小寒大寒、小雪大雪都是一一对应，但是只有小满而没有大满，各种岁月静好的心态倒是让中国人学会了也接受了"小满胜完全"

的说法。按照老子所言"祸福相倚",人们依旧会期盼一个更美好的明天。(2022.11.4)

餐饮业的冬日怀旧

和朋友去了位于外滩六号的"东京和食",第二天,也就是 12 月 10 日,这家在上海开了 16 年的日本料理餐厅就要宣告结束了,他们将会搬到营业面积更加宽敞的中信泰富广场,并且把"东京和食"的名字改为 Suntory Japanese Cuisine & Whisky,在很多人把喝日本威士忌当作一种炫耀和时髦的今天,这家还没有正式开业的餐厅已经让很多威士忌爱好者充满了期待。

"东京和食"承载着我大部分关于日本料理的记忆,因为价格亲民并且食材新鲜,它一直是我的日料餐厅首选。我对那种人均消费几千元的日料餐厅一直不抱更多的奢望,日本农林水产省在上海所做的大部分的食材推广活动一直都在东京和食举行,有点官方背书的意味。这家餐厅刚从浦东的汇丰大厦搬到外滩六号时,上海的餐饮业正好迎来第一个"想入非非"的时代,比如流行在餐厅的水族箱里饲养小鲨鱼。除了那家已经倒闭的从伦敦开到上海的会员俱乐部"MINT"养过几只小鲨鱼,东京和食可能是上海滩另外一家在室内水族箱安排小鲨鱼遨游的高级餐厅。

这家餐厅给我留下了很多美好的印象，除了价格合适的生鱼片和寿司，还有日本三得利品牌旗下种类繁多的酒类，包括清酒和葡萄酒，以及各种威士忌和干邑。而第一次喝到从日本进口的三得利纯生啤酒，也让我感受到了生啤酒的醇厚，喝了第一口便"惊为天人"，就问服务员哪家超市有卖，后来请教了三得利品牌的朋友才知道这种啤酒保质期很短，很少在超市投放，主要提供给本企业旗下的餐厅。爱喝啤酒的朋友都知道所谓纯生啤酒都有一个运输半径，就好像我第一次在爱尔兰首都都柏林喝到的健力氏黑啤一样，完全颠覆了之前喝过的味道，无他，好的纯生啤酒是很难远渡重洋的。

餐厅的无疾而终或者更换门庭，大多是拜房屋租赁协议所赐，这不由让我想到一家已经在市场上消失了很久的粤菜餐厅"采蝶轩"，它应该是我移居上海之后第一个给我留下深刻印象的港式餐厅。当时大家常去新华联楼上的利苑酒家吃饭，大家一直都以为它是香港利苑酒家开在上海的分店，后来有识途老马告诉我这是两家根本不同的餐厅，利苑是陈济棠将军的儿子陈树杰老先生在香港地区开办的，虽然两家餐厅都叫 Lei Garden，但是商标的设计完全不同，并且，陈老先生的店开在国金和环贸，菜式也不一样。在了解了其中的差异之后，发现老马除了识途还懂得识叹！被两家不同的"利苑"上了一课之后，于是在新天地再见识了采蝶轩，就更加觉得香港人经营餐厅的用心良苦的确是领行业风气之先。

经过了二十年经济的高速发展之后，真是所谓"二十年河东，二十年河西"，采蝶轩离开新天地之后，慢慢地就很少听到这个

217

品牌的消息了。后来才知道这个20世纪80年代创建于英国伦敦的粤菜餐厅，曾经也遍及全球各地。人们总会感慨百年老店的不易，怀旧可以让你同时体会到愉悦与悲伤。愉悦是因为它曾经存在过，带给你美好的回忆；悲伤是因为它已经不复存在了，特别是在今天餐厅一旦结业，后面接手的餐厅会消除任何怀旧的可能性，因为新餐厅接手后都是要重新装修的。

谈到新餐厅接手，就必须谈一下难忘的2022年了。据某个餐饮行业网站公布的消息，2021年上半年全国共关闭了超过49万家餐厅，从五六年前全国各地大型购物商场落成，开发商就开始把招商重点从书店影院美容院转向了餐饮行业，今天的局面其实早就注定了。如果说成也萧何败也萧何，那么餐饮行业的泡沫时代就是从这些商场的落成之日开始的吧，各种装修补贴以及各种免房租的优惠计划层出不穷，顺风顺水的时候都是皆大欢喜的好日子，一旦天有不测风云，展现更多的就是夫妻本是同林鸟，大难临头各自飞的求生本能了。

当上海新天地开始大量引入服饰及化妆品品牌店的时候，那些餐厅在业主眼里就成了鸡肋。餐厅的盈利当然是有的，但是将餐厅的盈利与奢侈品大牌、潮牌服装店或者化妆品的盈利对比来看，就有些小巫见大巫了。而且服装品牌都喜欢将一栋楼的铺面整个租下，有的甚至还会把相连的两栋楼都租下来，慢慢地那些临街的餐厅或者二楼的餐厅在租约结束之后恐怕就难以续租了。

之所以说餐饮行业是一个周期性很强的行业，就是因为花无百日红，而商铺的租约一般也就是千日左右吧（平均每三年签一次合同），这样的租约显然让餐厅力求必须在三年之内回本，否则过了三年，各种装修折旧就会成为负担。而且经营了三年的餐厅，在盈利能力上也不再会有高速的增长，这时候换一家新的品牌接替原有的品牌，业主在租金收入上又可以重新制定一个好的价格，永远都会有新的租客等着旧餐厅的合约到期，在这个时候一个新品牌的出现自然也会让原来已经经营了三年的老品牌失去更好的谈判条件。业主这样做有什么错误吗？当然没有，业主也背负着银行还贷的压力，而在这时候若又遇到不可抗力，经过这样一个周期性的调整，真是但见新人笑哪闻旧人哭。

城门失火殃及池鱼，那些与餐厅相关的食材供应商、装修公司、设备公司恐怕也都会面临同样的问题。如果未来市场回暖，那么这些企业首先考虑的应该是如何有能力消化新的业务，而不仅仅是考虑服务价格上调的问题了。就好像今年几乎所有的雪茄爱好者都在哀叹古巴雪茄的价格在翻倍增长，后来有熟悉此行业的朋友说，那是因为雪茄厂在新冠疫情期间遭遇了大量工人的流失，等到市场恢复之后，原来的熟练工人并没有如期回到工厂，所以直接导致了产量大幅下降。既然产量下降了，那么价格就会上升，此消彼长来来回回，最后大家就没有雪茄可买了。

迷恋美食是一种生命的力量，也是一种生活的希望。想想过去三年周围有多少朋友离开了我们的视野，又或者有多少人搬离了这座城市？想到我们一起聚会的日子，仿佛就像是在上周的某个晚上，大家过着快乐的日子，享受着美好的晚餐。人们都会慢慢明白吃饱和享受是两回事。前几天看到大家都在讨论放鞭炮的事情，似乎人们都渴望着能在过年的时候痛快地放一堆鞭炮。这时我突然觉得，这个倦怠的市场是需要好好激励一下了，是的，餐厅也需要放鞭炮!

  王家卫指导的电视剧《繁花》片花出街,主人公阿宝西装革履、志得意满地出现在餐厅门口,穿着大红色旗袍的迎宾小姐忙不迭殷勤地拉开餐厅的金色大门,大家都在庆祝一家新的餐厅开业。王家卫导演在剧中搭建出了一个耗资千万的黄河路美食街的场景,食客们踩在厚厚的红色鞭炮碎纸屑上,那可真是一个盖茨比式的梦幻场景,富而思进的20世纪90年代的各种美好回忆恐怕也只能在剧中重温了。(2022.12.15)

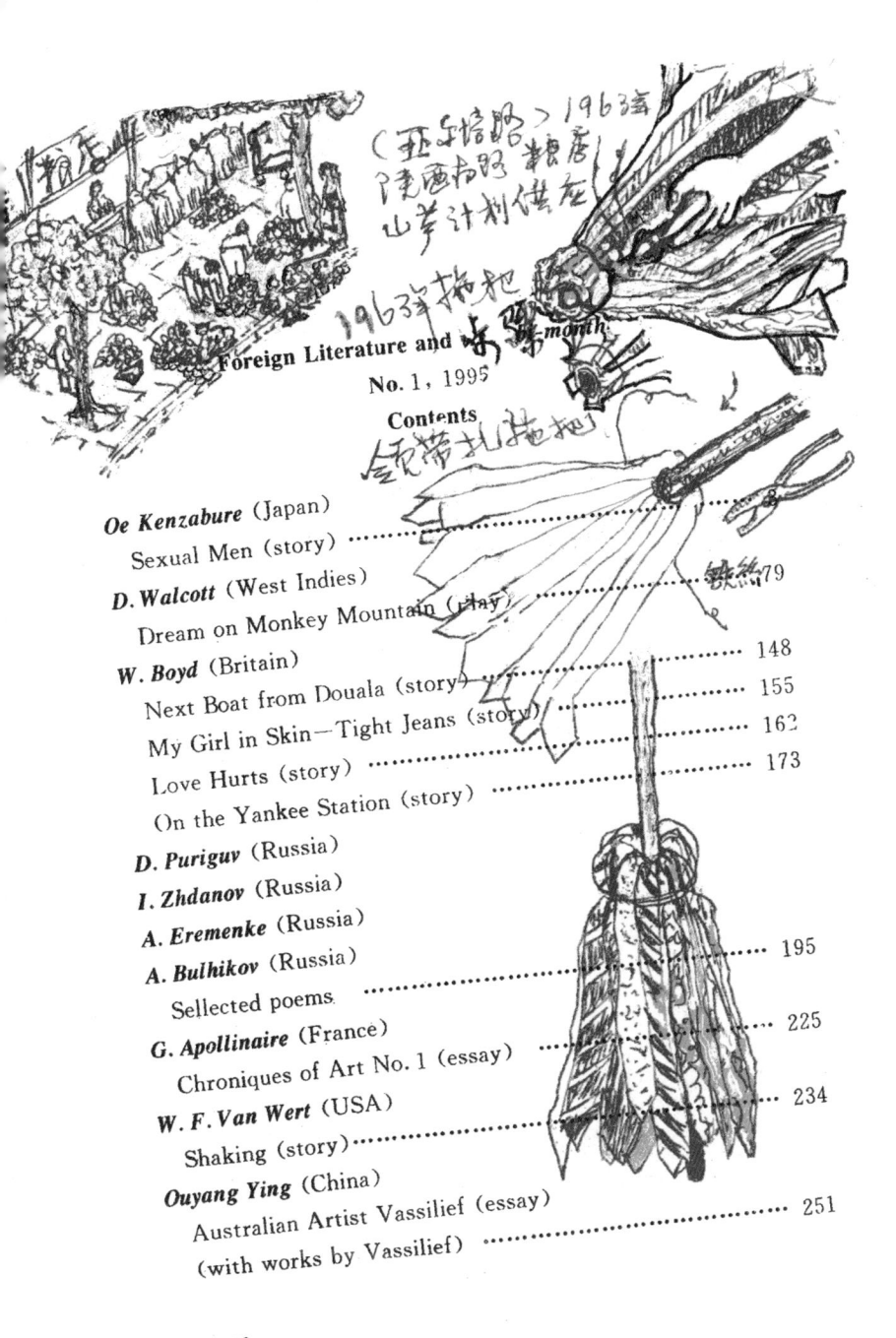

《亚乐培路》1963年
陕西省好粮唐
山芋计划供应

1963年枇杷　☆5月month

Foreign Literature and
No. 1, 1995

Contents

领带扎枇杷

铁丝 79

Oe Kenzabure (Japan)
   Sexual Men (story) ....
D. Walcott (West Indies)
   Dream on Monkey Mountain (play)
W. Boyd (Britain)
   Next Boat from Douala (story) 148
   My Girl in Skin—Tight Jeans (story) 155
   Love Hurts (story) 162
   On the Yankee Station (story) 173
D. Puriguv (Russia)
I. Zhdanov (Russia)
A. Eremenke (Russia)
A. Bulhikov (Russia)
   Sellected poems 195
G. Apollinaire (France)
   Chroniques of Art No. 1 (essay) 225
W. F. Van Wert (USA)
   Shaking (story) 234
Ouyang Ying (China)
   Australian Artist Vassilief (essay) 251
   (with works by Vassilief)

金宇澄绘画作品《1963》纸本圆珠笔 31x41cm 2015

肉食西东：关于牛肉的前尘往事

每逢看到金融巨鳄轰然倒塌，我就会想起多年前看过的一本商业畅销书《贼巢》，当时非虚构写作的说法尚未流行，类似作品都被叫作新闻纪实，这个名称要比更早前流行的报告文学清晰很多。然而无论是《贼巢》还是之后的《门口的野蛮人》，好像也并没能让广大读者看清楚什么叫作荒淫的20世纪80年代，倒是今天满大街的金融从业人员，更让投资者知道了什么叫投资风险。

《贼巢》一书中有一个难忘的情节，记述了套利人伊凡·博斯基（Ivan Boesky）外出吃饭时的嚣张。他和客户去纽约著名的艺人餐厅（Café des Artistes）吃饭，轮到博斯基点菜时，这位俄国移民的后代对服务员说："每道主菜都给我上一份。"服务员还以为自己听错了，直到博斯基把话又重复了一遍。上菜时，服务员将当天的八道主菜都端到了他的面前，博斯基每道菜都只吃了一口，然后把自己最喜欢的那道留下来，让服务员把剩下的都端走。艺人餐厅是20世纪七八十年代纽约最具戏剧性和历史气息的餐厅之一，繁盛的花木、迷人的灯光和著名艺术家创作的裸女壁画在浪漫的氛围中被温柔呈现。这家历史悠久的餐厅从1917年开业到2009年关闭，记录下纽约各色名人在此间发生的种种光怪陆离的逸事。

比起华尔街的金融大鳄，上海陆家嘴的金融精英们吃饭时则是另外一种派头。我的一位朋友曾接到一家投资公司的邀请，请他为投资公司的几位创始人提供一份在上海本地比较受认可的餐厅名单，用以招待客户。投资公司先是为这位朋友专门准备了一份几位创始人的个人简介，然后又要求他本人口述一下选择这几家餐厅的理由，这是不是有一种投融资路演的感觉？这位朋友也是隔了一段时间才知道最后他所推荐的几家餐厅全部落选，创始人集体去了一家年轻人喜欢的小酒馆儿，他也因此感受到本地的金融大亨们还真是接地气，喜欢和年轻人打成一片。

在中国古代，牛象征着财富，被列为最高级的祭品，而很多西方神话中的神兽也都被赋予了牛的形象。巴菲特从2000年开始一共举行了21次慈善午餐拍卖，一共筹得5300万美元善款。若是他每年的慈善午餐不安排在纽约著名的Smith & Wollensky牛排馆举行，而是改在一家著名的烤鸡店的话，不知"股神的午餐"是否会因此失掉几分神韵？1977年开张的Smith & Wollensky牛排馆是美国知名连锁餐厅，首家店坐落在曼哈顿49街和第三大道的交界处，这里不但是巴菲特慈善午餐的特定地点，也是金融业巨头享用午餐常去的目的地，号称华尔街的"权力之屋"。在这里，食客们挥舞着刀叉，坚定地咬着粗大的雪茄，展现着咄咄逼人的姿态，那些外表焦熟内里生鲜的牛肉，仿佛和资本主义的野心与欲望缠绕在一起，而价格不菲的红肉，同时也是强悍与力量的体现。

日本人则把吃牛肉作为接受文明开化的象征。从公元7世纪日本天皇颁布禁肉令开始，一直到1871年明治天皇开始试吃牛肉，日本人有一千多年时间都没有好好吃过肉类食品。禁肉令意味着从春末到初秋，日本人每家的饭锅里不可以出现牛肉、狗肉、鸡肉甚至猴子肉，直到明治天皇开始寻思富国强兵，并且期待国民可以通过吃西餐体验彼时欧美文明的强硬手段，禁止食肉的规定方得以松动。吃肉还被视为与封建以及武士社会决裂的标志，全面西化的日本看待饮食的目光，以营养取代了美味。在日本国力迅速发展壮大的时候，牛肉锅也开始出现在国民生活中，接着便是牛肉饭以及牛奶冰淇淋等食品的出现。二战结束后，美军占领日本，日本国民进一步目睹了战争胜利者们如何用汉堡、牛排还有培根填饱肚子。从历史的角度来看，这一时期的牛肉风潮尚且与现代畜牧业没什么直接关系，直到20世纪90年代初日本政府放开牛肉进口限制，大量海外廉价牛肉得以进入本国市场，日本人"放题"（自助）牛肉的夙愿才得以真正实现。

李白在《将进酒》中写下了传世的豪情诗句："天生我材必有用，千金散尽还复来。烹羊宰牛且为乐，会须一饮三百杯。"在中国，牛肉的品质似乎一直伴随着中产阶级的成长而不断升级。老百姓最初从伟人"土豆烧熟了，再加牛肉。不须放屁！试看天地翻覆。"的诙谐诗篇中看到了社会主义生活的远景，而诗歌发表没多久，人们就迎来了热火朝天的改革开放。20世纪八九十年代风靡一时的港式肥牛火锅也算是当时可以与生猛海鲜相提并论的高档消费了，尽管今天人们对那些拼装成雪花一样的肥牛肉表示怀疑，但是在那个粮票和肉票还被保留的时代，可以吃到空运的雪花肥牛已经非常值得骄傲了，尽管大部分人并不知道那是从哪里运来的肥牛，坐的是哪个航班。

餐饮热潮随着经济的突飞猛进而日新月异，进入消费者视野的是来自宝岛的"豪享来"餐厅，在今天看来，那种售价五六十元的牛排套餐的确属于牛排的"初级阶段"，如今在市中心也已经找不到他们的门店了。2000年，让"牛排教育"进一步深入的是同样来自宝岛的"王品牛排"，这个号称一头牛只供六位客人享用的中式牛排，讲究的是全熟不带血，总之这一来自宝岛著名企业家的内部招待菜式，可以支撑起一家独立的餐厅，并且在全国各地都开设了分店。有业内人士认为，台资品牌在大陆的枝繁叶茂也推动了大陆西餐厅的整体管理水平，并使之进步了好几年。来自宝岛的牛排馆在大陆牛排的普及进程中扮演了一个过渡的角色，他们一方面将西式餐饮方式引入大陆，另一方面深谙国人喜好，在口味上对菜品进行了本地化调整。

经历过牛肉教育的初级阶段之后，潮汕牛肉在七八年前开始攻城略地，仿佛就是在一个秋天开始落叶的夜晚过后，忽然间在城市的大街小巷随处都可以看到潮汕牛肉火锅的身影。潮汕人将一头牛分割成脖仁、五花趾、匙仁、匙柄、三花趾、胸口油、吊龙、肥牛、嫩牛九大部位，正宗的潮汕牛肉火锅讲究完整地吃遍一头牛的精华，这是以前流行肥牛火锅的时代未曾遇到过的消费者再教育。另外非常重要的一点就是潮汕牛肉讲究现宰现吃，一条完整的供应链源源不断地将最新宰杀的新鲜牛肉由潮汕地区运至北上广深等城市。

回顾潮汕牛肉火锅的兴衰，可谓一个教科书级的案例：从2014年崭露头角，到2015-2016年的遍地开花、"热钱"持续入场，再到2017年在全国出现大规模倒闭潮，号称400亿人民币砸出的十万家潮汕牛肉火锅店，就这样黯然离场了。有业内人士指出，潮汕本来不产黄牛，并不是开了那么多家牛肉火锅店就会养出那么多的黄牛来，结果拔苗助长都赶不上扩张的速度。加上火锅店橱窗内那几位赤膊剁肉的小师傅切割牛肉的技艺也大多属于一知半解、有待磨炼，如此高速增长之下，资本的推波助澜反而成了饮鸩止渴的催命符，失望的食客没有再多给餐厅一次试错的机会，潮汕牛肉火锅几乎全盘皆输。

潮汕牛肉火锅这一波热潮并没有持续太久，原汁原味的美国牛排馆就宣告登场了。（2022.8.26）

金宇澄 创作草图

牛排滋滋作响

如果说在今天还有餐厅可以理直气壮地保留一些老派的传统的话，恐怕那些美式牛排馆就是最后坚守阵地的老兵了，因为在这样的餐厅里不会出现穿着睡衣和拖鞋就餐的客人，类似的事情可能会出现在高档酒店中的意式餐厅里，但是可以让体面的金融家们一起聚会的餐厅当然不会允许一个造次的顾客衣衫不整地坐在邻桌，Power Dining 和 Fine Dining 的区别还是很大的。

我们一同走过的日子里包含了拼装雪花肥牛的倾销岁月、号称用五百万元人民币购买了独家牛腩配方的互联网营销时光，也目睹了潮汕牛肉火锅潮起潮落的日子，更有各种日韩烤肉料理的清酒真露混沌断片儿，今天，总算迎来了贩卖"滋滋"声的牛排馆时代。我真是觉得这样的保守风格太适合这个年代了，没什么惊喜，但是不会出错，心安理得地等待牛排上桌，小心，好餐厅的餐盘都是会烫手的！

谈到牛排馆，我总会想起富而思进的 20 世纪 90 年代，那时候深圳仿佛所有的五星级酒店都开有一间扒房。如今还记得那位官仔骨骨的香港人张总，他微笑着站在阳光酒店聚贤阁的大堂，大佬们都在谈生意，港产片中"煲烟、锯扒、叹红酒"这样的经典镜头比比皆是，只是窗外的风景除了高档商场西武百货之外，就是向西村人头攒动的鸡煲店。那时，雨花西餐厅开在国贸大厦对面海丰苑的裙楼二层，有一次餐厅请来一位薪资比本地厨师高七八倍的香港师傅，热情地向我介绍安格斯牛肉，并且神秘地告诉我："这是飞机餐，都是坐飞机来的！"之后我才明白这就是后来大家常说的空运食材新鲜抵港。

今天回忆起那段热闹非凡的日子，精神抖擞的港客和聚精会神的深圳人都在全情拥抱扑面而来的机遇和滚烫的高级牛排。粤语中"锯扒"就是切牛排的意思，既有各种小刀锯大树的昂扬斗志，又充满以小搏大蛇吞象的美好梦想。

五星级酒店所呈现的高档生活方式，总是搭配着一间粤菜餐厅和一间西餐厅而出现，当然再来一间日本料理餐厅就更高级了。西餐厅的菜单上总会有一道牛排，而敢于名正言顺标明自己叫扒房的，的确还是需要一些勇气。随手在网上搜索一下深圳的"扒房"，除了香格里拉、君悦、凯悦、威斯汀、朗廷以及文华东方这些大酒店之外，林林总总也有1700多家，这么多扒房，难道是因为深圳是全国金融业就业人口最多的城市吗？

时间就这样不声不响地过了二十多年，到了上海举办世博会的时候，又一波酒店扒房的热潮兴起。也许是因为这些国际酒店连锁集团都会把牛排作为一种高级食物来呈现，而且当时酒店里的中餐厅也不如今天这样进取，到五星级酒店食大餐，牛排依旧是首选。无论是浦东嘉里中心大酒店的"THE MEAT·扒",还是静安香格里拉酒店的1515牛排馆,或者是英迪格酒店的恰餐厅、JW万豪酒店的加州扒房、鲁能JW万豪侯爵酒店的FLINT扒房、浦东文华东方酒店的58°扒房,仍然是各家酒店的掌上明珠。

不过事情总在发生变化,酒店类餐饮要开始面对社会餐饮的迎头赶上,人们总是习惯性地把酒店和国营餐饮企业之外的餐饮企业称为社会餐饮,就好像人们会把政府车辆和营运车辆以外的车辆称为社会车辆一样。最初的社会餐饮意味着个体户的小本生意,但是随着餐饮蛋糕不断做大,更多的民间资本开始投入到私营餐饮领域。我曾经很好奇这两者有什么不同,一位肉类公司的资深主管告诉我,二者之间的区别就是私营企业的钱是老板自己的,这就意味着采购部门的管理会比酒店类餐饮更加严格。

打头阵的应该是来自美国的莫尔顿牛排坊,他们先是在北京投入试运营,据朋友说是闭门运营了一年之后才在2012年年底正式开门营业。他们把中国大陆首店开在豪车展示厅密集的北京金宝街上的丽晶酒店,接着在上海浦东国金中心以及上海浦西环贸中心开设了分店。无独有偶,来自纽约的美国著名沃夫冈牛排馆的首店也是开在北京,这家餐厅的股东由金融家、媒体人和艺术家组成,他们选择了位于三里屯的盈科中心,餐厅于2017年开业,接着在上海、深圳、杭州陆续开了分店。一位做进口牛肉贸易的朋友告诉我,沃夫冈牛排馆全球分店所供应的牛肉都是由美国总部统一供应,这样不但牛肉的质量可以保证,对成本的控制也可以做到非常精细。另外一家美国茹丝葵经典牛排馆于2014年在上海外滩开设了中国大陆首家分店,接着在成都、重庆、长沙等地开设了分店。这三家来自美国的知名牛排馆，过去十年在中国大陆市场发展迅速。

如果说初代的牛排馆还在谈论牛肉的种类，那么这一批牛排馆无论从肉的品种还是烹饪方式都已经大有改观，尤其是这几家在美国也位列高级餐厅的牛排馆落户中国后，几乎所有的高级牛排馆都开始讲究干式熟成技术了。潮汕牛肉强调现杀现吃，而西方人的处理方法则是活牛在屠宰后经过自然冷却至常温，然后将整只牛送入冷却间，在0~4℃的温度和特定的湿度下，降低牛肉中含有的酸性物质，经过排酸后的牛肉口感得到了极大改善，味道鲜嫩，肉质松弛，牛肉经由这样的排酸之后，彰显出和其他普通牛肉较大的区别。而西式牛排又以干式熟成为上品，干式熟成的牛排好吃与否，除了取决于品种和脂肪分布，还需通过天然酵素发挥作用，令肉质变得更柔软。熟成的成败在于适宜湿度的维持以及对表面菌落的控制，这样才可以在保持肉汁鲜润的同时让风味发酵并浓聚。

上海静安香格里拉酒店内的1515牛排馆最引人注目的就是门口一排巨大的透明冷柜，里面挂着厚重的牛肉，这些带骨肋眼牛排都是由经过45天风干的巨大和牛牛排精制而成。而浦东文华东方酒店内的58°扒房，直接把"58℃"这个使用炭火扒烤的三分或四分熟牛排的最佳核心温度，也是以现代烹饪技法烹制其他肉类的适宜温度作为餐厅的名字。五星级酒店的牛排馆让人感觉既酷又精致，证明了食肉动物们不必满足于喧闹的餐厅和兄弟会男孩的氛围，都希望餐厅成为严肃的、达成交易的商务晚宴的理想场所。

如果你崇拜金钱与权力，牛排馆可能是最能带来这种力量与享受的选择。想要给客户留下深刻印象或者希望以时髦的方式完成交易的人通常会做这样的选择，订一间牛排馆的包房可能要比订一间投资数千万元的餐厅的包房还要困难，毕竟谈起西餐的第一种菜式就是牛排。橡木护墙板、红丝绒窗帘以及各种老派的装饰，给人感觉无论是在纽约还是香港，伦敦还是上海，传统牛排馆的装饰风格都很相似。

市场总是给无畏的探险者们留下各种机会。在商场里出现的彼得家厨房，强调一份牛排可以端着走，人均消费不到百元，牛肉来自澳洲，目前在上海开设了七家店面，开放式厨房中牛肉的香味吸引了商场里的人群，这也算是一种很有意思的尝试，起码让更多的普通消费者可以尝到比较好的牛肉是什么滋味，以及那种喧嚣的餐具互相碰撞的声音和牛排滋滋的声音带来的美好感受。

曾经去过淮海路上一家本地著名百年老店西餐厅吃过一次牛排，且不说服务以及装修的风格如何，仅仅是那盘装着一块暗红色的犹如猪肝一样的肉类，我就知道感怀那个物质匮乏时代的西餐基本上就是在给自己吃药。

时代的进步显然会把各种条件都逐步完善起来，最先是牛肉的种类，接着是成熟的冷藏技术以及更为先进的熟成方式，然后就是成熟的供应链，同时还有日趋发达的葡萄酒贸易。最主要的是这样一批消费者——人均消费近千元的牛排消费者——伴随着经济的发展而更多地涌现。牛肉与葡萄酒可以说是完美的伴侣，当牛肉中的氨基酸与葡萄酒中的单宁酸相遇，神奇的酸性物质贯穿于牛肉的纤维组织之间,会让牛肉变得更加鲜嫩美味,而这其中所产生的共鸣,已经让餐厅和食客获得了双赢,好的牛排馆一定配有好的葡萄酒,这历来都是老饕们所期待的。

牛排可能是当今口腹之欲中最能直接体现地位与象征的一个最简单也是最直接的道具。餐厅希望提供的食物特别地道也特别新潮,他们很清楚只有餐厅很新潮很时髦,客人才会上门。他们也知道可以让客人纷至沓来的主要方法是通过社交媒体的口口相传,于是他们要端出最好的牛排。但是他们也很清楚他们一直在销售的就是煎牛排的滋滋声,他们尽量想让牛排的滋滋声一直延续下去,所以他们让我们听到牛排的滋滋声。

我们每一次选择食物时所做出的有关品位的表达——所谓告诉我你吃什么,我就知道你是什么样的人——都是因为我们是社会性动物,被驱使着做出赋予自身与某种地位相符的选择,虽然有的时候他们也爱喝勃艮第葡萄酒,但有时候也会特别告诉你,今天一起来家里吃饺子吧!人们会做出理性的决定,然后去投资喜欢的、可以带来乐趣的食物,而出错的地方往往就在于只看到了结果却没看到过程。人们接受了可笑的品位,因为他们会被各种宣传所驱使,而消费市场却能让我们自由地忠于自己的好恶,从而披露出它们的真面目。当我们在今天吃得精彩的时候,我们既是时代餐桌的自由用餐者,也是时代餐桌的囚徒。(2022.9.1)

得闲一起饮茶

香港一间餐厅的歇业居然让众多上海的朋友感叹不已,类似情况过去几年在朋友圈里挺常见,这一次歇业的是百年老店莲香楼。香港莲香饮食集团不久前突然在社交媒体上宣告,莲香楼以及莲香栈于 2022 年 8 月 8 日正式结束营业,公告称:莲香楼及莲香栈均属本集团之特许经营加盟商。上环莲香居仍为各位提供传统点心美食,欢迎莅临品茗。再次多谢大家多年以来对莲香集团的支持。

这家 1910 年在广州开业至今的茶楼,1918 年在香港地区开设分号,后来辗转搬到中环的威灵顿街,2019 年因租约到期,莲香楼曾在同年 2 月底休业整顿。此后几位老伙计接手,以特许经营的模式继续运营,一度更名为"莲香茶室",但是晚市不开。老伙计们经营不到一年依旧不敌市场,于是业主后代在 2020 年 3 月再次接管酒楼,并再次正名为"莲香楼"。可惜新冠肺炎疫情之下市场惨淡,经营了两年左右,莲香饮食集团终于黯然宣告莲香楼正式歇业。

喝早茶的传统可追溯到扬州盐商曾经的优渥生活，此后由于大运河的衰败，商人们南下广州寻找新的机会。同时出现在广州的依旧是二十四桥明月夜，虽然已不是当年的夜夜笙歌，但是花天酒地仍在继续。除了扬州炒饭以及扬州瘦马，丰盛的早茶也曾抚慰过他们独在异乡为异客的孤独寂寞。扬州早茶以酱菜、烫干丝和肴肉等冷菜为主，辅以包子蒸饺烧卖等面点，以一壶绿茶化解油腻。而广式早茶已经开始花样繁多，推陈出新了。

广式早茶真正登堂入室是在民国时期，这是指北伐战争结束至抗日战争开始前的一段时间。当时各报章慷慨激昂，让人们接受广东是国民革命策源地的同时，也欣然接受了"食在广州"的新派思想。而上海南京路上的各大酒楼也在北伐军胜利之后，纷纷挂出写着"广州食谱"的广告条幅，让食客感觉餐厅与国民革命军在一起进步。可以说北伐的胜利扩大了"食在广州"的影响力，而广式早茶讲究即叫即整、花样繁多、新鲜热辣，也让食客们体验到了扬州早茶之外的另一种风格。

等到人们再一次感受到粤菜魅力的热潮，时间已经来到了20世纪80年代。改革开放的南风窗让全国人民都沉浸在对粤菜生猛海鲜的向往之中，这一次，广式风格悄然让位给了港式风格，毕竟20世纪80年代出现在内地的港商们，类似于当年的扬州盐商，被视为享受生活的传奇，而去喝一次港式早茶要比去吃一顿海鲜大餐更轻松得意。特别是港产片里那种"一盅两件吹水看报"的"叹生活"，让吃惯了大饼油条豆浆的北方民众找到了富而思进的生活方向。

有意思的是，那时几乎每个城市都有一家天天渔港酒楼，餐厅里总有一群带着大哥大的大哥们天天在喝茶谈生意，仿佛永远有谈不完的生意，永远都是得闲饮茶的客气。之所以说饮茶食点心要比吃大餐来得更轻松惬意，是因为饮茶本身价廉物美而且兼有阔绰的意味，广东人并没有北方人"点心不能当饭吃"的说教，而且全家人周日早上一起饮茶，更是饱含家庭聚会的温馨回忆以及家庭教育的言传身教。

饮茶少不了点心，也是因为香港饮茶风气浓厚，以至于中式点心的英文单词完全就是粤语发音的"Dim Sum"。曾有一首徐小凤演唱的著名粤语金曲《叉烧包》："叉烧包，谁爱吃刚出笼的叉烧包，还有那莲蓉包呀、猪油包呀、鱼翅包豆沙包，应有尽有广东包！假使你说你不爱吃广东包，还有各式各样的上海包……"

茶点以包点的利润为最高，包点中只要馅料不是叉烧，也都不会贵到哪里去。行内人判断一间茶楼的点心师傅是不是厉害，首先看的就是叉烧包是不是好吃。而要把叉烧包做好，叉烧馅一定要有汁水、面皮够松，很考功夫。而萝卜酥、叉烧酥这类点心，馅料不值几个钱，但是要做出酥皮，则需要一定技术含量。点心贵，完全在于点心师傅贵，如今很多优秀的点心师傅年事已高，年轻人又不愿入行，正所谓行业后继无人。今天各大餐饮集团纷纷在市郊建立自己的中央厨房，各种预制的冷冻点心源源不断送至各个门店，但传统广式点心的口味却渐行渐远了。

谈起广式点心不能不提及人称"勋叔"的广式点心大师陈勋先生（1924-2021），他见证了广式点心的百年发展，也重现和改良了包括"月夜逢燕侣""赤绳欣系足"等多种已失传的点心款式。在这种传承中也有创新的发展历程中，他还发明了炸两、糯米卷、糯米包等多款点心，并且改良了叉烧包的制作方式，取名"玉液叉烧包"，立下今天叉烧包即蒸即食的惯例。陈勋先生更提倡点心的丰富和多样性，提出了"洋为中用，古为今用，中西并举，南北结合"的发展策略，确立了叉烧包、虾饺、干蒸烧卖、蛋挞为点心中的"四大天王"的名号。即便在今天的上海，"四大天王"依旧是各家粤菜餐厅营业额的中坚力量。

我坐在上海新天地誉八仙酒楼茶室的露台上，精致的茶杯，绿石的水盅，水滚茶靓。一扇扇古色古香的木窗，屋檐下是一溜儿雀友们的鸟笼，鸟儿在欢快地叫着，穿着黑衫黑裤的茶倌忙前忙后地斟茶递水，上了年纪的客人熟练地用滚水洗刷杯碗，一看就是广东人的做派，服务员推着装着烧卖、虾饺、凤爪的点心车穿行其间。已经很少有人看报纸了，虽然楼下的报架上还有当天的《东方日报》。在新天地一片石库门风格的建筑物中，这里仿佛将电影《一代宗师》中的"金楼"从佛山搬到了上海，怀旧式装修风格重现着历史，而经历过新冠疫情的餐厅，仿佛又一次见证风云变幻的时代变迁，人们也在茶香氤氲之中体会着生活的无常。王心心女士演绎的南管小调回荡在挑高的餐厅上空，南音依稀，物是人非，几家欢喜几家愁。看着巨大的福禄寿红色刺绣以及侧面那一幅钱轶士先生的对联，总觉得即便是在今天的上海，能找到一个古色古香的地方叹茶也是实属不易的。

饮早茶的地方少了，但是在正餐时间吃点心的消费者却多了起来。正如"80后"开始步入中年一样，那些曾经带给他们美好向往的香港TVB生活方式，也随着时代的高歌猛进而悄然落幕。

年轻人不再向往所谓一盅两件的叹生活,那种生活的温度与记忆的厚度,也逐渐被冰冷的网络流量所代替。他们既不会在茶楼里和朋友相约见面,也不会从早上与朋友"吹水"到中午,更不会翻看几份报章,不慌不忙地吃几件点心,然后叹一杯普洱并沉浸于屋檐下鸟儿的啼鸣中,他们更多的是低头看着手机,然后风卷残云一般来去匆匆。

饮茶场景的变迁也见证了时代的变迁,景德镇和宜兴两个中国最大的茶具产地在近两年间通过在各大电商平台上销售的茶具数量,已然超过了过去十年两地茶具销量的总和,但是私人聚会泡茶把玩的消费场景,始终无法取代二十年前餐厅饮茶的人头攒动。年轻人爱喝茶,也愿意花钱买好茶具,但是他们既不愿意花钱到酒楼里去消费,也没有大段的时间泡在餐厅里闲聊吹水,甚至都没兴趣把合影留在这样一种即将过时的场景之中。因为在周末,更多的年轻人会选择西餐厅的早午餐或五星级酒店的下午茶,实在不行,还有时下正流行的路边野餐。总之阿婶推着车仔送出热气腾腾即做即食的点心,已经成为老年人打发时光的聚会首选。

香港美食评论家刘健威先生曾说,要延续早茶文化,一定要以年轻人为推广对象,针对他们的生活方式和价值观,定制出早茶点心来,否则,饮茶文化迟早要没落。

今天看到的情景却是,年轻人会在周末聚集于某些固定的区域或者潮流打卡地,然后通过一些特定的流行穿着以及行为方式来巩固他们的集体认可,或飞盘或滑板,或牵狗或单车。总之这种集体的认可又会重组出一些新的独特风格来加强年轻人的身份标签,从而进一步凸显他们自身所属的圈层现实以及他们对场景式体验的集体回应。这种通过仪式感来抵抗传统的年轻人的聚集方式，展示着一个社会群体的价值观，同时也见证着在商业化、资本化、景观化所主导的游戏规则之下，新与旧的快速兴替轮转。

唐代诗人卢仝的诗中是这样谈饮茶的："一碗喉吻润。两碗破孤闷。三碗搜枯肠，唯有文字五千卷。四碗发轻汗，平生不平事，尽向毛孔散。五碗肌骨清，六碗通仙灵。七碗吃不得也，唯觉两腋习习清风生。"如此清爽畅快，繁忙的都市人恐怕已经很久没有体会到了。品味我们的食物，承担我们的责任，忙里偷闲，在热情中欢悦，得闲一起饮茶吧！（2022.8.19）

美食与才子

十几年前，美食杂志还没有沦为今天的菜谱合集，那个时候美食杂志招聘编辑记者居然也成为一大奇观，很多求职者介绍自己的过往经历，通常第一句话都是："我实在是太喜欢吃了！"那时候的美食杂志还可以找一位文艺范儿的女主持人做封面模特，其实与刊内所谈的专题可能并没有关系。总之美食杂志的黄金时代，曾掀起一波短暂地充满了荷尔蒙的摆拍大片高潮，那些奄奄一息的机场杂志，也开始大谈食色性也。经过内容隧道，最后总是要停靠在网络带货的终点站，文艺的厨师最终没有出现，扶墙而出的大胃食客倒是培养出不少。等到人人都做网络社团团长的后直播时代，再去回忆那些当年谦称自己太喜欢吃的文艺青年，可能早就从吃货进化到美食家了。也就在这个节骨眼儿上，倪匡先生去世了。

中国人喜欢凑数，明明三人成行的才子佳话，非要加上报业巨头金庸先生，生生凑出了"香港四大才子"。金庸先生无论是影响力还是经济实力，远在其他三人之上，但是倪匡、黄霑、蔡澜三位先生又因为一档电视谈话节目令后辈高山仰止,那就是《今夜不设防》。如果说金庸先生用报纸连载的方式在中国人的思想世界中建立起一个行侠仗义的精神乐园,那么这三位才子则是用周播谈话节目的方式在中国人的生活里留下了一个轻松幽默的开心时刻。

"四大才子"成名于香港地区经济腾飞的黄金时代,加上四位都是文字高手,自然会跟文化和娱乐圈有千丝万缕的业务关系,无论是报章杂志还是图书,无论是唱片还是电影,无论是广播还是电视,先生们都不遑多让。今天已有三位先生离去,只留下乐观通达的蔡澜先生。

蔡澜先生对内地美食爱好者的影响力至少超过了30年,这样的影响力在简体中文美食世界里可谓无出其右。1983年他在香港地区出版了第一本书《蔡澜随笔》,到20世纪90年代末广东旅游出版社开始出版他的中文简体字版书籍,那段时间国内还没有作家谈论国际美食。虽然期间也看到一些京沪作家写下脍炙人口的美食文章,但是文章中弥漫着那种苦中作乐的乐观主义精神,的确与人生得意须尽欢的信手拈来大有不同。当时人们还没有大量接触港台地区的文化,总将香港是文化沙漠的定位摆在那里,等到周围朋友也开始在国内的杂志上写专栏文章的时候,才发现香港竟有那么多种报纸杂志,居然有一批人可以依靠写报屁股的专栏文章体面地生活,霎时就明白了文化的繁茂跟人口数量的多寡没什么直接关系。

真正让国内的吃货们扬眉吐气的时代终于在互联网的扶植下迎风招展,社交媒体中最大的一个内容分支应该就是美食吧。从早年苦哈哈地打字到今天手机录下厨师的创作心得,"我们都是餐厅的内容搬运工"的自嘲也开始不胫而走,于是便有无知者无畏的网友大言不惭地说道,二十五年回头看,蔡澜先生也不过如此啊!

说这种话的朋友,其实非常清楚地知道互联网是没有记忆的。且不说在内地都还在用粮票的时代,蔡澜先生就开始做美食电视节目了,并且收视长虹;蔡澜先生还担任日本富士电视台的综艺节目《铁人料理》的评委。且不说现在的电商平台上仍然有上百个版本的蔡澜著作售卖,更不要提在微博上那一千多万的粉丝还在等待着与他互动,仅网店"蔡澜的花花世界"里各式调味酱、蛋卷、茶叶、面条的琳琅满目,就已经让这位年已八旬的老人成了互联网经济时代的带货达人。而这几年开业的蔡澜点心餐厅又成了北上广深的热门餐厅,把周边产品运作得如此成功,恐怕已经不是一个美食家的称呼可以简单定义的了。

有欲望就有需求,有需求就有市场,吃饭就可以成为美食家,这也算是社会进步的一个正常反应吧。美食家门槛降低的同时,生活家的门槛始终还是遥不可及。蔡澜先生在 20 世纪 90 年代就已经带着美食团游历世界了,而去日本、意大利等地吃吃喝喝的案例开始在朋友圈出现也不过是五六年前吧,效仿蔡澜先生把玩各种小摆设也是在七八年前。蔡澜先生跟年轻人谈心的电视节目,从号召大学生在年轻的时候要多恋爱开始,这样的人生导师居然没有在美食自媒体里出现,实在让人觉得是食色性也的没落。我曾经把他在高校的演讲稿发到朋友圈,年轻人反而无动于衷了。

袁枚在 1792 年写就了《随园食单》,大仲马在 1869 年开始撰写《烹饪大辞典》，这些都是文学家对美食的贡献。维特根斯坦对美食的思考也非常有意思，他认为烹饪是由烹饪的结果所决定的，而说话却不是这样，这就是语言的使用从某种意义上来讲比较独立的原因。而在某种意义上，烹饪并不能够独立。如果你按照与正确规则不同的方式做一道菜，可能会得到一道差劲的菜，但若是在说话的时候与这种或者那种语法规则有所不同，说话的人并不会因此说错话，而可能是在说另外一件事情，所以厨师必须遵守烹饪规则，而文学家是可以不遵守语法规则的。作家们所谈的往往都是重大日子里或者盛宴上烹饪大师级别的顶级出品，这些精细复杂、费用高昂、精心制作的豪华大餐，建立在商业利益、金钱投入、权力运作以及社会影响之上。厨师们在油烟缭绕中面对着昂贵的摄影器材以及精心布置的灯光布景，而美食家则是这些厨师的传声筒或者化妆师，把他们想说的话记录下来，并加以调整和重新组织，让厨师们以哲学家的面貌出现在电视台的节目中。

美食早就成为生活中的一部分，无论是气味、颜色、味道、摆盘、手势、热量、香料还是品位，烹饪早已成为连接生活记忆与情感的载体和手段。如果一个美食家不热爱生活，那么这一代人到下一代人，一个社会到另外一个社会，永远就只有果腹而没有享受。文化就是以这样谦逊而固执的方式进入我们的知识体系，让我们永远热爱着生活。

有人说蔡澜先生的爱好影响了一大批"90后""00后"年轻人，互联网时代的浪潮扩大了这种影响力，不过大多数自媒体终点都是带货，这一点倒是没有说错。今天可以张口闭口谈起意大利或东京某间餐厅的某道菜如何与众不同的网红们,基本上不会聊起某曲交响乐的第几段的某个演奏细节,不会聊起某部美国电影原版源自哪一部欧洲电影,也不会谈及古诗词里的典故出自何处。但是这些掌故对蔡澜先生这样享受生活的人而言,几乎都是娓娓道来的。人们明白决定一个水桶容积的是最短的那一块木板的高度,今天更多所谓的专业网红几乎就是一块木板打天下,对建筑、音乐、绘画、雕塑、诗歌、舞蹈、电影等领域的认知空白,几乎让他们等同于生活方式的小镇做题家。而香港地区的那批知识分子却很有意思,在他们中间诞生了一群生活方式的推动者。

无论是蔡澜先生、刘健威先生还是已经作古的钟永麟先生、古镇煌先生,他们用生活的经历构建起多姿多彩的人生。而面对纷乱嘈杂的网络上所流行的各种口诛笔伐式的论战,他们几乎都会高悬免战牌。他们清楚人人都有选择的自由,站出来去比试就已经败了,各种争强好胜好勇斗狠,都属于耐不住寂寞,这种因为年轻而产生的愤怒,似乎早就化作一众先生们的淡淡一笑。在他们眼里,所谓的云淡风轻和岁月静好,无非是在品尝过生活百味之后所积累的成长阅历罢了。(2022.7.15)

金宇澄绘画作品《书架》纸本马克笔 40x33cm 2018

面条之旅 意犹未尽

近年来苏豪区新开的食肆逐渐落成,位于香港中环的伊利近街成了荷里活道这一段很不错的景观。2018 年,法国人傅奕诚(Florent Bonnefoy)在伊利近街 12A 号开了一家中西合璧的小面馆儿。

他不但中文讲得好,而且有思古幽情,崇尚中国魏晋时期的"竹林七贤",他将自己的微信号起名为"竹林八爷"。他毕业于"外交官的摇篮"巴黎政治学院,又到北京学习汉语,2007 年加入法国米其林公司,做了四年地图与指南总监,为米其林指南落地中国做出了很了不起的贡献。这期间他结识了世界上很多烹饪大师,2017 年他离职创业,一方面经营美食顾问咨询公司,辅导餐厅如何去海外开疆拓土,然后帮助这些厨师与亚洲最优秀的厨师一起开发新的菜式,另外就是跑去香港中环的伊利近街开了一家叫"蜜斗(The Noodle Hive)"的面馆儿。

里昂本来就是法国美食的摇篮,香港地区又是中华美食的前沿阵地，于是他想把法国里昂的蜂蜜和香港的车仔面"捞埋"在一起，以健康无添加为号召，在还原传统味道的过程中加入健康元素，并尝试找到一种独特的风格。然而在新冠肺炎疫情期间，"蜜斗"永久停业了，虽然它在2019年还获得了米其林指南的街头小吃推荐。

我们一直都说是马可·波罗把比萨饼和面条从中国带到了意大利，其实在很多盛产小麦的地方，饮食结构的呈现方式都很类似，倒是拉面从中国传入日本的各种历史细节非常清晰。

1853年美国东印度舰队前往日本缔结商贸协议，终于在1854年与江户幕府签订了《神奈川条约》，到日本国门洞开，除了欧美商人，来自中国的商人也开始进驻贸易条约中双方确定的港口城市，横滨、神户、长崎、函馆都出现了中国的商人和居民。从他们在这些开放的港口开始经营餐饮，到出现手拉面条加上鸡汤以及青葱调料成为小吃的"南京面"；从消费对象主要以当地的华侨为主，到1884年函馆的养和轩餐厅的广告传单上出现"南京面"这道菜，时间不过三十年。

到了1910年，日本人尾崎贯一在东京浅草开设了来来轩中餐厅，便宜、美味而且可以迅速上桌的南京面最终改良成了正宗的东京拉面，汤底不仅加入了酱油，还加入了叉烧肉、鱼肉、汤菠菜以及海苔，后来又加入了笋干，这些配料最后成了东京拉面的固定配料，这样一个从舶来品到本地化的过程大概经历了六十年。

关于中国面条的故事，日本作家坂本一敏著有《只为一碗好面》，作者花了三十年的时间在中国进行了一次寻面之旅。而韩国广播公司曾拍摄六集纪录片《面条之路》，忠实地记录了外国人对这种简单美味的食物的寻找过程。

我很好奇地问过傅奕诚，为什么要开一家面馆而不是一家饭馆？他的回答非常有意思，他认为车仔面是香港饮食文化的代表之一，可以体会香港本土文化的热情。这种街头美食也是平民美食，起源于20世纪50年代，早年都是无证摊贩推着简易木头车走街串巷兜售汤汁、面条和各种配料，由于在街头无证摆卖车仔面属于违法，所以车仔档都是用最廉价的材料组装而成，以降低被市政管理队扣押充公的损失。

20世纪90年代以后，香港街头已经很少见到小贩摆卖车仔面了。经历了岁月的沉淀，车仔面留给香港人一种难忘的口味记忆，近年来其纷纷出现在高级餐厅中，也是一个有趣的现象。

中国面条的各种传播之路，很难让我不拿意大利面和中国面条做对比。1993年当迪生百货出现在深圳天安中心的时候，五层的马里奥餐厅是我和朋友们心中的高级西餐厅，这是一间值得追忆的意大利餐厅，餐厅的桌椅都可以在香港地区版《ELLE家居廊》杂志中看到，回想那些亚克力椅还有璀璨夺目的吊灯，加上一身西装的领班，开业时在香港翡翠台还做了大量的电视广告，真是令人难以忘怀。广告中，一个假扮歌唱家帕瓦罗蒂的胖子在兴奋地吃着意大利面和海鲜饭，这个香港大快活集团旗下的快餐厅在20世纪90年代已经是一个有模有样的高级餐厅了。

那是我第一次与意大利面、海鲜饭、比萨饼的美好邂逅，这家餐厅后来就淹没在必胜客和达美乐的汪洋大海里了。必须要承认时代的进步还是有目共睹的，今天和好朋友吃饭，恐怕不太会约在一个高级快餐店。但是在 20 世纪 90 年代，无论是 Friday's 星期五餐厅还是 Hard Rock 硬石餐厅，都是一线城市中的时髦约会场所。

意大利面之所以被认为是神一般的存在，是因为无论在世界上任何一个城市，人们都可以找到它。相信很多人都不会忘记号称"意大利沙县小吃"的萨利亚意大利餐厅吧，至今还可以做到人均消费不到 50 元的意大利餐厅估计不太好找了，它居然在亚洲开了 1500 多家店面！十几块钱一张比萨饼，声称 20 元吃饱、30 元吃好、50 元吃到扶墙而出，居然可以在一线城市屹立不倒。而如今在被上海消费者追捧的意大利餐厅 DA VITTORIO，也可以吃到意式扁面搭配时令混合海鲜，两位盛惠价 2188 元，不含 10% 的服务费，居然也是门庭若市。就像意大利著名导演费里尼说的那样，生命就是魔法和意大利面的结合！

关于意大利美食的书籍可谓汗牛充栋，不夸张地说，有多少葡萄酒书，就会有多少意大利美食书。也许是因为意大利人获得上帝赐予的食物、阳光以及水和土地的路径都比较直接，所以他们会在书中有意无意地谈到食物与民主的关系，这样的角度在今天的中文世界里几乎很少涉及。我们的美食作家要么沉迷于餐厅老板的垂青，要么沉迷于食材供应商的溺爱，反正越贵的食物越起劲儿，对各种自然风光、匠人手艺或者即将消失的文化特色则毫无感觉。他们对这样精神层面的东西漠不关心，他们不知道这些被称为文化而被保留下来的遗产皆因贫困所致，因为贫困而让资本望而却步，也正是因为没有资本的入侵，这些具有独特风格的文化才得以保留。因为资本都是以同样的面目出现，它们更喜欢计算翻台率，也更喜欢中央厨房的高效。而所有这些缺点在意大利人看来都是在加速破坏他们所独有的文化，他们甚至不会以食物的外观美丽而对食物好坏做出评价，他们认为"相机先吃"是愚蠢且错误的。但是没有了食物的美图，美食自媒体还能够好好说话吗？一方面我们承认这是一个读图时代，但是另一方面我们又鄙视因为看图说话而带来的认知下降。

而真正让意大利面独步天下的是近年出现的新型商业机构，那就是我最心仪的"Eataly"，这个2007年诞生于意大利都灵一家已关闭的苦艾酒工厂中的食品商场，成为向全世界推广意大利文化的商业综合体，它是一间学校，教授意大利美食；它是一个聚餐的地方，里面有很多餐厅；它是高端美食商场，是一个可以认识食物并且通过食物来认识生活的地方。人们在这里买几颗番茄、一块奶酪或一块面包、一杯咖啡、一个冰淇淋，人们通过这些产品认识了意大利。2010年它在纽约麦迪逊广场公园附近开业时，一下子成为纽约营业规模最大且雇员最多的餐厅，其4600平方米的店面创造了300多个就业机会。"Eat+Italy"组成了这个因为食物而让人们聚集在一起的地方，这样的地方如今分布在全世界近50个城市。

十年前，我的一位设计师朋友跟我探讨了他的美好宏图，当时他正在为国内一款知名白酒设计酒类博物馆。我跟他谈及意大利人对美食的热情与创意，他很兴奋地说，如果以这款白酒作为号召，在全世界华人聚集的地方做一个类似Eataly的美食广场，一定会做得更好，然后，就没有什么然后了。

我们从一碗面条里看到了民主的朴实无华，也从一碗面条里看到了文化输出的漫长道路。我们的愿望其实非常简单：我们因为爱吃一种食物而聚集在一起，我们都喜欢高品质的生活，而吃饭又是一个和全人类发展相关的大事情。当我们带着一种连接人文风土和历史风情的心态去面对一碗面的时候，就会明白无论两片树叶如何不同，它们都还是树叶。文明也一样，所有伟大的文明都是一样的精彩。（2022.6.24）

从全家餐到一人食：寻找饮食中的幸福感

如果没有堂食，经营成本会迫使餐厅和酒吧的开门营业变成鸡肋。如果没有了见面聚会的场景，而仅仅保留了服装店和超市的城市生活，也从另外一个层面验证了尼葛洛庞帝在《数字化生存》中的预言，他说除了美容美发和餐饮之外，其他各个行业的消费行为都可以在互联网的协助下完成。

当然过去二十多年的发展，也让互联网凭借技术和资金的优势从庞大的饮食行业生生地切下了一块不小的蛋糕。经历了新冠疫情，当上海的餐厅开始准备复工复产之后，依旧有餐饮行业的业主呼喊抵制"美团"和"饿了吗"的送餐服务，他们的理由是：这两家互联网送餐服务公司，依靠着庞大的物流队伍，让餐厅堂食成了一种奢望，也让人们在解封之前就期待的聚会成了泡影。

生活在英国工业时代初期的狄更斯们，会把丰盛的餐桌当作家庭生活的完美象征和代表繁荣的符号。尽管这些愤怒的作家为资本主义所带来的贫困、被剥削的生活以及沦丧的道德体系感到强烈震惊，但是在他们心中依旧保留着对家庭团结以及和谐永续的向往。虽然温暖的烛光随着技术的发展变成了带着橘黄色暖意的灯泡，一家人共享一桌菜却始终是团结的背景色。如果连家人的聚餐都消失了，共享食物所带来的凝聚力也就成了空谈。

意大利人推出了慢食运动，德国人生产出了坚固耐用的碗碟，法国人制造的银器闪闪发亮地炫耀着富足生活应有的样子，英国人则是将唐顿庄园训练有素的服务变成了一种高尚生活的典范：众多的仆人、机灵的管家以及精致可口的美食。全家人的聚会似乎也是在表现人类作为动物最后保持的一点本能：煮上一锅食物，然后愉快地吃掉它。将镜头转向东方，在中国，人们依照天气和气候遵循着各种饮食的礼数，春夏秋冬二十四节气，沉淀着农业社会不同食物的美好回忆。当然，对那些成长在工厂厂区的孩子来说，童年的食物回忆就是铝制的饭盒、人声鼎沸的大食堂，以及那些各种混合食物垃圾产生的气味。甚至到了大学校园，当周末舞会开始流行，体会着华尔兹舞蹈的大运动量所带来的青春气息的同时，也会在不经意间嗅到食堂特有的酸腐味，当然最后还是青春的汗水盖住了食堂气息，雪花膏的尾韵以及蜂花洗发水的香气构成了20世纪90年代大学生活的基调。

家庭聚餐意味着不同代际成员间的团聚，而独自进餐似乎代表了社交时代的"鲁蛇"（Loser）。孤独从来不是大城市的问题，寂寞才是放任自己堕落的借口。一直都说孤独是你拒绝了周遭，而寂寞则是周遭拒绝了你。在餐厅吃饭似乎总是要展示幸福与悲伤两种情绪，独自一人进餐往往很难与幸福挂钩，但是在一家高级餐厅独自进餐，也能享受不被打扰的乐趣。

几年前在静安香格里拉酒店四层的 1515 酒吧，我独自一人坐在吧台前吃晚饭，那个时候酒吧里还允许抽烟，我掏出一盒意大利托斯卡纳小雪茄，取出一根递给在吧台后面的意大利调酒师，让他尝尝家乡的味道，他友好地拒绝了我，然后说这样的机制小雪茄都是他爷爷一辈们爱抽的。我感到非常不好意思，显然来自日本 *LEON* 杂志封面模特儿的那种时髦，在来自意大利南部的小伙子眼里就像尘埃一般古老。

我回头瞥见酒吧的沙发上坐着一位穿着白衬衫的长者，他低头看着橙黄色的英国《金融时报》，叼着一根香烟，面前摆着一杯啤酒。他对香烟的执着似乎可以让它一直保持着燃烧的状态，一根接着一根地续着。他阅读报纸的那种专注神情让人想到了美剧《广告狂人》中的一些场景。香烟、可乐、啤酒、奶昔、汉堡、薯条以及炸鸡，当这些我们每天都会遇到的快餐和消耗品同时出现在一家高级酒店的酒吧里时，我们的文化背景和行为举止似乎都因为场景的衬托而失去了差异化，这些美好的事物也因为环境而变得熠熠生辉。我们开始吃同样的食物，我们在摆盘的精致化之后变得更像是网络上那些加了滤镜的图片，我们独自沉浸在自己的脑海里，拒绝了人际交往的互动，也拒绝了服务员的服务。高挑的空间里漂浮着米勒·戴维斯演奏的孤独小号，这并不是一种忧郁，反而是一种多姿多彩城市生活的小众版本。

当麦当劳、肯德基成了文化距离拉近之后被鄙视的对象，或许面对一个狭窄日料餐厅的板前寿司台会更有一种孤独美食家的风骨。拒绝了各种无效的餐厅邻桌交谈，也许会让注意力更加集中在食物的味道上。等我干掉硕大的汉堡后，余光里看到瘦削的白衬衫仰头喝掉了他杯中的啤酒,将报纸夹在腋下慢慢离开了餐厅。而我则心满意足地又抽出了一根粗短有力的托斯卡纳雪茄,淡绿色海盐的味道至今难以忘怀。

环球美食旅行作家村声老师一直都是一个人去吃饭,无论去多好的馆子,他总会精心挑选一个独特的角度为每一餐饭拍一张照片,通常一瓶干爽的白葡萄酒不经意地露出瓶身,餐具的质感以及餐布的纹路还有桌面的油渍都被若隐若现地拍了下来。他住在北海市的市中心,正为一家上市公司的庞大项目而忙碌,他会热情地向每一位朋友介绍那里一款特别的米粉和刚刚打上来的新鲜海鱼。感谢互联网缩短了我们之间的地理距离,在那种天空极其干净的海边街上,嗦一碗好吃的粉的确会唤起人们冲向这座海边城市的欲望。

他有时也会自豪地跟我说这家还有那家餐厅是"自己的食堂"。像我们这样对缺乏油水的职工食堂充满厌倦的一代人来说,这种香港企业家式的口吻总会带来一种时空错乱的感觉。港岛众多办公楼中都坐着各种背景的富翁,这些亲力亲为的老板往往会在办公室附近的餐厅解决午餐,而一些会做生意的餐厅都会给这样的豪客留一张固定的台子。如果你在工作日的中午出现在中环办公区,你会发现当排队吃饭的打工仔们都在等位子的时候,大老板会施施然从楼上办公室下来,无视排队的人群,走向他固定的桌子,之后例牌午餐很快就会端上来,完成这样一气呵成的动作之后,用餐的客人才可以有资格把一家熟悉的餐厅叫作"自己的饭堂",而且还仅限午饭。所以当今天随便都会听到谁说某家餐厅是"自己的饭堂",就会觉得有种南橘北枳的味道。

享受一人食的范围越广,说明一座城市的包容度越高。我非常反感香港某些茶餐厅里强制拼台的安排,当然这是因为餐厅所在的地段寸土寸金,所以不少老板们希望客人尽快吃完尽快翻台。

在上海、深圳、香港这样的金融城市中的 CBD,白天通常都是银行家们的游乐场,到了夜晚则变得死气沉沉。等银行家们坐着商务车匆匆离去,若想在夜晚的金融区的餐厅里独自吃一顿晚餐,就一定要避开那些坐满了年轻情侣的西餐厅,不然你会在别人可怜的目光中融化掉。个人建议这样的一人食可以尽量选择有着宽大吧台的日式餐厅,譬如我常去的"东京和食",这是一家由日本三得利集团经营的日料店,价格公道,食材新鲜。日本国家旅游局以及日本农林水产省在上海举办的旅游及农产品推荐会都会安排在这里举行,而且开在伦敦和纽约的分店也同样令人赞不绝口。或者你也可以去一间客人不多的意大利餐厅,意大利餐厅的好处就是可以把菜单上的前菜全部点一遍,这样做既不会把你的钱包掏空,也不会让你吃得太饱。最重要的是,每一家意大利餐厅的前菜都最能代表这家餐厅的特色,不信的话,可以试一试。(2022.7.1)

金宇澄绘画作品《童话》丙烯马克笔 50x40cm 2015

天南海北一碗面

2017年,太古地产为旗下上海的 Middle House 酒店取了中文名"镛舍",记得当时很多朋友好奇这个"镛"字作何解释,其实熟悉上海文化的人都明白,这个字多少有些纪念这座城市过往的一位上海文人的寓意。与上海本地各种随处可见的以"东方"为名字开头的建筑物相比,反而是"镛"字既暗合了传统文化的大钟之意(此地也叫大中里),又与上海滩曾经的风云人物的字号暗合,而其英文名字更符合这个中产阶级人数众多的城市特征,不能不说太古地产为建筑物起名的水平非常之巧妙。

在一部再现旧上海故事的电影《罗曼蒂克消亡史》中,葛优一脸严肃地对着镜头说:"这些人没有正常人的情感,他们不喜欢现在这些高楼啊、秩序啊、好看的、好玩的、好吃的,他们都不喜欢。或者是有什么其他目的,毁掉上海也不可惜。"都说葛优在片中饰演的人物原型就是著名的海上闻人杜月笙,这让很多对旧日不了解的年轻人再次陷入了茫然。城市历史的建立在今天可能多少都要仰仗心灵鸡汤的泛滥,说起杜月笙的历史背景不甚了了,但是谈起他所倡导的"三碗面",上海人恐怕倒是都很清楚,无论是情面、体面还是场面,这人生中最难吃的三碗面仿佛都是对每一个在小面馆里独自吃一碗浇头面的男人的拷问。

上海人爱吃面,这个生活习惯就如同一个巴西圣保罗的男人钟爱着某家足球俱乐部一样。每个人心中都会珍藏一家心仪的面馆,对面条的软硬程度、汤头的口感、浇头的口味,都有自己的心水选择。从小在上海长大的本地人对面馆的熟悉程度,就好像他们的青春期回忆一样,上海弄堂口的面馆倒是一直没有被连锁店一统天下,很大程度还保留着国营食品店物美价廉的特色,早已成为上海市民生活的一部分。从丰裕餐饮到心乐面馆,从每年都拿米其林餐盘奖的顶特勒粥面馆,到老西门的大肠面,从360元一碗的蟹家大院到在杭州火了20年再杀到上海的小狗面馆,这个2500万人口的现代化大都市拥有将近16 000家面馆,这个比例确实非常的亲民。

味道的构成反映了这座城市鲜明的身份认同,在上海可以吃到很地道的桂林米粉、广西螺蛳粉以及江西米粉、湖南嗦粉这些南方风格的米粉。自称具有药膳功能的河南烩面、陕西岐山臊子面也都可以在市中心找到,山西刀削面和北京炸酱面也为数不少。至于日式拉面和韩式冷面,感觉这些年似乎没有之前那么时髦了,想起几年前铜仁路豚王拉面刚刚开业的时候,感觉整条街的餐厅都关门了,就只剩下这样一家拉面店,因为那么长的一条队伍里都是等着吃豚王拉面的年轻人。不过当红炸子鸡的热度总是那么令人遗憾,在它关店之前的一两个月已经没有人再去排队了。

曾看过日本媒体报道,日本有不少拉面店关门,是因为店主和职员都出现了健康问题，主要是店主一天工作超过12个小时，大量的体力劳动令他们的身体负荷增大，加上拉面的面底含有高度的麸质以及糖分，而汤底又有大量的味精和饱和脂肪酸，于是拉面有导致高血压以及中风的风险。

当人们开始对一碗拉面的健康问题忧心忡忡，读书类公众号便开始推荐两本有关健康的书：《谷物大脑》和《为什么面条让人变笨》，一下子让处于焦虑的人们对吃饭惶惶不可终日。或许投资者并没有注意到这两本书，和府捞面在2020年11月完成了4.5亿元的D轮融资之后，在2021年7月又拿下了8亿元的E轮融资，在资本光环的照耀下，面馆迎来了自己的高光时刻。

说到图书引导人们的情绪，在全世界拉面领域最具影响力的韩裔美国人张大卫（David Chang），不断利用美食频道宣传自己的高级美式拉面餐厅"福桃面吧"，最后自己撸起袖子编辑了一本美食杂志，让众多美食媒体和出版机构自愧弗如。这本叫作 Lucky Peach 的美食季刊创刊于2011年，一扫沉闷鸡汤的无聊，将国内美食自媒体擅长的看图说话直接碾压，几乎成了饮食艺术化的楷模。从名厨安东尼·波顿的辛辣文风，到哈罗德·马基的科学烹饪教室，还吸引了《纽约时报》食评家 John T.Edge 等一众人士，从创刊号就开始宣传面条的国家地理，真是令人们大开眼界。

看到了二十年前在美国兴起的拉面革命，总会让人想起另外一群爱吃面的人。比起烟火气十足的上海人爱吃的一碗面，意大利人的吃面生活似乎总蕴含着某种民主的气息。即便是常见的有关意大利黑帮的电影中，当一群鬼鬼祟祟面露凶相的意大利胖子围坐在餐桌前为社团的发展献计献策的时候，年迈的老母亲总会带着几个家庭妇女在厨房的一角默默煮着一锅热气腾腾的意大利面。意大利地图上二十个行政区的土地上都有着本地区出产的风味独特的谷物和面粉，每个地区出品的意大利面的口感和味道都有所不同，但是它们却成了在全世界任何一个城市都可以吃到的意大利面，这种和而不同非常了不起，它们不会过分强调自己的差异性，而更多呈现的是它们的共性以及在世人眼里的特性。无论是恺撒大帝还是罗马帝国的战士，他们吃的意大利面都是一样的，甚至在意大利统一的过程中，历史人物都在高喊："先生们，只有通心粉才能统一意大利。"

当亚马逊宣布 Kindle 业务即将告别中国大陆的时候，众多网友对这个难忘的泡面神器充满了依恋之情，很难想象这么爱吃泡面的一代人将来用什么压住那碗热腾腾的泡面呢？（2022.6.10）

念念不忘的港式茶餐厅

港味的复苏是伴随着王家卫和许鞍华的电影逐渐建立起来的，那种文艺而时髦的印象也伴随着港岛时代剧而深深留在"80后"消费者的心中。港式茶餐厅呈现的则是各种菠萝油、丝袜奶茶、肥叉烧、双拼饭以及周星驰在电影《食神》里的黯然销魂饭。当一家吃了十几年的港式茶餐厅的菜单上出现了水煮鱼的时候，大家就知道有时候惆怅的出现是与时俱进的，也是此消彼长的。

长乐路上的新旺茶餐厅应该是这座城市对港味最有记忆的食肆吧，十多年前的深夜里，你可以看到穿着晚礼服的靳羽西女士坐在离你不远的角落里低着头优雅地吃着云吞面，熟悉的朋友知道她当时就住在老锦江公寓，这种在餐厅里出现的明星面孔给人一种置身于往来无白丁的纽约曼哈顿街拍场景中的感觉。而彼时的高晓松还没有做脱口秀节目，偶然见到他出现在新旺，大声对一桌子的朋友说：咱哥儿几个现在叫辆的士直接杀到杭州看日出吧！文艺青年的夜生活总是那么令人热血沸腾，而彼时的杭州正在成为互联网时代文艺青年的福地，许多媒体同仁熙熙攘攘接踵而至。后来新旺也开了很多家分店,还开了升级版港丽茶餐厅。想起香港那家也叫港丽的五星级酒店进入内地之后,摇身变成了康莱德酒店,不知道这二者之间在商标注册方面是否有什么关联。

长乐路这家餐厅并不像其他传统港式茶餐厅那样在入口处设有一个灯火通明的烧腊档,寸土寸金的临街位置都留给了百无聊赖对视无语喝奶茶的恋人们。黄绿色车身的出租车就停在对面加油站前的马路上,司机们站在车外抽着香烟等着收工,那是网约车冲击波来临之前最后的荣光时刻,一车车的客人从各个夜生活据点里撤出来,最热闹的 Park 97 酒吧其实距离这里也不到一公里的车程。夜生活的最后一站都留给了新旺,粥粉面的碳水化合物最能抚慰灌了一晚上黄汤子的肠胃,要咸,要辣,要够味,要有些汤汤水水,这样的强攻之下,迟钝的味蕾才会打开。

卖香烟的流动摊贩和卖花的小姑娘因为店里的人来人往而变得忙碌不堪,他们都属于这条窄窄的长乐路上凌晨一两点的风景。那家上只角餐厅还没有出现之前,新旺茶餐厅和隔壁的避风塘茶餐厅都以香港美食为定位在这块被称为"巨富长"的核心地段存在了 20 年以上。那时候翠华餐厅还没有出现在新乐路富民路和东湖路的三角地带,这家在香港上市编号 1314 的茶餐厅进驻上海没多久,就投资了数千万元在上海市郊建立了中央厨房,显然也是看好这个繁荣的餐饮市场。

当然还有思南路上的查餐厅,开业时人们惊讶于他们用 LED 电视屏幕做成手写黑板的阔气。其实随着中国写字楼电梯间里安装了那么多的广告屏幕,LED 早就不是一种贵价货了。据说这家茶餐厅的老板有香港电影美术指导的专业背景,所以在餐厅的设计上特别懂得如何渲染香港电影黄金时代的气氛。不过必须接受拼桌以及各种在香港习以为常而在上海却被认为稀奇古怪的要求,都在逐步教育着本地消费者,据说被诟病最多的就是每每餐厅遇到争执的时候,店家就拉闸关店报警,这样硬气的做法多年后食客们仍旧难以忘怀,因为在他们眼里餐饮行业怎么可以如此不讲人情世故,如此不去适应这个市场,以至于这家餐厅一直都是一个面对社交媒体各种不妥协的鲜活案例。某年一次点评网上的投诉,导致几万人在这家餐厅页面下留言恶评,直接将四星评级活活打成了一星。但是那段时间当我路过这家茶餐厅的时候,门口依旧排着长队,当时就感觉蜂拥而至跑到网上留言的水军,和到这里吃饭的食客都活在平行世界里,彼此互不打扰。对餐厅的食物至今没有留下什么印象,让我这么多年仍能记住的就是这样一个硬颈的香港人形象,他们可能是这个繁华大都市里最市井最江湖的一群人,也可能是港片里带着一股子拼劲在公共屋村长大的路人甲,他们和在KTV里唱《爱拼才会赢》的台湾同胞的确很不一样。

想到港式茶餐厅里的出前一丁方便面、各式火腿以及各种煎蛋,还有每天不同款式的例汤,都是朴实无华的百姓食物。到了后来满城都开始流行花胶鸡汤火锅,我突然意识到如今的港式火锅竟如此奢华阔绰了,燕鲍翅肚东星斑各种高级食材,真的让人产生了一种共同富裕的幻觉。茂名南路和进贤路拐角处的楼上火锅,一夜之间成了上海电音夜场里各种潮人宵夜的首选之地,凌晨可以看到金色的劳斯莱斯停在门口,火锅店门口的黑衣保安瞬间成了港片里油尖旺的泊车小弟。后来这家餐厅又在方圆一公里之内开了两家分店,生意实在是太好了!到了嘉里中心新店开业时,火锅店已经更名为会馆了,这样的高级餐厅路线的确不太适合最初强调的港式平民风格。而这个时候,在长乐路上开了近二十年的新旺茶餐厅已经开始大规模地改造装修。

上海这座城市对外来人口的宽容与局促,真是像极了香港,所以当这两个城市互称双城记的时候,真的是谁也不会看不起谁。你可以在中环的百货公司听见旁若无人的上海话,也可以在南京西路听见旁若无人的粤语大声公。连接起这两座城市的纽带应该从张爱玲的南渡北归时代之前就已经开始了,那些居住在"下一站是天后"的上海人的后代,可能又是另外一个迁徙人群的集体记忆。

当"90后""00后"成为消费主力,全世界都进入了他们的视野,这一代人是看着《灌篮高手》和《海尔兄弟》长大的,他们的成长记忆中没有TVB"930黄金档"港剧,也没有抹着发蜡披着大衣戴着墨镜叼着牙签的赌王隆重登场,更没有烟雾弥漫的录像厅对小镇青年的武侠教育。到了古惑仔都开始成群结队跑到内地参加综艺节目、开演唱会的时候,港式茶餐厅的金字招牌就开始慢慢褪去了。一代人有一代人的青春偶像,那些墙上画满了各种港星漫画形象的餐厅,也依旧会在墙上钉上白底黑字的香港路牌,或者在收银处贴着"食得咸鱼抵得渴"的标语,这些已经流行了二十年的餐厅特色套路,都成了互联网文化的线下版,它暗合着朋友圈拍照打卡的趣味,只是用的人太多,就开始逐渐显得没有新意了。

一个时代过去了,你地知唔知啊?(2022.3.25)

乡愁电商化时代的美食之路

十年前的一个中午，在看完一场重要的新闻发布会后，我决定去吃一顿地道的陕西菜，我走到延安高架桥下的陕西大厦，陕西大厦是陕西省驻沪办事处的大楼，四楼的秦粤轩餐厅算起来应该都吃了十来年了。今天回忆起那顿陕西风味的午饭，其实跟我以往每次吃的几乎是一样的：水盆羊肉、岐山臊子面、油泼扯面以及一碟糖蒜。就好像北京的朋友中意"川办"餐厅一样，我一直认为这家餐厅代表了陕西菜在上海的最高水平，尽管它的名字还暗示了自己也是一家广东菜馆。虽然光顾了多次，但是从来没有把广东菜放在预选之列，因为我吃广东菜最好的选择是离这里不远的嘉里中心的家全七福。

家全七福在粤菜的门类中显然不是大家俗称的天花板，可以说它是上海粤菜的榜样，就是所有的出品都是教科书级别的呈现，没有花巧，没有一惊一乍，永远的中规中矩，而且可以让全国的粤菜同行心服口服。

这是我心目中上海一南一北的美食代表。其实自从2016年成为中国大陆第一个拥有米其林餐厅的城市，上海就一跃成为中国的美食之都，完全超越了香港、广州这些传统意义上的美食主义发源地。翻看民国时期的生活杂志，也都清清楚楚地记载着这个城市的美食之路。粤菜伴随着南洋华侨在上海滩开办新式百货公司而大行其道，各路旧式军阀躲在租界的公寓里又成了川扬帮的幕后推手，川菜以及淮扬菜在上海逐渐发扬光大，几乎成为当时文人墨客聚餐的首选。

有意思的是，新中国成立后大众对上海洋派生活的普遍接受，却是几万旧俄难民在上海的深耕所致。今天上海人耳熟能详的炸猪扒、罗宋汤以及土豆色拉都是当时在法租界内的俄罗斯咖啡馆与本地饮食结合的产物，各种奶油点心和奶油蛋糕冰淇淋也如出一辙。

后来也曾想过为什么旧时的法租界里没有什么可以传颂的法式餐厅，深究下来是因为法餐对食材的要求严格，以及当时消费能力有限所致。倒是那个时代流行的"酱油西餐"在新中国成立之后在香港花开叶茂，成就了一段佳话。上海世博会后老店又从香港搬回上海，试图重新擦亮旧有的金字招牌，可惜今时不同往日，那种在旧上海往事回忆中活色生香的美极酱油烹制的老式西餐已经逐渐淡出，不到两年，那间开在老锦江楼上的香港西餐厅便打道回府了，老上海的旧日西餐神话从此破灭。当然老一代上海人可以在当时生活匮乏的年代去吃一次红房子这样的餐厅不亚于今天的消费者去东京吃一次米其林三星，那种对旧时代过往岁月中的西式美食的向往与回忆，完全是因为心中对往昔时光的美好记忆以及含情脉脉，那股对乡愁的缅怀，已经跟食物没有关系了，留下的是一个老人对自己年轻岁月的无限眷恋。

另外一个让我感受到乡愁的食物就是秃肺，记得有一次蔡康永在综艺节目中聊起他父亲小时候在上海吃过这道菜，他说后来在台北还能吃到，等到他来上海的时候，竟然无处可寻。前几年旅居海外的聪哥回到上海开办了聪菜馆，决定重新还原这道活在上海市民心目中的名菜，于是重新炮制一道青鱼秃肺。虽然说是秃肺，其实取自野生大乌青的鱼肝，他用四条重七斤以上的大乌青鱼摘取的鱼肝做成一道口感绵密鲜香的秃肺，一时间被媒体传为佳话。想到当年的物质条件，显然是希望不浪费鱼的任何部位，这也是很多传统菜式慢慢在今天失传的主要原因吧。

古希腊哲学家伊壁鸠鲁曾说过，如果人们想过上幸福的生活，首先需要得到食物。这句话很容易被断章取义，而他作为贪吃者的声誉可能仅基于此。这句醒世名言显然容易令无数饥荒年代长大的人产生误解，于是那些在生活中大咧咧地说自己是吃货的朋友，我也很清楚地知道他们会在朋友圈说他们吃哭了、吃得扶墙而出，乡愁变成了他们贪吃的借口。

曾经看过一个美食节目，某位嘉宾对一碗米粉的严苛程度极高，即便全部食材都符合要求，那碗米粉上空的空气与湿润程度也终究无法和家乡媲美。其实美食在今天已经被我们发达的电商完全消化了，众多主播都在给我们讲述一个美好的乡愁故事，而这个故事最后的商业逻辑就是赶紧下单，最早是蕴含励志精神的云南橙子，后来是各地农民兄弟即将烂在地里的丰收果实，再后来就是各种不期而遇的乖巧伶俐的卖茶妹。

在新冠疫情最严重的时候，我也加入了一个专门团购澳洲和牛的微信群。澳洲不是我的乡愁，和牛不是我的乡愁，但是五公斤一大块的澳洲M9冰冻和牛，那确实是一种实实在在的终极乐趣！特别是取出牛肉放在厨房里切成一块块的过程，犹如切开尚未融化的冰淇淋一样顺滑。拜直接而顺利的物流条件所赐，城市的喧嚣有了一个平静的喘息机会，使得我们从因各种过度消费的欲望而引发的痛苦中慢慢平静下来，没有破坏我们内心的平静，更没有破坏我们最终的目标，我们在痛苦与快乐之间达成了一种平衡。

这一代人已经没有了故乡，更没有了乡愁，这一代人对高速发展的城市充满了敬畏与向往，他们也为下一代的教育和成长填满了焦虑。各种逃离城市隐居山野的视频，都在洋洋得意地为下一次重归故里而暗中积攒着故事和粉丝。一切都归于生意，焦虑的人们在电商直播团灭之后正在寻找着新的赛道，而乡愁依旧是小镇青年们最好的情怀装饰物，那些产生快乐的食物也依旧会引起我们的烦恼，而且这些烦恼会比快乐大好多倍。在"后疫情时代"寻找一个清心寡欲的人，就好像在一个屠宰场里寻找一个素食者一样困难，于是各种吃健康沙拉的轻食西餐纷纷倒闭，卖汉堡包和全家桶的肉食餐厅依旧人声鼎沸。

传统值得我们尊重，而味道更值得我们拥有。（2022.2.18）

如果牛腩真的好吃，为什么还有牛排馆

牛腩指的是牛腹部下面的侧肉，腩在中文通常都是和肚腩连在一起的，仔细看看除了广州和香港，历史上关于牛腩的记载少之又少，这种常见于街边熟食档的零食，指的是靠近牛腹部以及牛肋处的松软肌肉，这些带着筋、肉、油花的肉块，也仅是一种统称，其实牛的身上有很多部位都有类似这样的肉。英语辞典中虽然只有 Brisket（牛胸腩）一种统称，但其实也包括了扇面的五花肉牛腩、被称为 flank 的块肉。坑腩、爽腩、腩底、腩角、挽手腩、牛仔腩等部位都可以在肉摊上听到，由于牛的体积较猪和羊更大，所以这些边边角角的肉块就成了广州以及香港大排档里的大众食材。即便是在四川自贡有那么多因为在盐矿充当苦力的牛只被屠宰，也很少有类似的菜肴出现在川菜食谱中。去过牛的屠宰现场的人都知道，一头牛躺下类似一辆小汽车大小，而真把刀伸进下水里，里面的温度也是难以想象的。虽然都熟悉庖丁解牛的故事，但是故事显然不是流水线。

而在香港以及旧时的广州，街边餐档上的一锅老汤里总是翻滚着热气腾腾的碎肉，这就是最初牛腩被称为平民美食的原因，因为肉的香气是不需要描述的。可以和各种岭南牛腩媲美的恐怕就是西域的一碗羊杂汤或者北地的一碗卤煮了，用的都是各种浪费可惜的边角料，辅之粉丝或米粉，加上各种香料及葱姜蒜，浓汤慢火，最后以辣椒酱或辣椒油作为画龙点睛的一勺，够咸、够量、够烫，都是各种力气活儿的元气美食。

粤港两地最著名的几家牛腩店早就为人所熟知，最出名的当属香港地区的九记牛腩，这个荣获米其林历年车胎美人级别的街边店，是被米其林美食侦探认为最超值的餐厅。关于九记牛腩的描述，米其林是这样评价的："要在九记用膳，你或许要在街上排队等候。九记牛腩自20世纪30年代开始营业，聚集了大量的支持者，包括部分政商名人。其陈设回归基本，进餐时要和其他人共用餐桌，但是食物极具水准。牛腩面是九记的特色，不同部位的肉块配以各种粉面，再加上清汤或辣酱，滋味无穷，值得一试，人均消费40~90港币。"美食家蔡澜认为牛腩的水准是片片软热，绝对不会咬到一块"香口胶"。

至于牛腩粉的发源地，广州的西关屎坑牛腩最为出名，屎坑粉既要便宜又要大碗，牛腩要够"淋"，腩汁要够浓。其实这家店的正式名称叫作明记，出了名的"平、靓、正"，据说最初是因为公厕在其隔壁，所以亲密地称其为屎坑牛腩。不够味的话再加辣椒，辣、咸、酸，才是最好的味道。以前的价格是2.5元一碗，物价飞涨，如今已涨到了11.5元一碗。看着老广穿着西装开着豪车蹲在屎坑边上吃上一碗热气腾腾的牛腩粉，情怀什么的都在里面了。

另外一家则是太平沙财记牛腩，和屎坑牛腩一样，便宜又大碗。牛腩、牛筋、牛肺、牛筝、牛杂、牛肠、牛肚，再加上"牛三星"，即牛心、牛肝、牛腰，总之牛的各种内脏器官和筋筋绊绊，都是可以大快朵颐的街头小食，平民美食要够味儿也要够分量。

而我朋友苏爷做的牛腩，当然属于私房菜，你是不可能吃到的。因为每次都是等他喝酒喝到舒坦的时候，大家伙一起起哄叫一声苏爷，央求他去整一碗牛腩粉，他便会开心地冲进厨房，抓上一把碎肉、香料，煮上一锅清汤，所谓不计成本就是这个意思。

按照启蒙主义哲学的观点，人是唯一理性的动物，人的思想和行为是以理性为指导的。而理性的原则应当是人类社会至高无上的原则，在理性之光的照耀下，没有不可以理解的问题。然而，理性已经告诉人们，肉食是重要的营养来源，为什么各个社会都充斥着这样或那样的肉食禁忌呢？维多利亚时期的史学家认为肉类能燃起色欲激情，男性尤其如此。而对同时期的上层阶级的英国裔美国女性而言，肉类是一个十分矛盾的东西，因为没有任何食品比肉类更能引起维多利亚时期女性的道德焦虑，这直接抵触了进步意味着多吃牛肉，因为这是营养转型期的普遍信念。而我则一直觉得如果有牛排的话，还是尽量主攻一下它们吧！块肉人生最美好的滋味也许就是因为美食是一种跟想象力有关的事情，但是既然有好肉，那还是不要想象的为好。

本人一直没有光顾过各种互联网思维下的新奇餐厅，即便是各种拿比特币付账的时髦餐厅。我还是比较老派地钟爱着各种传统餐厅，那是一些有着怀旧风格的好餐厅。之所以几年之后再度关注这家牛腩餐厅，是因为业界一直关注的这家餐厅的首席运营官已经和老东家分手了，在劳燕分飞之后接受的各种深度访谈中，还是不经意地流露出互联网新贵对传统产业的各种创新尝试。其实新闻本身就说明了餐饮业最后还是要回归到传统的经营理念，你可以网购买买买，但是对美容美发以及美食，还是需要自己去餐厅享受的。还是那个老问题："谁是我们的朋友，谁是我们的敌人？"开一间餐厅你究竟是想给谁吃呢？

最初知道这家餐厅是因三年前展开的一场声势浩大的论战，谈及了牛腩与潮州美食的各种问题。其实潮州也不算牛腩的发祥地，靠着海边的各种海鲜打冷早已是平民美食，何来牛肉的边角料呢？当然这事不能和今天铺天盖地的潮汕牛肉火锅相提并论，有人猜测是否因为钱已经被花光了呢？对这个原因大家都不是很了解，但是起码我们看到在北京红极一时的各种餐厅来到上海都有些水土不服的感觉，毕竟此地海纳百川，既有法国米其林的加持，又有本土美食林的鼓吹，总之沪上餐饮业一派欣欣向荣，最终也没看到这家当年号称不开到汕头的牛腩餐厅在上海成星星之火可以燎原之势。尽管花五百万元买了一个港式牛腩的绝世配方，但是据说五千块一盘的蛋炒饭才是得意之作。说到底这种街边美食无论怎样包装都不太可能成为殿堂级美食，何况北方人喜欢热闹爱听故事，所以不火都不行的餐厅在首都也是一数一大把。想想价格体系就会明白，街边十几元的平民美食要做到人均消费一百多元的时候,即便摆盘再高级、食材再考究,牛腩终究还是牛腩,它不会因为有了互联网点石成金的因素就成了牛排,况且无知者无畏的食客抱着过高的期望也必然会面对一种无言的失落。街边店与娱乐圈明星饭堂之间的价格差异,多少有些类似肉包子和汉堡包的对比,假设有一天纽约的某条大街上开了一家首都豪情包子铺,我相信那个价格一定会贵过汉堡包。

也曾听说号称"香港的富豪饭堂"的镛记餐厅每天限量供应二十份牛腩,一百斤大牛取五斤牛腩,所用的部位是爽腩与坑腩中间的一块肉,一件大约五斤,这些放纵自身腰腩的美食家非要来一口清而不浊鲜甜不腻的清汤,也算是对得起香江腩坛的业界良心了。镛记选用崩沙腩连筋带膜的腩边,并挑选最精最靓的腩角部分来做汤,口感爽滑软糯,边角肉质犹如花胶一般弹牙。用牛肩颈骨熬汤,二十斤腩角用了二十斤的骨头,再加上陈皮、甘草、红枣、八角、草果、香叶、生姜一起煲。十年以上的陈皮既去了燥味也去掉了牛肉本身的燥热,并且可软化牛肉的筋膜,帮助吸收汤味,生姜、草果、甘草也用来去燥味,红枣则代替了冰糖成为甜味的来源。炖两个小时清汤,然后放入腩角再焖两小时,最后把汤面的油分去掉,一碗清汤的汤底清而不浊、清甜不腻,这种只有镛记老客才可以预订的牛腩清汤算是成了招牌。

饕餮绝不等于狼吞虎咽、暴饮暴食和酗酒,扶墙而出的只能是饿了好久的吃货,而不可能是老饕。饕餮是一种社会价值,是一种良好的教养,而烹饪首先就是一门艺术,食物吞进肚子里的时候,也留在了心里。虽然现在连煮碗面都要讲一大堆情怀,那不如告诉你可以变得有品位的最佳方法就是去模仿社会上比你优越的人的好品位，忘记牛腩吧，让我们一起去吃牛排！（2016.6.3）

品位让你尊敬食物

人们总说军队是一个国家的实力象征，但是法国人却反其道而行之，他们认为食物与恋爱才是胜过军队钢铁大炮的力量体现。法国人更认为理想的美食家不是那些善于辨别美食、围着一块餐布对着餐桌上的饭菜指指点点的挑剔家伙，他们认为好的美食家是不挑嘴儿的把桌子上的食物全部吃下去，并且对喜欢吃的食物更加有好胃口，这才是一个优秀的美食家！因为你不挑剔，并且你欣赏生命中美好的东西，还想把这些美好的东西吃下去！

对啦，就是全部吃下去！因为这是一种欲望，一种对生命渴求的欲望，并不在意进餐，而是在意进餐的食物。吃肉本身不是罪恶，但是因为喜欢吃肉而变得失去理智才是一种罪恶。看见食物和吃到食物存在某种专注的欣赏，在吃得好的同时而没有引发思索什么是食欲的话，那这种好胃口依旧还是属于兽性。法国人对人生的质疑通过馋嘴的形式表现出来，说到底，人之一生十有八九不幸，在这样的情况下你还不如尽情地去吃！这种苦涩、聪明但虽败犹荣的自由主义思想，也算是法国人对块肉人生最大的思索吧！就如同一头猪在圣诞节前的平安夜感受到的真实，和一只火鸡在感恩节第二天感受到的真实毫无二致，那些在突发灾难中存活下来的幸存者所感受到的智慧，让人们觉得存活本身就是一种智慧。这种反对思考的结果就是最简单的食物反而比各种时髦理论所宣扬的食物更有魅力，这种魅力就好像煎牛排的声音，对牛排的滋味来讲要比牛排本身更为重要，于是法国人开始了餐桌上的仪式感。人类学最重要的一课就是人类需要虚假的善意，比让你找到一群与你同声同气的朋友更重要的事情，是如何在一群与你不合拍的人里一样自得其乐。这种备受煎熬的自得其乐不就是我们常常遇到的食物不是那么好吃、服务不是那么如意，但是餐厅就好像家一样，就是这个城市里你进去他们必须接待你的地方，这也许是餐厅最有价值的一点吧！餐厅是必须接待你，而且是要表现得必须很高兴接待你的地方，这样的矫揉造作在陌生的城市是难能可贵的。

最初的米其林餐厅指南和它之后一百多年的发展过程，从来谈论的不是你作为个体对食物的评价，它一直在谈论的是服务、风格以及态度。因为最初的美食侦探和现在的美食侦探都知道，你有你自己的口味，而餐厅指南只是告诉你一个你值得去的餐厅，它的服务以及它的风格符合他们的要求。一家餐厅在获得了米其林餐厅评选的认可之后会客似云来，因为它提供的是一种服务标准，而这个标准无论你在巴黎还是东京，水准都是一样的。它的标准绝对不是你小时候妈妈的味道，它的标准就是与社会变迁、阶级地位以及社会身份的问题息息相关。在唇舌品味与道德品位之间，食物都在以极端的方式发生着变化，这种变化绝不是你喝咖啡加几粒糖的悠闲变化,而是我们在全盘变革中感受到的拐角遇到喜悦。在人类烹饪史上存在不同的潮流、模式以及各个时代的特色,但是在过去的一百年里,米其林按照它一贯的标准逐渐影响着这个地球上最好的厨师来依照一种约定俗成的规矩不断地完善自己和改变自己。

品位在无休止地变迁,我们也坚定地认为自己的品位才是最好最可靠的,我们用进步的概念以自然为诉求来当作品位的依据,品位也许是趋势,而趋势必将走向真理。在推动食物品位不断向前的力量中,信仰和饥荒让我们更加尊重食物,所以我们也更加坚信食物品位的标准就是人如其食。品位源于教育,而受过教育的人更懂得如何欣赏品位。让自己变得有品位的最快方法就是模仿社会上比你更为优越的好品位,于是巴黎的品位就这样漂洋过海来到了亚洲,来到了世界每一个发达的城市。所谓风俗习惯就是约定俗成的象征性传统,它象征着以前的优越感。在今天无数餐厅拿出美好年代的复刻菜单的时候,传统就这样传承了下来。

(2016.7.12)

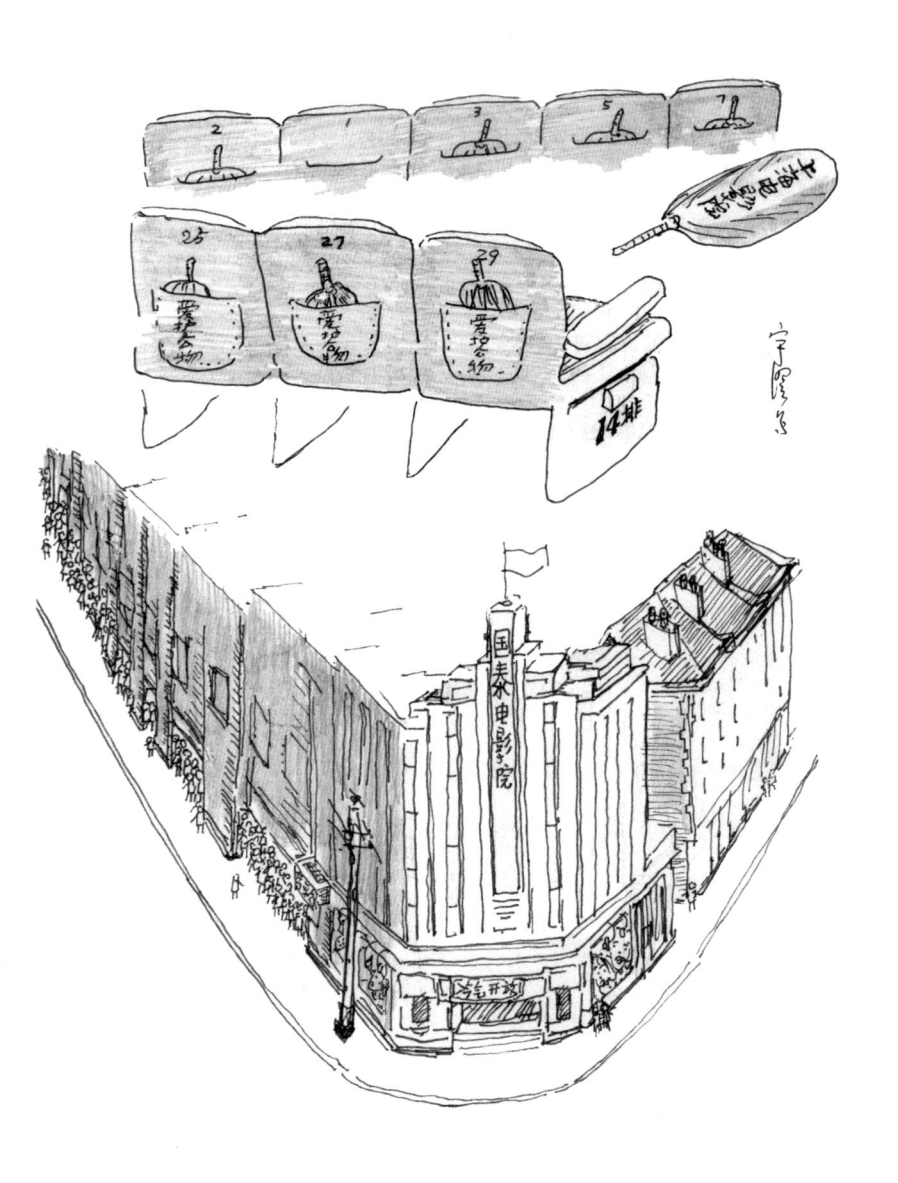

金宇澄绘画作品《繁花》插图 纸本水笔 41x34cm 2012

心情不好的时候"食餐劲嘅"[①]会好吗

当米其林指南上海版榜单在中国大陆正式发布的时候,也正好是这期杂志出刊的时候。其实在世博会期间,上海的旅游推广机构就希望和法国米其林合作,可惜当时法国人对市场还有种种顾虑,一晃眼六年过去了,时过境迁。公布榜单之前,由圣培露气泡水赞助的亚洲最佳餐厅评选首先揭晓,之后是携程网旗下的食美林登场。携程网之前已经和米其林有过法国米其林餐厅订餐的合作,看着中国游客对美食如此热衷,加上各种点评排行榜以及好餐厅一票难求,携程网便出手邀请各地美食家一同参加评选。倒还真是举贤不避亲,因为按照米其林指南的评选规则,评委一律不可以从事餐饮行业的工作,但是食美林的众多评委本身就是餐厅的东主,或者是业内的大厨,于是让他们提出自己喜欢的餐厅倒也无可厚非。其实这个评选规则与伦敦餐饮杂志《餐厅》的最佳餐厅评选规则类似,也是业内人士一团和气的公正评选。每

[①] 食餐劲嘅:通常用来表示吃一顿丰盛美味的饭菜。常见于广东地区,用来表达一种放松或庆祝的心情。

次榜单揭晓都会有各种美食家出来指指点点，其实每个人对美食的概念都有所不同，蔡澜先生在撰写《100间蔡澜喜欢的餐厅》的时候就开宗明义地说明这是他喜欢的餐厅，读者不喜欢可以绕道走。人们真会觉得法国人或者法国轮胎公司的人比一般人更懂得美食吗？明眼人都明白其实米其林选择的是服务、菜式以及整体的观感，绝非当地人最喜欢的那一家，但一定是可以推荐给全世界游客的那一家，这就是米其林行走美食江湖100余年，依旧屹立不倒的原因。它可以告诉全世界的美食爱好者，在上海的某几家餐厅进餐的感受可以媲美巴黎的某几家三星餐厅，这个标准建立起来之后，美食就会被重新定义了。就好像上海人总是看不上台湾人做的小笼包，意大利人也看不上必胜客做的比萨饼，但是全世界那么大的市场，上海人或者意大利人的影响力又如何可以做到无远弗届呢？所以鼎泰丰一直生意兴隆，必胜客也一直排着长队。

谈到重新定义美食，就不能不说"Comfort Food"这个名词，港澳地区人士称其为"窝心食品"，我问了周围几个朋友，他们都说这个解释太"琼瑶"感，不如叫"暖心食物"或者"轻松食品"。吃一顿好的，除了因为生存、健康、提供营养，其他的作用应该都是心理层面的吧。有人说美好的食物可以带给人愉悦的感觉，当然还有"吃哭了"的形容，总之人们在强调某种食物特别窝心的时候，我们是否会联想到另外一个词汇"舒适护理"（Comfort Care）呢？在病况晚期医生回天乏术，医疗已经无用，只好为之消痛让病人安乐离世，就叫作舒适护理。Comfort Food 在1977年被收入《韦氏大词典》（*Merriam-Webster`s Collegiate*

Dictionary），二十多年后被收入《牛津英语词典》（OED），两本工具书界定的 Comfort Food 有所不同。《韦氏大词典》认为 Comfort Food 指传统食品，有怀旧及煽情的意味。而 OED 的解释则是：制作简单的食品，令人吃过感到幸福（a sense of well-being）。这很像台湾人流行的"小确幸"，大部分的"暖心食物"说的都是"小时候的味道"，北冰洋汽水、鸡蛋糕、五仁月饼等，或自家手工制作的高糖、高碳水化合物的食品。而在欧美，暖心食物指的是牛奶、雪糕、巧克力、花生酱等。营养专家指出吃了含有高糖和高碳水化合物的食物之后，大脑会制造血清素这样的快乐荷尔蒙，令人身心愉快感觉良好。加上高糖食物容易消化，而巧克力也可以刺激大脑制造胺多酚，即使情绪低落也会转变成心情愉快。科学家用小白鼠做了实验，当增加小鼠体内的压力荷尔蒙的时候，小鼠就会多喝糖水多吃高脂肪的食物，说明老鼠也会用大吃大喝来减压，但是代价就是成了一只胖老鼠。研究人员认为现代人长期精神压力很大，若经常靠饮食减压，吃太多的暖心食物，不但会长胖而且还会过度肥胖。暖心食品虽然让我们心情愉快，但代价就是要牺牲健康。其实我们之所以认为吃了这样的食物会开心，也是因为联想到幼年时期受到父母的照顾所带来的温暖与安全感吧！

现代食品工业的发达导致家庭烹饪的衰落，各种预制菜以及仅需要微波炉加热的半成品都让更多的年轻人不太会自己做饭。美国 20 世纪 80 年代之后出生的孩子需要通过暖心食物来缅怀幼年的幸福感，也是一种世态的体现。美国南方大学心理学家 Jordan Troisi 及研究人员在 2015 年发表的论文中指出，儿童时期与家人关系融洽,获得家庭温暖和安全感的人,往往将儿时习惯吃的食物视作"暖心食物",不管这些暖心食物是否是高糖和高碳水化合物,这些孩子在成年以后,一旦感到孤单寂寞心无所属的时候,便会吃儿时的暖心食物减压。但是,那些儿时没有幸福感和安全感,和家人关系不太融洽的人,吃高糖高碳水化合物的暖心食物时,未必会有同样的愉快心情,他们感到孤单寂寞的时候也不会依靠暖心食物来削减忧愁。换言之,童年不快乐长大之后暴饮暴食的危险较低,当然这个前提是他们在儿童时期没有因为缺乏家庭温暖而暴食和长胖。

那么食物究竟有没有暖心和不暖心的区别呢?或者说暖心这个词是否仅仅有利于零食制造商?因为大部分的暖心食物都是零食,无论是汽水还是雪糕、薯条、巧克力、蛋糕。美国太空总署赞助美国明尼苏达大学研究暖心食品,因为太空人在太空中因工作压力大,食物味道欠佳,体重往往会大幅下降。受访者被要求列出三种他们在心情低落时吃下去会心情开朗的食物,也就是暖心食物,再列出不影响他们心情的食物也就是中性食物,之后让受访者观看一些可以令他们感觉愤怒、忧伤以及焦虑的电影片段,令他们的心情感到很糟糕。受访者被分成三组,第一组吃暖心食物,第二组吃中性食物,第三组什么都不吃,一段时间之后,三组受访者都表示心情好转。这个实验的结论清楚地告诉我们,心情好转跟吃暖心食物没有关系,甚至跟吃什么都没有关系。看完这个实验很多人认为受访者在实验中产生的心情低落都是短暂的,与实际生活中因失意而心情低落相比简直是见怪不怪了。而真正情绪低落的时候,很多人不仅暴饮暴食,甚至借酒浇愁、服用各种麻醉剂，依旧无法走出忧愁。研究还发现一个有趣的现象，就是男性在吃暖心食物的时候基本上都是在助兴，往往是心情好的时候会大吃一顿，男性喜欢吃的暖心食品以正餐居多，如牛排、猪排、羊排等肉类。而在18岁至22岁的少女中，三分之一女性依旧在精神压力大、焦虑不安时吃得非常健康。女性的暖心食物多半是雪糕、薯片、巧克力、蛋糕等，而年轻人又要比55岁以上的中老年人更爱吃零食。

说到这里，你去米其林餐厅吃饭究竟是因为心情大好，还是因为精神压力大呢？

祝你生活愉快！（2016.9.2）

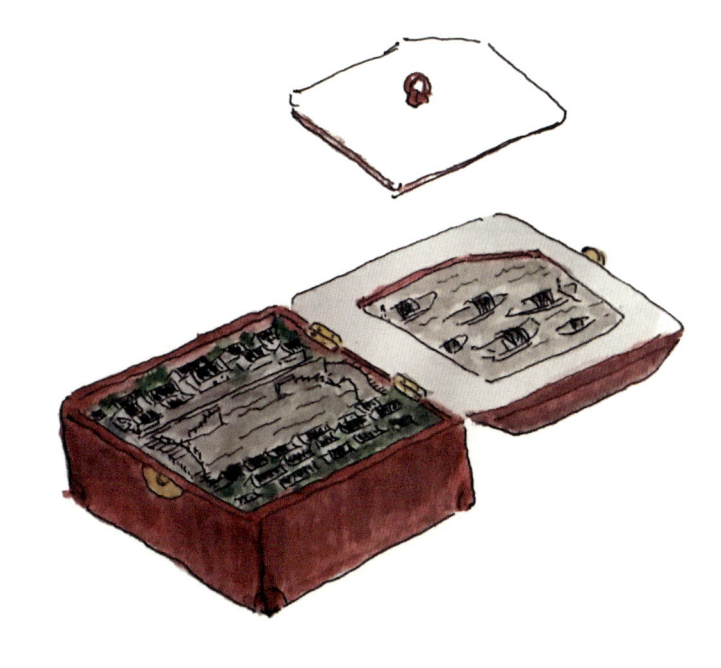

金宇澄绘画作品《轻寒 4》纸本水彩 36x30cm 2015

CHAPTER 3

酒·风云

喝威士忌的时候在喝什么

海风吹拂着岛屿,海浪拍击着岩石,装满烈酒的木桶贪婪地吸收着潮湿地窖里的空气,我们期待着更加野性的快感浓烈地涌进喉咙,我们的品位决定着我们期待的是神圣还是活力。是的,我们在聊威士忌的时候都会感受到上天所赐予的不完美,造就了我们对世间万事万物的向往。有人说,人类生活的法则是努力,而人类判断的法则是仁慈。威士忌就是人们在努力之后的一种判断,毕竟人们喝多少酒要比如何喝更重要。

时间好像一只沙漏,不加区别地吞噬着一切记忆,每当面对名人或者著名事件时,我们总是太轻易地忘记人类的天性——遗忘才是我们的常态。看到张震优雅地介绍麦卡伦威士忌新款产品的时候,我突然想起古希腊哲学家赫拉克利特的那句名言:"人不能两次踏进同一条河流。"就好像人们常说不可能同时拥有青春以及对青春的记忆一样,苏格兰威士忌在中国发展的不同阶段,通过两个不同品牌的广告,向世人展示了苏格兰威士忌的动力火车头就在遥远的东方。

2012年，王家卫导演，张震和杜鹃主演了短片《芝华士25年之心灵之镜》，在直升机以及印度宏大城堡等一系列的奢华场面中，芝华士25年调和威士忌第一次出现在荧屏中。而杜鹃的一句台词让人们感受到了苏格兰威士忌的感情色彩："缘为冰，你能保存它多久？"2000年，王家卫导演的电影《花样年华》上映后，芝华士加冰加绿茶的饮法一举攻陷久攻不下的中国大陆市场，原来不被看好的棕色烈酒威士忌，开启了在中国市场一段长达20年的黄金时代。

2000年伊始，以"威士忌中的劳斯莱斯"为定位的麦卡伦单一麦芽威士忌，应该是我们最早接触到的单一麦芽威士忌。此后一路执单一麦芽威士忌的牛耳，无论在品质、数量还是价格上，犹如水漫金山一样覆盖了威士忌爱好者的认知。可以用奢华品牌来形容它的机会越来越多，在张震展示南亚大陆风情的2012年，麦卡伦威士忌出现在007系列电影《大破天幕杀机》中。在荒岛决斗一幕中，用古董毛瑟枪打破一杯1962年的麦卡伦威士忌，也算是威士忌推广历史上的神来之笔，毕竟可以跟007电影捆绑在一起的商品植入，都是行业内的翘楚。网络时代讲究破圈跨界，2017年中国作家唐家三少花了9999瑞士法郎买了一杯号称1878年酿制的麦卡伦威士忌假酒，再次成为无数网络小说读者心目中的消费榜样，虽然后来瑞士店主向唐家三少道歉并全额退款。

中国市场在变化，中国消费者在变化，威士忌产品本身也在变化。从苏格兰消费者对年份的无动于衷，到亚洲消费者对年份孜孜不倦的追求，再到酒厂开始弱化年份的卖点，20年的时间，威士忌的投资回报已经超过了很多种投资产品，成了液体黄金。

2003年，比尔·莫瑞在索菲亚·科波拉拍摄的电影《迷失东京》中困惑地重复着三得利威士忌"响"的广告语："For relaxing times, make it Suntory Time！"整部电影以400万美元的低预算，造就了超过1亿美元的电影票房，直到这个时候，全世界也通过电影知道了日本威士忌的存在。日本威士忌就像日本的汽车制造、制表、陶瓷、漆器等工业一样，精致、优雅与和谐就是它突出的特点。当然其价格也是一路高涨，三得利为了纪念其酒厂诞生100年，分别推出了山崎18年纪念版（零售价1600英镑）和白州泥煤味限量版18年（零售价1275英镑），一经推出就成了抢手货。

有意思的是，日本在2024年认定只有在日本完全发酵、蒸馏和陈酿的威士忌才可以叫作日本威士忌，而那些数量众多从苏格兰进口在日本装瓶的威士忌，将不可以再使用这个名称。而美国也推出了自己的单一麦芽威士忌的标准，即必须由100%麦芽酿制，对苏格兰法律规定需要在罐式蒸馏器中蒸馏并且陈酿至少三年，美国并没有这两个要求。总之面对全球大好的威士忌市场，各国都在更趋严格地修订自己的行业标准。而在2022年，一桶售价1600万英镑的阿贝威士忌再次让全世界记住，威士忌的发源地还是苏格兰。

在今天的威士忌爱好者眼中，威士忌不再是皮拖鞋、烟斗、老式摇椅中一片暮色苍茫的黄昏景象，也不再是格子呢或凄美的风笛，甚至没有雄鹰翱翔的山谷，以及穿着铁甲决斗的骑士。今天喝威士忌的朋友几乎都会说出村上春树的那句名言："如果我们的语言是威士忌。"对不少人来说，喝威士忌已经成为生活中的一种仪式感。那么在互联网时代，人们究竟是看中了威士忌的金融属性，还是看中了威士忌的社交属性呢？

在今天可以买到的各种威士忌中，价格从不到 200 元一路可升至 2000 元，还有更贵的数万元甚至 20 万元的产品，价格区间如此宽泛的烈酒，恐怕很难再找到第二种了。无论哪个价格区间都拥有众多的消费者，而且威士忌的饮用场景比较友善，并没有葡萄酒或干邑世界里那么成熟的鄙视链。一个成熟完整的鄙视链只能说明社交属性更加广泛，而每一款威士忌品牌的产品线都很长，这使得每一款产品都可以找到适合的消费者。如果一定要把社交属性货币化，那么可以说一般市中心的酒吧里的威士忌价格，几乎是零售价格的四到五倍，这个溢价部分应该就是威士忌社交属性的货币化。而与之对应的，干邑的价格则长期稳定，顶级干邑零售价从 20 年前的 1 万多元上升到今天的 2 万元出头，而这样价格的威士忌似乎也只是稀有年份威士忌的中等价位。

看看如今这些由法国人酿制、英国人销售的著名葡萄酒、干邑以及香槟，虽然在过去每年都要调价，但始终都保持着一个稳定的价格区间。而当初英国码头工人和纺织工人等广大劳工阶层饮用的威士忌，却在过去 20 多年里不断上涨，稀有年份的价格更是一飞冲天。联想到 100 年前的美国禁酒时代，再看看今天的朋友圈，不少不喝酒的朋友都将威士忌当成了投资理财产品不断加磅买入。虽然近三年价格有所回落，但是又有多少人能像只记得小时候黄桃水果罐头的味道而越发钟爱雪梨桶的威士忌初哥一样，用几年时间就成了威士忌的资深玩家。无他，世界熙熙攘攘，皆为利来。

谈到威士忌的金融属性，不由想起每次的消费炒作热潮，都是从南方传到北方，其实都是从经济发达地区传播到经济欠发达地区。当然世事无绝对，也有从北方传到南方的两次例外，一次是君子兰，一次是藏獒，这两次商业炒作的确来势汹汹，不过也是很快就原形毕露。后来想想也是因为商品属性所致，无论藏獒还是君子兰，都无法和可以存储的酒类商品相媲美。无论威士忌还是普洱茶，搁在仓库里四五年都可以再等到一波行情上涨。但是藏獒或者君子兰，一年半载就必须给一个出路了。

即便是沪深两地的威士忌爱好者，似乎也都因为各地不同的消费文化造就了不同的消费场景。国内著名威士忌俱乐部"叁宅"，也是中国大陆唯一一家麦卡伦威士忌指定的俱乐部，后来有朋友谈及此地何以成为城中大佬聚首的最佳场所，皆因大佬们喜欢在梧桐区安家，来到具有海派文化背景的俱乐部，一起煲烟吹水喝威士忌，倒是显得客客气气。而且叁宅地处建国中路，距离新天地和湖南路都是十分钟以内的车程，深夜保姆车安静地停在楼下，也是来去自如。

深圳众多的潮汕大佬喜欢在自家会所里喝威士忌抽雪茄吃私房菜，不太愿意抛头露面，但凡出来见面必定有事相商，平时无事倒也不需要一起把酒言欢，算是商业社会高效社交的生活典范。两地文化的差异，也造就了上海可以出现那么多咖啡馆，"第三空间"[①]的概念似乎从 20 世纪 30 年代便落地生根，只是后来气候变化暂时有所调整，一旦气候合适便又枝繁叶茂。

从上海的咖啡馆文化联想到这几年总也拍不完的抗日谍战剧，觉得喜欢在故事情节上下功夫的编剧们，最近开始琢磨在物

---

① 20世纪80年代，美国社会学家雷·奥尔登堡（Ray Oldenburg）提出了"第三空间"的概念。第三空间不是家庭空间，也不是工作空间，而是长期以来能够让置身其中者感受到温暖和欢愉，找到精神寄托和归属感的实体场所。

质匮乏的孤岛时期的剧情背景下品尝美食美酒的细节。但凡大特务出场无一例外都是各种讲究的干邑或者威士忌出场，而且雪茄的款式多是罗布图或者丘吉尔的，威士忌都是单一麦芽的，更加出戏的是各种讲究的葡萄酒杯。这些编剧可能都忘记了20世纪30年代的工业水平如何可以制作出那么多吹弹可破的高级葡萄酒杯，以及那个年代都是调和威士忌的天下，单一麦芽威士忌连大英帝国的首都伦敦都鲜有人问津。丘吉尔先生的特有雪茄款式还没有流行起来，倒是描写地下战线的工作者都还算客观朴素，会在阳春面和小馄饨上探究口味及做法，这些倒是毫无破绽可言，只是这般厚此薄彼，有些已经超出了当时的客观事实了。

当各种资本开始琢磨威士忌的时候，威士忌爱好者的好日子就结束了。当然，也可能是好日子刚刚开始。资本都是逐利的，如果有更多的资本进场去苏格兰买品牌、买桶、买渠道，内卷到最后一定是开始打价格战。想到曾经那个用热情全力拥抱威士忌的美好岁月逐渐远去，留下来的都是各种桶主把囤积的货转来转去，似乎多少背离了威士忌的初衷，慢慢都忘记了"我们的语言是威士忌"，想到在那些曾经把复杂口感当作流畅的日子里，在这个表面上看起来越来越平淡的世界里，忽然想起鲍勃·迪伦唱的那首歌：

The whole world is a bottle

And life is but a dram

When the bottle gets empty

Lord, it sure ain't worth a damn

……（2023.8.18）

结束盲目崇拜舶来品的东方魅力

谈到威士忌肯定会谈到苏格兰,接着便会谈到美国和加拿大,因为在禁酒时代,那批特别像模像样的至今长盛不衰的波本威士忌都是在那里诞生的。而日本威士忌则是令亚洲人感到自豪的可以与苏格兰威士忌媲美的亚洲威士忌。其实亚洲还有一些国家和地区都有当地的威士忌,譬如泰国、印度和中国台湾地区。

台湾地区的威士忌产业可谓它山之石可以攻玉,著名饮料企业金车公司令苏格兰酒厂 Dufftown 跑到台湾和当地的好山好水相结合,又聘请了著名的 Jim Swan 博士来指导欧洲传统的橡木桶陈酿,居然在 2010 年苏格兰著名的盲品活动上一举夺冠,使得噶玛兰威士忌脱颖而出。台湾地区气候湿热,所以窖藏的时间比苏格兰更快,但是熟成的更多。而中国台湾地区进口苏格兰威士忌销量居然也排在美国、法国、新加坡之后,位列全球第四,这也算是一个奇迹吧!因为众所周知,新加坡作为亚洲转口贸易的口岸,更多是发往亚洲的其他国家。

泰国的湄公牌威士忌、鹿牌威士忌和白马牌威士忌在当地排名前列，佐以冰块、汤力水或椰青倒是非常适合当地的亚热带风情。印度威士忌究竟有多好，恐怕中国消费者不是特别关心，但是就在不久前，帝亚吉欧耗资21亿美元购买了印度联合酒业53.4%的股份，旗下品牌包括著名的苏格兰威士忌Whyte & Mackay 和 Jura 等，这个全球最大的烈酒集团之所以愿意花巨资购入印度当地的烈酒公司，除了因为他们预计2025年印度中产阶级数量可由现在的1亿人增长到6亿人，还源于印度酒业管理的复杂性。

现在让我们把目光投向日本。当年的药酒批发商鸟井信治郎，怀着对西洋文化的无限憧憬，在20世纪初期就开始销售各种洋酒，在葡萄酒销售过程中他发现放置在旧葡萄酒橡木桶中的利口酒味道开始发生变化，于是揭开了威士忌的香味源于木桶成熟度的神秘之源，在遍访日本名山大川之后选中了日本的名水之乡山崎，这里因为三河汇聚而产生的雾气，恰好也是最适合储藏威士忌的气候条件之一，于是他开始了酿造适合日本人喝的威士忌的漫漫长路。他在1937年推出的三得利12年角瓶被历史证明是一举占领了盲目崇拜舶来品的日本威士忌爱好者味蕾的神来之举，自此获得了日本那些苏格兰威士忌至上派的青睐。适逢日本二战告败，烈酒生产销售和进口都受到了严格的管制，免于战火破坏的三得利山崎酒厂开始成为储存麦芽威士忌原酒的基地，并在战后八个月就推出了美味且便宜的得利思威士忌，给陷于战败之后失意且无力的日本消费者以有力的支持，由此开始了日本的洋酒时代。1961年，三得利首先以日本威士忌的名义在美国注册，被认定为全球五大威士忌之一，1984年三得利推出了日本第一瓶麦芽原酒威士忌"山崎12年"。

而被称为"日本威士忌之父"的竹鹤政孝则是抱着酿造极品威士忌的理想远赴苏格兰学习威士忌制作工艺，1921年归国后他遇到了正准备规划正统威士忌在日本生产的鸟井信治郎，1923年两人携手合作致力于正统威士忌的酿造大业。之后十年合约期满，竹鹤政孝离开鸟井独自前往北海道的余市，此地之前就被他认为是最适合酿造日本威士忌的地方，他在这里开始了Nikka威士忌余市蒸馏厂的创业之途。

两位20世纪初的日本威士忌创始人在命运的安排下，抱着希望可以酿造出蕴含日本风味并受日本人喜爱的威士忌的初衷，使得日本威士忌成为世界知名的威士忌品类，它的多元化发展以及独特的口味一直获得国际认可。一位日本酒评家说，经年累月的积累，仿佛在与时间的缓慢对话下渐渐成熟的原酒，一面将富士山麓的空气融入自身的香气与气味之中，另一面在等待着苏醒时刻的到来，琥珀色的梦想就这样一直流传了下来。

2012年11月，"山崎18年"和"白州25年"获得英国国际烈性酒挑战赛威士忌部门最高奖，这是该大赛威士忌品类首次有同一厂商的两款酒同时获得最高奖。2012年，有21款酒获得威士忌品类（不包括苏格兰威士忌）金奖，除了三得利酒厂出品的6款威士忌，日本NIKKA威士忌也有4款获奖。（2013.10.29）

金宇澄绘画作品《滑轮》纸本丙烯 131x117cm 2020

喝一杯威士忌，品尝岁月余味

在我看来，这种烈酒中有一种独特的魅力与豪情，可以打开如时光胶囊般珍藏的记忆。

回顾威士忌在中国的历史，绕不开法国保乐力加公司的影响。最初用芝华士苏格兰调和威士忌加绿茶撞开人们喜欢甜蜜口感的味觉大门之后，一群苏格兰兄弟紧跟其后，浑身散发着泥煤味儿、烟熏味儿，连同海风味儿以及太妃糖的甜蜜，一起冲了进来。

虽然没有人愿意做前浪，但是后浪的强劲依旧在二十年之后拍打着饮者的记忆堤岸，从在冰天雪地里垂钓的绅士喝着威士忌，到妙龄少女喝威士忌，这一代人的威士忌消费体验都是跟着品牌广告亦步亦趋，被品牌不断教育不断演进。直到最后，看到某总在东京街头喝着装在清洁剂瓶子里的威士忌，还不忘记大喊一声："我只喝25年的威士忌！"此时才知道连著名的大导演，也有自己喜欢的杯中之物。

在2024年新年伊始最冷的一天，收到保乐力加公司产于中国四川的叠川纯麦威士忌，这让我想到曾经在峨眉山参加酒厂奠基活动时，和苏格兰威士忌的传奇人物 Colin Scott 一起合影的往事，时间不知不觉都已经过去四年了。四川峨眉山附近的全年降水量，加上四川盆地夏季的炎热，让这款中国本土威士忌的酿造风味更加浓郁。威士忌的陈酿过程中有两个环节最重要，一个是萃取，这需要加热，另外一个就是氧化，这需要低温。国际烈酒巨头推出新品牌会考虑方方面面的因素，首先是使用了高品质的峨眉山原始水源，水质是威士忌酿造中非常重要的因素，这也是所有威士忌品牌的核心竞争力的壁垒之一。大麦使用了国产大麦以及欧洲产的大麦。在橡木桶方面，美国的波本桶，所谓"优雅的香草和果香"就是出自这里，然后是西班牙雪利桶的甜蜜，最后是极其限量的中国橡木桶，使用的是来自中国东北长白山的专有木材。瓶身上标注的"元年首发"字样记录了中国本土威士忌的起步时间，用手机扫描瓶口的二维码，显示出这瓶酒诞生于2023年10月16日，在2024年1月12日配送到上海。

无论如何，还是马上打开喝一杯更为畅快。这瓶酒没有传统的中国市场的防倒灌瓶塞，厚重的瓶身上一块块的棱型雕花，那种光影重叠的反转，酷似川西小院常见的红砖垒墙。一杯入口，从西班牙雪利桶的蜜饯甜香，到美国波本桶的香草花果香，最后可以感受到东北橡木桶的檀香与陈皮香味。之所以说这款酒具有中国式的辛香味道，其实就是那种带有焦糖甜味的柑橘味道，新鲜的柑橘皮经过太阳暴晒后，陈皮的甘香味会更加醇厚，而这个时候檀香的加入形成了浓厚的东方尾韵。国际品牌在中文名称的命名上面显然要比想象中认真更多，记得之前太古汇将旗下酒店命名为"镛舍",后来有人专门考证说这个"镛"字是在纪念某位上海闻人的传奇人生。这次叠川品牌中的"叠"字,将这款国际烈酒公司的首款本土产品的各种元素都包含了进去,无论是欧亚的麦芽还是三种橡木桶的陈酿以及叠式的调配方法,最后成就了具有复杂口感的本土威士忌。

近几年陆陆续续看到各地都有威士忌酒厂落成的消息,数了一下大概有四十家之多,从内蒙古鄂尔多斯、山东青岛和蓬莱、青海、西藏、河南、河北、山东、安徽、四川、云南、贵州到浙江、福建、台湾地区,几乎在全国遍地开花。我个人比较偏好云贵川的出产,毕竟酝酿优质白酒的河流是人类灿烂文明的代表,丰沛的雨水以及未经污染的融化雪水,都是催生文明发展的自然动力之所在。距离保乐力加投资十亿元人民币的峨眉山酒厂以南1300公里处的云南大理洱源县凤羽古镇,帝亚吉欧投资五亿元人民币的洱源威士忌酒厂也在跃跃欲试。

从这些国际烈酒巨头的酿酒经验及其全球投资轨迹中,可隐约感受到某种正在发生改变的趋势。当看到激动人心的全球市场反应以及波云诡谲、未雨绸缪的国际事件之后,他们的反应是迅速而直接的。就好像英国政府一直致力于与印度政府商谈如何将针对苏格兰威士忌150%的关税取消一样,印度的威士忌品牌也在努力争取与苏格兰的格兰利威、麦卡伦或者泰斯卡这样的高端品牌在国际市场一较高低。

印度威士忌INDRI在2023年WWA世界威士忌大赏中被评为世界最佳威士忌。苏格兰著名威士忌作家Jim Murray在他每年所编著的《威士忌年鉴》上将Amrut Fusion评为全世界排名第三的最佳单一麦芽威士忌。虽然在十五年前印度还没有一家威士忌酒厂，但是如今在印度销售的本土产威士忌已经占了全印度市场销售额的53%，高于2023年的48%，他们甚至还推出了利乐包包装的印度威士忌！作为今天全世界最大的威士忌消费市场，印度十大威士忌畅销品牌中有八款是印度本土制造的。这个时候我们应该可以明白，为什么国际烈酒公司以及国内酒类公司开始争先恐后地对中国本土制造的威士忌市场发力了。

距离我第一次看到罗伯特·伯恩斯（Robert Burns）写下的那句关于威士忌的豪情壮语的时候已经过去了近二十年。这句话带有那种难以言喻的一击即中，立刻抓住了我的心，突然让我觉得自己每次选择喝威士忌的时候，都会不由自主地萌发出一种崇高的自豪感。这位苏格兰著名的爱国者、激进的思想家以及詹姆斯党的吟游诗人，通过强烈的民族认同感来定义自己，同时也在定义苏格兰。他说："关于华莱士（威廉·华莱士，苏格兰独立战争的重要领袖）的故事在我的血管里注入了对苏格兰的偏见，这种偏见将会在那里沸腾，直到生命的闸门在永生中关闭。"他也为苏格兰威士忌做了跟全世界的烈酒不同的定义。于是在每年的1月25日，几乎全世界的苏格兰人以及苏格兰威士忌的爱好者们，都会在罗伯特·伯恩斯生日这一天来纪念他对苏格兰威士忌的终极定义。在传统的伯恩斯之夜的聚会上，人们穿着苏格兰裙，一起吃着由动物内脏做成的哈吉斯，背诵着他在1791年首次发表的诗歌《Tam O'Shanter》片段，然后一起跳起苏格兰卷轴舞，最后所有人大醉而归。伯恩斯盛赞威士忌是苏格兰"生而自由、尚武男孩"的天然饮料，他在全诗的结尾处将勇气与觉醒放在了一起。他认为，如果来自英格兰的暴政与苏格兰威士忌蒸馏的压迫联系在一起的话，那么"威士忌与自由结伴而行"。

说来就是这么巧合，几天前收到 The Glenrothes 格兰路思威士忌的岁末晚宴邀请的时候，我惊讶地发现那天居然正是1月25日！不过当我看到请柬上的 Dress Code 是"上海老克勒"的时候，我觉得主办单位应该是不想让那天变成所谓的伯恩斯之夜，就好像当晚某个餐饮排行榜榜单颁布典礼，他们一定也不是为了纪念伯恩斯先生才选的这个日子。巨鹿路上的广舟餐厅热闹非凡，虽然没有看到什么老克勒装扮的老朋友，但是在寒冷的冬夜，可以和西装革履的朋友们一起享用品牌主办方用心良苦地准备了一桌以电视剧《繁花》为主题的晚宴，可见大家还是非常喜欢宝总的。从"仙鹤银针""霸王别鸡"到"船王炒饭"，从格兰路思18年、25年一直喝到40年，虽然没有人像使用外科手术刀一样准确地划开苏格兰人晚宴中一定会出现的哈吉斯，但是依旧可以感受到上好的麦芽滑过我的味蕾。最后当我开始品鉴40年格兰路思威士忌的时候，似乎思绪已奔向那个熟悉的1984年。想到2007年在纽约的威士忌展会上，遇到一位BBR公司精神矍铄的老绅士，他带着谦虚与诚恳的微笑劝我试一款格兰路思精选，他说你会闻到非常优美的花香味道。作为英国皇室的葡萄酒供应商，他们受到葡萄酒年份的变换一直被葡萄酒爱好者追捧的启发，推出了威士忌年份酒，并在2004年推出了精选系列。这样提供持续多年的年份酒的确受到市场的青睐，因为毕竟在市场上可以找到绝无仅有的两款20世纪70年代的年份酒——1975和1978。不过在中国市场，应该是1989的年份酒最受欢迎，那种散发着麦芽糖、成熟水果、香草以及香料味道的香气，它的甜味重于鼻而轻于口。

回顾历史会发现一个有趣的现象，我们都知道日不落帝国利用本国移民去开拓殖民地，然后利用殖民地的文职官员去颁发所谓的"太平绅士"名号来促成当地精英阶层的团结，通过本国的传教士去规劝人们改信基督教，最后出场的才是英国的商人，他们在没有英国移民以及英国文职官员和英国传教士的介入下去做生意。在这种复杂的关系之下，倒是喝一杯苏格兰威士忌可以温暖籍慰一下海外游子的孤独与寂寞。这种利用英国全球贸易顺风车而成就的烈酒生意，如果说还有什么生意可以跟它媲美的话，我能想到的就是英国足球了。当然那是依靠现代化通讯手段，通过卫星信号传输而形成的全球爱好，与这种每箱9公升的国际烈酒贸易当然不可同日而语。

40年格兰路思威士忌让人们对年龄产生了各种浮想联翩。我的一个朋友说威士忌和人一样，有的人二十岁少年得志而大放异彩，有的人三十岁出人头地而平步青云，有的人四十岁大器晚成而功成名就，你能说他们之间有多大的区别吗？不过也有人用女性的容貌来比喻年份的差异，大概意思就是如果一个姑娘很漂亮，应该十岁就看得出来，难道非要等到四十岁才艳惊四座吗？嗯，他说的就是我爱喝的拉弗格10年威士忌，一款可以在禁足60天里喝掉30瓶的苏格兰口粮酒。其实酒厂可以在这桶酒最好的时期给它装瓶，这一切因素里最重要的就是时间成本，而时间才是威士忌最大的魅力，就好像年轻时在最好的年龄遇到一个最爱的人一样完美。不久前看到人们纪念史蒂夫·乔布斯在1984年推出那条令世人难忘的苹果电脑电视广告，那种震撼心灵的效果很难不让人联系到乔治·奥威尔那部著名的小说。其实像我这一代人对反乌托邦文学缺乏富有想象力的推断，反而对乔治·奥威尔1947年开始在苏格兰南部的艾雷群岛撰写《1984》的过往更加执着，那座小岛就是著名的Jura威士忌蒸馏厂所在地。大家也许更熟悉日本作家村上春树携夫人阳子一起去艾雷岛的波摩酒厂，然后写下了那部游记《如果我们的语言是威士忌》，伟大的作家让威士忌的爱好更加轻松随意：似乎只要对方默默递出杯子，我接过来静静送入喉咙即可，非常简单非常亲密非常准确。

关于1984年，我可能还会想到那一年国庆节的阅兵式，或者想到在那一年出生的前女友，或者在那一年曾经写下的幼稚诗歌，人到中年会想到更多的都是那种某个年纪之前谁还不是一个热血青年之类的如时间胶囊般珍藏的往事回忆。但是威士忌始终用它的历史画面感和持续不断的热情、独特的创新精神等手法，来证明着自己与众不同的价值。当各种威士忌品鉴家目光敏锐地写下各种独特优雅的品鉴笔记的时候，无论是站在中国郁郁葱葱的峨眉山还是苏格兰隐秘小镇Rothes的美丽河岸，人们都在等待智慧带来更新鲜的灵感，那就是通过时间来实现我们的卓越。

（2024.2.2）

金宇澄绘画作品《1958》纸本水笔水彩 41x34cm 2015

再来一杯 Martini

我最喜欢喝的鸡尾酒只有一种,那就是"鸡尾酒之王"Martini。

无论电影还是电视剧,无论诗歌还是游记,无论街边酒吧的店招还是手机里的表情,那只熟悉的玻璃杯已经成了一种优雅的象征。

我记得二十年前深圳平面设计师协会首届作品展中有一幅平面设计大师王序教授的作品,那一年展览的主题是"沟通",他使用了两个画面体现一种交流的状态:正常状态下是一只端着的 Martini 酒杯,与之对应的另一幅作品,就是同样这杯 Martini 被倒扣在地上,就像贝聿铭为法国卢浮宫设计的新馆入口的玻璃金字塔。从那时我就觉得,Martini 的优雅是全世界通用的语言。

后来看《007》系列电影,片中总是会出现詹姆斯·邦德喝 Martini 的情景,他一边喝着 Martini,一边揽着邦女郎曼妙的腰身,这种成熟男人的气质,曾经迷死了我们这些刚开始使用吉列剃须刀的毛头小伙子,邦德的经典台词就是 "Shaken, not stirred"(摇匀，不要搅拌）。

其实邦德的配方已经在无数的电影观后感中被介绍过了，因为无论在小说还是电影里他总是在喝各种上好的葡萄酒、香槟以及鸡尾酒。官方统计的数据是影片中一共出现过 147 个喝酒的场面，89 次在书里，58 次在电影里；剧中一共有 48 种酒精饮料，书中出现了 39 种，电影中出现了 22 种；剧中共有两种 Martini，一种是 Vesper Martini，另一种是 Vodka Martini。"007之父"伊恩·弗莱明是一个喝遍全世界的小说家，所以不要拘泥于在什么电影里怎么喝，因为 Martini 的生命力就在于你想怎么喝，这才是 007 的精神，也是伊恩·弗莱明的高明之处，关键是你自己是否喜欢。非常不巧，我不喜欢用伏特加调配的 Martini，我喜欢用 Gin 酒调配的 Martini。

谈到 Gin 酒，这是一个与青春往事有关的故事。这几天深圳的朋友们在聊侯登科纪实摄影奖的评选，这是根据已故著名摄影家侯登科先生遗愿设立的民间摄影奖项，这个奖项的薪火相传跟深圳一批喜欢摄影的朋友不遗余力地推广有关，而他们正是我年轻时所喜欢的那批人。20 世纪 90 年代，来自贵州的李媚女士在深圳创办了两本杂志，一本是《现代摄影》，另一本是《焦点》。深圳桂圆路的编辑部我去过几次，每次看到几位穿着白色 T 恤留着大胡子的摄影师，总觉得艺术家们的毛发都很茂密，多年以后他们大部分人都把长发剃掉变成了光头。我一直好奇为什么艺术家的发型都是惊人的一致，后来觉得这也许是由他们青春时期的追求与中年之后的感悟所决定的吧！

深圳最早被称为中国设计之都，其实我更愿意把它说成是摄影之都，因为当年中国最好的摄影师几乎都聚在深圳，原因也很简单，深圳有当时国内最好的印刷厂，而这些印刷厂多半都是从香港地区搬过来的。20世纪90年代全国人民都喜欢买新年挂历，这个已经消失的习惯曾经承载了一代中国人对美好事物的追求，而云集在深圳的摄影师和那些印刷厂，曾帮助全国人民完成了这一愿望。

对不起诸位，谈起Gin酒可以写那么多的确是因为摄影的影响太重要了。在李媚女士创办杂志的时候，她的周围也聚集了当时国内一批优秀的艺术家和艺评人。无论是当年在广州美院开设博尔赫斯书店的陈侗老师，还是岭南美术出版社的杨小彦，或者是中国最早拍摄宗教题材的杨延康，还是拍摄深圳20世纪90年代野蛮生长记忆的余海波，还有牛子、肖全、张真刚、左力、欧宁，以及后来不搞摄影而去做设计的王文亮，和这些人的聚会都给我留下了深刻的印象。

欧宁那个时候还没有做《北京新声》，而是办了一本独立刊物《新群众》。那时广州也开始有了一本关于城市生活的杂志，而当年做这本城市生活地下刊物的林放，现在每周办一次葡萄酒晚宴，还在继续着他的城市生活探索。欧宁策划《新群众》杂志的核心理念就是独立思想，而丰满这些独立思想的是各种音乐派对和展览，这些活动让20世纪90年代的深圳成了文艺青年的摇篮。某个晚上我在翻看这本精美的复印后的杂志，看到欧宁写的一篇关于他在寒冷深夜独自饮尽一瓶Gin酒的文章，也就是这篇文章让我和欧宁成了朋友，年轻的时候可以因为喜欢喝同一种酒而成为朋友真的感觉很好。深圳的冬天真的很冷，那个时候不要说没有制暖的空调，就连制冷的空调都还没普及。对这瓶寒冷冬夜里的 Gin 酒，我记得他在文章中没有使用后来大家约定俗成的名称杜松子酒，而是用了香港地区常用的叫法"毡酒"。

那个时候深圳只能买到 Gordon Gin，于是对后来出现的各种品牌，诸如 Tanqueray London Dry Gin、Monkey 47、Kinobi Kyoto、Hendrick's 等众多新晋大牌的印象都不如 Gordon Gin 深刻。多年以后当我来到伦敦的 Dukes London，在圣詹姆斯风格的酒店里喝到一杯几乎是由满杯 Gordon Gin 做成的 Martini，我才知道那种松子的香味是可以终生难忘的。据一位 Gin 酒专家说，Gin 酒的陈化时间，相当于从调制 Gin 酒的浴室走到调制鸡尾酒的吧台所花的时间。

过去二十多年，无论我在上海建国西路的 Minotti 旗舰店里，喝到勇哥亲手调制的著名"勇记 Martini"，还是在上海永嘉庭 The Roof 酒吧巴叹德同学给我调制的"The Roof Martini"，或者在香港中环的 Ori-Gin、台南天后宫后面的"TCRC"，再或者是纽约著名的 21 Club、威尼斯的 Harry's Bar，留给我难忘印象的都是一杯冰清玉洁的 Martini，那是一种云淡风轻之后的强劲有力。

我一直说，对一家酒吧来讲，一杯好的 Martini 就是中餐厅里一碗好的蛋炒饭，谁都会做，但是可以说自己做得好的真的不多。不过很有缘分，我已经尝试过全世界最好的几家，的确有一种黄山归来不看岳的安静。看到太多一本正经穿着三件套西装坐在吧台旁边饮酒的少年，一直觉得饮酒是他们进入成人世界的一种方式。我之所以使用成人而不是成年，是因为我们并没有一种非常严格的年龄区分方式，所以会经常看到一群中老年人在装嫩，一群把茸毛蓄成络腮胡子的少年在扮老。没有关系了，无论是装腔作势还是扮晒嘢，反正嫩的总有老的一天，老的也曾经嫩过。倒是有一个顺序是不可以打乱的，正如美国作家斯科特·菲茨杰拉德宣扬的那样，20世纪20年代是一个由年长者接管的童年派对，青春的血性势必会被青春的酒精所取代。其实一百年之后再看这个命题，人们就会发现饮酒始终是一个由中年人所领导的革命，参与者都是稚气未脱的年轻人。

想到Clubhouse那个著名房间的对话，年轻艺术家始终没能征服老艺术家，最后还是要请老艺术家耳提面命聊了各种生活方式。其实喝酒又何尝不是这样呢？一群中年创意人员躲在伦敦最贵的办公室里搞出了一堆饮酒作乐勇于面对无聊人生的高级创意，然后输出到国际4A广告公司在全球各地甲级写字楼的办公室进行内容的本地化，然后各种青春不羁的年轻艺术家面对一面墙拼命泼洒人生斑斓的色彩，然后告诉各位：痛饮吧，细佬！

伦敦、纽约、哥本哈根那些最时髦的酒吧有了新玩法，直接把一份橄榄油和五份杜松子酒混合起来在冰箱里冰冻一整夜，然后把上面一层冷凝物打碎，再过滤杜松子酒，配上冷冻过的绿茶和少许苦艾酒搅拌在一起，这个做法不禁让我有了新的期待。不过橄榄油的标准非常严格，要用最好的橄榄油，并且是单一庄园出品，必须是特级初榨，年份最好是当年的。意大利的橄榄油本来就有很多传奇故事，突然一下跟传统的Martini结合在一起，更让这些爱好者欲罢不能。

油脂带来的质感以及青草味和胡椒味都是新的尝试，但是如何欣赏一杯真正的Martini呢？其实无论它如何调整比例、如何摇晃、如何搅拌、如何倒置、如何投掷,它都是 Martini,它的优雅以及它的简单都表达出你对生活的感受。无论 Gin 酒还是伏特加或者苦艾酒,配料都很简单,但是往往就是非常简单的东西才是最好的东西,因为其中还存在着无穷无尽的变化。找到适合你自己的心情以及你的味觉,然后为你自己和你爱的人奉上一杯完美的 Martini,这就是人生最宝贵的时刻!(2022.12.9)

酒吧的苦与甜

每个消费领域都有一条完整的鄙视链,即便是饮酒作乐也是如此。

喝啤酒的看不上喝鸡尾酒的,人家年轻啊!

喝鸡尾酒的看不上喝成瓶烈酒的,人家有个性啊!

喝干邑的看不上喝威士忌的,人家有"米"啊!

喝香槟的看不上喝烈酒的,人家有格调啊!

而喝勃艮第葡萄酒的看不上喝其他酒的,因为人家法语好啊!

从商业的角度来看,一切却正好相反,似乎站在这个鄙视链顶端的是喝香槟的,因为只有在消费标准为一晚10万元人民币以上的电音俱乐部的卡座里才会像喝汽水一样地消费价格不菲的香槟,而这个卡座的价格基本上是现在全国高级电音俱乐部的标配。不知从什么时候开始,海外归来的年轻消费者开始学习美国黑人说唱艺人那种肆无忌惮的炫富风格,社交媒体上拿香槟洗头洗脚的视频屡见不鲜，这样的玩法似乎要比生剖一条鲨鱼更有传播性也更有娱乐性。虽然他们绝对不是视金钱为粪土，但反正越贵的香槟拍出来的效果越有黑人嘻哈风格。虽然我们的嘻哈歌手用中文唱歌的时候，听上去总会和北方唱数来宝的街头艺人的曲风相混淆，但是这依旧不影响其内容被拼命转发，毕竟像这样拿好东西来糟蹋的壮举要比在古代搞个焚琴煮鹤容易得多。

接着就是喝各种限量版威士忌的消费者已经站在塔尖下面的第二排不怀好意地玩深沉了。有趣的是，在这条鄙视链中，干邑都躲在各种以包房组成的卡拉OK夜总会里。香槟、伏特加、朗姆酒、葡萄酒虽然也出现在夜总会的酒单上，但是除了干邑之外就是皇家礼炮和尊尼获加蓝牌是头牌复购款，其他品类几乎很少被客人提起，这也许跟经营者的促销套餐有很大关系。

当然夜总会消费的金字塔底层和酒吧消费的金字塔底层都是由各品牌的啤酒组成的。啤酒这个品类的变化用二十年以上的时间长度来对比是非常有趣的，在内地一线城市酒吧最初的光辉岁月中，喜力啤酒永远是从高档夜总会到高档酒吧的压舱石。这么多年过去了，荷兰人设计的绿油油的瓶身和那颗红色五角星的商标越来越少地出现在人们的视野中，反而是百威啤酒在市场上呼风唤雨，连那种每场耗资超过千万元的全球DJ电音节都是由百威啤酒赞助的，这让大家不得不认清现实，还是啤酒公司最有实力。而最近听到的消费趣闻是有人开始带着自己爱喝的葡萄酒去夜总会消费了，因为长期以来夜总会拿外面售价三四百元的葡萄酒放在酒单上，摇身一变价格就翻了四五倍，懂得享受葡萄酒的客人当然知道还是自己带的酒性价比最高，不过比起每人三四千元的红包小费,一瓶翻了四五倍价格的葡萄酒又算得了什么呢?还是那句老话,买的不如卖的精。

经过冷静思考,人们看到越来越多的营业场所为食品和饮料创造了新的消费场景,如何最大化体现场地的财务潜力以及如何最大化挖掘场地的情感潜力,都成了绕不过去的问题。上海的Speak Low酒吧一直是"全球最佳50间酒吧"评选榜单上的常客,如果说中国厨师或餐厅东主对米其林榜单有一种欲就还推的羞涩之情,那么中国调酒师或酒吧东主对这个国际化的行业榜单则是全身心地拥抱。

在每年各大洋酒公司举办的调酒大赛上,京沪两地一直都遥遥领先。记得有一年我作为某品牌烈酒的全国评委,一周内跑了全国三个城市,北京、广州、成都的选手都拿出了各自心目中最好的作品,广州赛区包括深圳和香港地区,香港地区选手的作品风格要比广州和深圳的选手成熟很多。当我在成都看到一位选手拿出一个熊猫盆景作为自选作品的装饰物的时候,真的很难想象在繁忙的营业时间,每个客人捧一杯熊猫盆景作为装饰物的鸡尾酒该如何痛饮。

当Speak Low酒吧再下一城,又开了一间"Sober Company"酒吧的时候,我才真正感受到什么是翻江倒海的感觉。业内人士一直传说Sober Company周末晚上最高营业额可以达到20万元,达到这样的业绩需要一晚上卖掉上千杯鸡尾酒,这一杯杯手工调制的鸡尾酒可以让客人们持续前来消费,本身就说明了消费者的认可。这个时候应该明白了鸡尾酒俱乐部看不上威士忌俱乐部的原因了,因为在威士忌俱乐部里出售的整瓶威士忌,只要不是假货，在全世界哪里喝不都是一样的味道吗？但是鸡尾酒就不会出现这样的问题，这就是个性化服务广受好评的基本原因。

而真正令 Sober Company 感动的不是曾经 20 万元一晚的营业额，而是他们在即将结束南昌路店营业的最后几晚的现场人群。由于当时不许堂食的规定，所有的客人都是站在店外面的马路上点单，酒吧里唯一开放的是洗手间。那一晚，众多热爱这间酒吧的熟客以及闻讯而来的鸡尾酒爱好者，都站在南昌路和雁荡路交界的马路上，拿着一次性的纸杯喝鸡尾酒，那几天酒吧的收入每晚都超过了 10 万元，不离不弃的追随者们带给现场每一位调酒师和服务人员的是一种又苦又甜的幸福感。

"2 盎司的技能，3/4 盎司的抱负，1/4 盎司的激情，再加上一点梦想，在冰冷的决心下为客人呈现最好的作品。"这是调酒大师的光荣与梦想。但是调酒师在忙碌的时候基本上就是一个体力劳动者，一晚上要调出几百甚至上千杯鸡尾酒，在营业前就要准备大量的预制配料，待客人抵达，直到生意的高峰期，要一直忙到凌晨一点钟左右。十多年前我在外滩的某家五星级酒店的酒吧里看到几个躲在吧台后面吃瓜子的服务人员，从此再也没去过那家酒吧，刷手机已经属于心不在焉了，居然还在嗑瓜子！所以每次看到有人在怀念这家酒店的悠久历史的时候，我总觉得历史都是一种传说，而现实有时总会那么不经意地留给我们一幕终生难忘的场景。

调酒师们犹如小蜜蜂一样在全世界到处开店，每一家酒吧从设计到装修，再到开张营业，不断地把全世界的流行风尚带给当地消费者。其实这其中也有一个相互共生的道理，如果没有欣赏调酒师手艺的客人，恐怕这些来自世界各地的调酒师也无法在当地生存下来。就好像我熟悉的两位调酒师，他们从上海的一流酒吧离职，去了深圳和南京创业。从酒吧最发达的北京上海香港，到广州深圳杭州成都南京西安，这个行业的发展就是这样薪火相传。当熟悉京沪生活的人们能在自己居住的城市点一杯曾经在北京或上海的酒吧里喝到的鸡尾酒，这样的"重逢"也算是一种文化的繁衍。

在国际鸡尾酒大奖赛获得认可，本身也是一种文化的传播过程，而在这个过程中，鸡尾酒的国际化传播显然要比餐厅走得更快更远。也许中国餐饮行业因为本身的强大基础，对外来评奖的接受程度始终都还有些抵触情绪，相比之下，年轻一代的厨师或餐厅东主对外来奖项的认可程度倒是和酒吧行业相当一致，他们对在餐饮行业有影响力的国际榜单也非常关注。不过，餐厅情况和酒吧相似，缺少背景和人脉的厨师似乎依旧不容易进入评奖委员们的法眼，毕竟奖项和城市都是有限的，而渴望脱颖而出的人太多了。

Sober Company似乎带给了上海滩一种新的面貌，大批的客人呼啸而至，有"ABC"背景的以及港台地区的年轻人和本地时髦的年轻人拥挤在狭小的二楼。调酒师的"茶鸡尾酒"，以及将日式精致摆盘、法餐的认真细腻与纽约唐人街风格相融合的广东料理，这种新一代的创意中餐重新演绎着百年前海纳百川的海派文化。毕竟上海已经重新站在了世界城市舞台的聚光灯之下，一天之内都可以畅享纽约社区场景下的鸡尾酒和微醺的快乐，这是一种杯莫停酒正酣的美好时光，是一位在纽约住了十年的日本调酒师正在上海的梧桐区试图重温他在纽约东村的美好记忆。

然而这一切都在2022年6月26日戛然而止，租房合约到期的官宣理由，让众多鸡尾酒爱好者黯然神伤。此后，连续获得国际赞誉并拥有"中国最佳酒吧"之称的Sober Company就好像一个到处做全国巡演的摇滚明星，陆续出现在中国的各大城市。上海艾迪逊酒店、深圳万象天地里巷的烧鸟店、广州瑰丽酒店、上海素凯泰酒店、杭州君悦酒店、厦门安达仕酒店都成了这家传奇酒吧的新舞台。最近他们来到了星巴克臻选上海烘焙工坊，和咖啡巨头一起做起了鸡尾酒生意，这种化整为零的游击小组式的作战方式，让更多的消费者感受到了鸡尾酒文化，也让合作的五星级酒店有了新的推广宣传方式，二者合作的相得益彰是新冠肺炎疫情之后一种有创意的自救方法。

而几乎和Sober Company一样灵活的，是广州的著名鸡尾酒酒吧"庙前冰室"，同样也是游击小组一样地出现在全国各地。有的时候我在想，这些可以接纳飞行调酒师的城市，都拥有一群热爱生活喜欢新鲜事物的年轻消费者。如同上海一样，如果没有那么多来自世界各地的年轻人，或者没有那么多海外归来的人选择在这座城市生活，上海还会有那么多精彩的酒吧和餐厅吗？这与餐饮行业爱做的"多手联弹"也有异曲同工之妙，一位著名厨师带着他的团队飞到某个城市的高级餐厅，和当地知名餐厅大厨一起联袂奉上一桌特别晚宴，这是不是和时装品牌的联名款一样让粉丝们感到惊喜呢？

是的，每一个明星调酒师都有自己的拥趸和粉丝，这种以个人魅力以及精湛技艺为号召力的文化代言人，也随着千禧一代消费者的成长发扬着鸡尾酒文化,并将顾客带入了一个更具实验性的沉浸式消费场所,同时也提升了一个巨大的市场,这个市场的人群对鸡尾酒的要求要比上一代人更为精准,也更有个性。

酒吧从来都是调酒师的舞台,就好像中国厨师可以通过中华料理享誉全球,中国的调酒师也会通过他们自己的作品逐步走向全世界,也许这个步伐会比中国的厨师走得更快一些,毕竟他们都非常年轻。(2022.11.11)

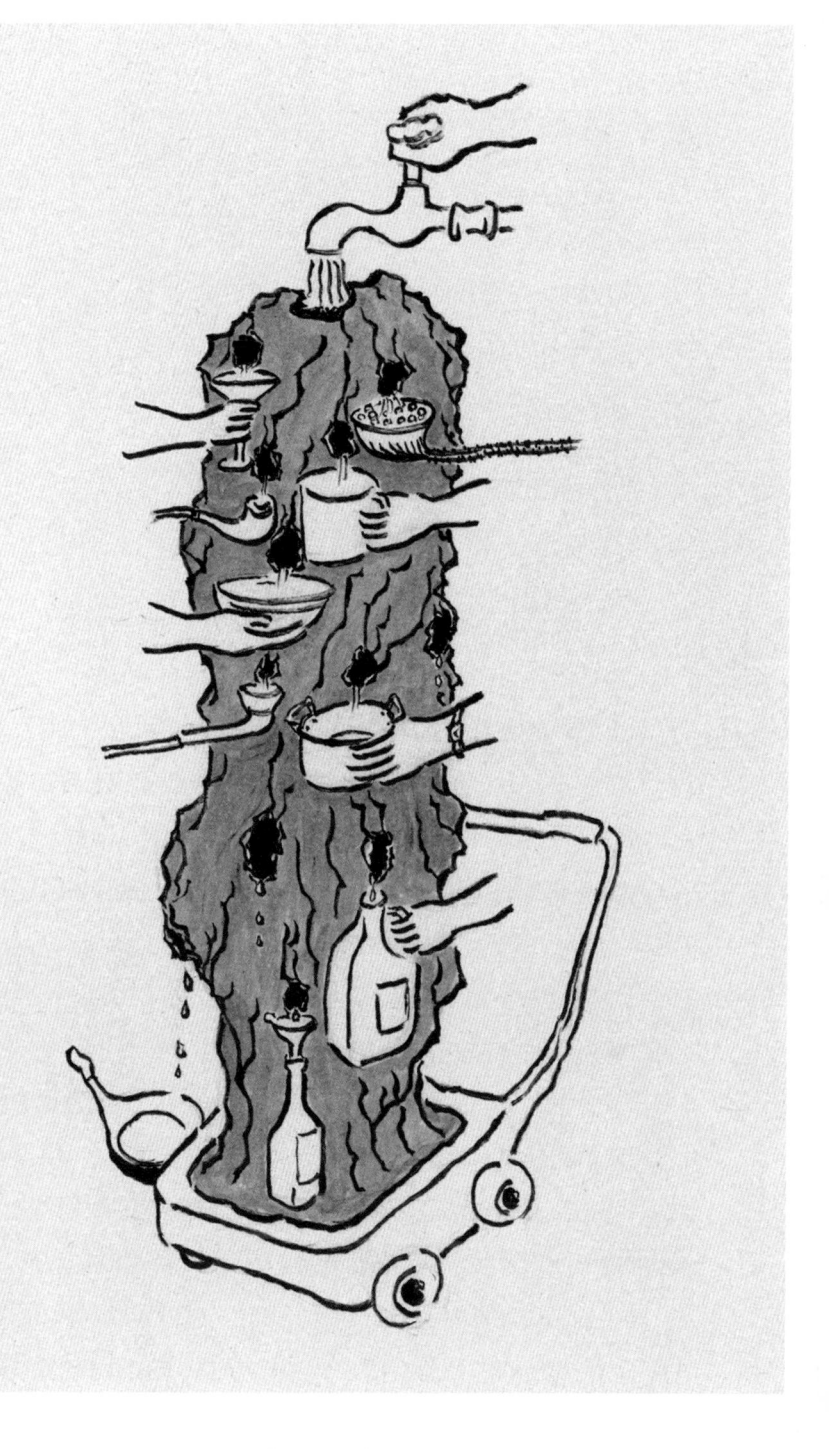

金宇澄绘画作品《太湖石4》纸本水笔水彩 46.5x31cm 2017

威士忌薄雾

去了苏格兰和爱尔兰"朝拜"威士忌酒厂，回来就明白其实亚洲人还是更把威士忌或干邑这样的舶来品高看一筹的。轻轻喝一口威士忌，观赏它的色泽，品味它的香气，细酌它的滋味，感受着液体滑过喉头的醇韵，有的人会更加夸张地轻闭双眼反复回味，然后深深地吸上一口酒气，身心陶醉于丰富的余韵之中，每一支酒都经过漫长岁月的熟成，漂洋过海带着百年的传统而来，甚至都忘记它是酒了。其实刚刚蒸馏出来的威士忌新酒也是无色透明的，它的香味也没有那么丰富，用稚嫩来形容都不如用粗糙更为贴切，当然自古英雄出少年，等到它们进入橡木桶中等待漫长的熟成，再次出来的时候已经是小乔初嫁时了。听同去的团友说中国白酒和威士忌最大的区别就是熟成这个阶段，中国白酒是放在陶罐里的，而威士忌则存在橡木桶里。而橡木桶又分为美国白橡木桶和西班牙橡木桶，美国橡木桶所含的木质素和单宁成分都可以在熟成的过程中赋予威士忌以香气，西班牙橡木桶则一直作为陈酿葡萄酒和干邑的木桶。欧洲橡木的单宁含量要比北美白橡木高出许多，之前西班牙橡木桶多半是使用过的雪利桶或朗姆酒桶，它们为在橡木桶中储存的熟成威士忌增添了雪利酒的香气与淡雅的甜味，并使得熟成的威士忌呈现出深邃而略带红色的细致色泽，而曾经盛装过朗姆酒的橡木桶则会因为树木的香气不是那么浓厚而带来清新的滋味。北美橡木桶如果之前盛装过波本威士忌的话，也可以赋予其浓郁的树木沉香和香草气味。雪利桶和朗姆酒桶的容积通常都是480升，而盛装波本威士忌的北美白橡木桶一般是230升。最小的桶是新桶，用来盛装波本威士忌，由于容量只有180升，所以可以快速熟成，然后为等待熟成的新酒带来高雅的树木沉香味道，这样的酒桶在酒厂阴冷的仓库里，吹着海风，静静等待成熟的那一刻。经过这样的多年熟成，造就的就是一杯经过历练的成熟威士忌了，所以酒吧里经常有人说威士忌适合成熟的男人和更为成熟的女人饮用，其实主要的原因是苏格兰威士忌的重泥煤味道和烟熏的味道绝非常人可以接受吧！如果你是第一次喝威士忌的话，你可以尝试着加少许水或冰块，因为纯饮的酒精浓度高且个性强烈，这会很快麻痹你的味觉。当然加太多的水你也感受不到威士忌的香味，这也就是为什么当年芝华士利用加绿茶饮料的方式成功开拓了中国市场，因为人们对甜味的熟悉以及中国人对茶叶香气的熟悉都使得兑上绿茶饮料的芝华士威士忌有了一种似曾相识的感觉。如果都是喝净饮的威士忌，那估计拥趸永远都是一群老炮。个人认为初饮者最好的方式是喝"威士忌迷雾"，就是在酒杯里加满碎冰，然后倒入适量的威士忌，再加柠檬皮，这样的口感更加清爽，大量的碎冰会为杯子笼罩上一层薄薄的白雾，因而冰凉的口感也会更上一层楼。（2012.6.18）

日本威士忌：神话的缘起

关于威士忌的一切，其实都源自一种无处不在的寂寞。当寂寞让人无法呼吸，我们就会相遇在他乡，生活似乎变得缤纷起来，却又逐渐开始走向迷失，就像威士忌历史上最著名的一部电影《迷失东京》中的意境一样。

威士忌加汤力水的饮法

在日本，威士忌一直是豪华舶来品的象征，再加上充满了阳刚之气的苏格兰风情的渲染，曾经在相当长的一段时间内，被作为日本传统的首选礼品之一。东方国家都有一个送洋酒作为礼品的阶段，而日本产的威士忌，自二战时期美军驻扎日本后，也在相当长的一段时间内成了日本公司职员下班后在拥挤不堪的烟雾缭绕的酒吧里和同事一起买醉的首选，这种被称为"水割"（Mizuwari）的威士忌加水的饮法延续了很久，究竟是谁发明的不得而知。由于日本人长期饮用的清酒的酒精浓度最高只有20度，而威士忌的酒精浓度都在40度以上，为了让消费者更好入口，酒馆老板就找到加水的方法来降低酒精浓度。

后来，三得利集团成功地将这个饮法移植到女性市场，稍作调整，将水改为汤力水，命名为"Highball"，并邀请日本著名影星小雪拍摄了电视广告，成功征服了经济腾飞后的日本职场女性，自信的女性也开始和男同事一起在下班后去酒吧喝上一杯。昂贵的苏格兰威士忌成了让那些可以有幸使用公司账户在银座高级酒吧招待客户的高级职员的不二之选。

日资入股欧美洋酒公司

但是这一切都在1989年后改变了，这一年，日本更改了税率，采用平行进口（就是更多的非品牌指定的代理商从其他渠道进口）的方式，这使得苏格兰威士忌的价格降到了非常合理的水平，人们不再把苏格兰威士忌当作豪华礼品看待了。其实这一点跟中国的20世纪90年代很像，当年流行拿"洋酒"送礼，但是这样的送礼消费造成了最终的消费者并不是在像沃尔玛这样的大型商超看到的购买者。相当长的一段时间，喝洋酒的人并不是购买洋酒的人，这样的消费状态在高级手表以及高级皮包的市场都一直存在。日本20世纪80年代经济腾飞，国民开始流行喝葡萄酒，于是更多喝葡萄酒的消费者不仅仅只是迷信品牌，而是开始学习如何用鼻子闻酒的香气，这又和今天中国的年轻人中流行各种威士忌盲品大赛不谋而合。

日本三得利集团先后入股麦卡伦酒厂（三得利拥有25%的股份）和法国保乐力加公司（2011年4月保乐力加公司出售其所持日本三得利集团的股份，三得利集团以46.6亿日元回购了这些股份），这些顶级品牌在进入日本市场之后也都会不约而同地选择和在日本拥有广泛渠道的三得利集团合作。而三得利也是最早在苏格兰收购威士忌酒厂的日本企业。苏格兰波摩威士忌酒厂1989年出售给三得利35%的股份,经过多年合作,三得利于1994年完全控股了波摩。2014年1月,三得利集团以目前烈酒行业最高收购金额136亿美元收购了美国Beam公司,这也是日本自20世纪80年代经济衰退之后最大的一次收购案例。

彼时,日本的威士忌爱好者社团开始风起云涌,趁势推出了更多的日本蒸馏酒厂的威士忌装瓶,这样的市场预热都在多多少少地影响着日本消费者对威士忌的兴趣,并且在不断地说服他们:日本的蒸馏酒厂也可以生产出与苏格兰威士忌不相伯仲的本国威士忌。于是,这场即将拉开大幕的威士忌消费大戏就缺一个主角登场了。这个时候,三得利多年培育的威士忌市场开始成熟起来,他们花了很大力气在各种媒体特别是时尚杂志(包括女性杂志)上撰写大量颇有创意的品牌软文,让更多的读者在一篇文章中同时看到三得利的山崎威士忌和白州威士忌与三得利集团旗下的苏格兰威士忌同时出现,读者考虑的事情不再是威士忌加水还是加啤酒的问题,而是到酒吧喝一杯麦卡伦还是山崎的问题。

《迷失东京》:日本威士忌推手

这种万事俱备只欠东风的时机终于来到了,而这样的临门一脚又是由三得利完成的,这就是威士忌历史上最著名的一部电影《迷失东京》。

电影由好莱坞知名导演科波拉的女儿索菲亚·科波拉执导,讲述了一个好莱坞过气中年电影明星鲍勃·哈里斯(由好莱坞著名影星比尔·默里 Bill Murray 饰演)去东京拍三得利威士忌广告的故事。他与同住在东京柏悦酒店的美国大学毕业生夏洛特(由斯嘉丽·约翰逊饰演,她在之后几年一直作为伍迪·艾伦导演的一系列城市爱情电影的女主角而享誉影坛)迷失在东京这个巨大的城市里。电影探索的主题是孤独、失眠以及倦怠感的存在,而在这些迷茫的背后,是受到现代化冲击的世界最现代化城市之一——东京。

影片中,男女主角参演的广告片之所以叫作《遗失的翻译》,是因为在电影拍摄过程中,日本导演 Yutaka Tadokoro 和口译员 Takeshita 在现场指导比尔·默里拍摄三得利旗下的响 Hibiki 17 年威士忌的广告,在交流过程中,导演用日语给予了明星冗长而热情洋溢的指导,但是口译员所提供的翻译都是简短而残缺的。除了广告导演翻译中所失去的含义和细节,男女主角也以各种形式迷失了,从根本上来讲,他们迷失在陌生的日本文化当中,同时他们也迷失在自己的生活和关系之中。这样一种由于错位所引起的疏离感,却导致了他们之间的友谊不断发展,而男女主人公的联系因此更加亲密。

索菲亚·科波拉在三得利品牌的支持下精心制造了一个动人且忧郁的爱情故事,而这样一种有效平衡了幽默与微妙的悲哀,正是一杯威士忌带给我们的感觉。这部大获成功的电影荣获了 2003 年第 76 届奥斯卡最佳原创剧本奖,同时它也获得最佳导演、最佳影片、最佳男主角提名。而在同年的金球奖中,这部电影荣获了最佳影片(音乐剧/喜剧类)、最佳男主角(音乐剧/喜剧类)、最佳编剧三项大奖,并且还获得了美国作家协会颁发的原创剧本奖。观众对这部电影所表现出的日本文化的复杂和让人意乱情迷的绚丽产生了极大的共鸣,而对这种文化的挑战却是通过一条三得利的威士忌广告作为切入点，此举让众多威士忌爱好者产生了一种好奇，这正是日本威士忌时代来临之前带给人们的激动与期许。人们瞬间记住了比尔·默里说的广告语：让享受的时光变成三得利的时间吧！ For relaxing times, make it Suntory time!

日本威士忌市场的爆发

之所以认为这是一个有预谋的市场营销活动，就是因为人们多年以后回头再看这个时间点实在是太巧合了！

2001年，世界知名的威士忌杂志 *Whisky Mazagine* 第一次举办盲品比赛，共有293款产品参赛，日本余市10年单桶威士忌在日本威士忌类别中获得了最高分7.79分（总分10分），这也是整个比赛中的最高分，这是威士忌行业里第一次由日本威士忌获得了最高奖项，而不是苏格兰威士忌或者美国、加拿大威士忌。同年，轻井泽12年威士忌在伦敦举办的国际葡萄酒及烈酒竞赛（IWSC）中也拿到了金牌。紧接着在2003年，山崎12年威士忌又获得了国际烈酒挑战赛（ISC）的金牌，2004年，响21年威士忌拿到了金牌，响30年威士忌则拿到了同一个比赛中的最高大奖。之后的十五年中，日本威士忌每年都有所斩获。之所以说《迷失东京》堪称威士忌历史上最重要的电影，恐怕和这前后日本威士忌的一系列攻城略地密不可分。2014年，日本本国威士忌销量开始突飞猛进，因为NHK电视台一部在早餐期间播出的晨间电视剧掀起了收视狂潮，这就是描述日本威士忌创始人竹鹤政孝的电视剧《阿政与艾莉》，这部电视剧直接令Nikka威士忌营业额在2014年提升了124%。

紧接着，日本威士忌玩起了令威士忌爱好者刮目相看的营销手法，那就是不停地停产。因为在2008年这个威士忌大热的年份，销售的都是20世纪初处于停工状态下生产出的产品，而到了2015年，12年以上的藏酒严重不足，虽然全日本都在喝着威士忌做基酒的"Highball"，但是这些作为调酒出现的威士忌可以不强调年份，而作为高档产品就必须告诉消费者他们所购买的年份。世界上恐怕没有一个行业要比威士忌行业更难做出生产决定的了，因为生产厂商要预估未来十年后的生意，这样的预测要考虑的因素实在太多了，于是品牌开始推出无年份威士忌，但是他们首先要考虑的是不要和自己已有的市场发生冲突，于是在2012年5月，三得利推出了山崎和白州的无年份威士忌，但是在2013年3月，立刻停售了较为低端的山崎10年以及白州10年威士忌。2013年10月，Nikka推出了无年份的竹鹤威士忌，然后立刻在2013年3月停售竹鹤12年威士忌。2015年无年份的響威士忌上市，半年之后響12年威士忌停售。从2013年开始，整个日本市场上山崎18年和白州18年威士忌就开始寥若晨星了，更高年份的25年威士忌就更加杳无音信了。

涨价的快车道

日本威士忌一个急转身就把价格扔进了涨价的快车道。2015年8月25日，这是所有威士忌爱好者要记住的日子，在邦瀚斯拍卖会上，一瓶1960年出品的轻井泽25年威士忌以将近92万港币的价格拍出，然后同一个买家用了近380万港币拍下了共54瓶的整套羽生扑克牌系列威士忌（Ichiro's Card Series）！之所以要记住这个时间，完全是因为经此一役，市道开始变得疯狂起来。原来最早在2005年前后进入中国台湾地区婚庆市场的山崎12年威士忌，可以说今天一瓶酒的价格可以买当年的一箱酒，而这样的涨幅甚至不超过10年！更有意思的是，中国香港地区拍卖市场的消息传回了日本国内市场，日本消费者一直以来就看重来自国际市场的推崇与背书，2010年到2015年的第一波狂潮开始了——日本消费者开始进场抢购了，如此这般，从毫无兴趣到毫无理性，几乎用了不到5年的时间，日本威士忌就变成了如荷兰郁金香一样的暴利产品。而更大的市场也在这个时候开始苏醒了，这就是巨大的中国大陆市场。可以看出，这是一场全球性的抢购狂潮，而潮水奔腾的方向是拥有着巨大消费实力、人口众多的中国大陆年轻人和不知道喝什么好但又想赶时髦的中年人。从更为长远的角度回顾这个时刻，日本威士忌的暴涨时间点又与中国大陆的金融理财产品的粉墨登场相契合，虽然在后面的数年中P2P理财产品陆续爆仓，但是在接手的和助推的力量中，总是离不开这些莫名其妙出现的一笔又一笔暗流涌动的热钱。

  观察日本威士忌以高价被中国消费者接盘的过程，会发现一个很有趣的现象，那就是这些喜欢在威士忌酒吧吧台买下售价两三千元一瓶的威士忌消费者当中，更多的是威士忌"初哥"，很多时候，人们都觉得他们是在为自己的威士忌知识付学费。用这些"炒家"的话来总结，就是越少越炒，越炒越贵，越贵越火，越火越买，越买越贵，越贵越买，最后贵与不贵已经跟质量没有什么直接关系了，价格永远和供求关系有关。最有意思的一种猜测就是，由于在社交场合的羞涩，日本威士忌的发音几乎不会出错，因为这些用中文书写的商标要比苏格兰威士忌或者美国及加拿大威士忌更容易念出来。在口味上，由于几家日本威士忌公司都不会共享彼此的产品，所以日本的调和威士忌只会使用本集团旗下的各个蒸馏酒厂的威士忌与苏格兰麦芽威士忌相互调和，而日本的蒸馏酒厂为了出产调和威士忌，也只能在自己的一个或几个蒸馏酒厂里生产各种风味的威士忌，这也就使得在多样性方面比苏格兰威士忌缺失了很多。而且日本威士忌的储熟环境更高，所以它们熟成的时间也会比苏格兰威士忌要短很多。更多专家认为，尽管日本有着北海道这样的气候环境，但是日本的夏天比苏格兰更热，每年最炎热与最寒冷的温差是苏格兰的两倍，这样就会使得日本威士忌受木桶的木质影响要比苏格兰威士忌更多一些，也造就了日本威士忌更加清澈且富有水果味道的口味，更有酯香，而麦芽的风味则少了很多。也许这就是威士忌"初哥"对日本威士忌的接受程度多过具有强烈烟熏味、海风味或泥土味的苏格兰威士忌的原因吧！

更实际的是，这样的价格会让消费者在一个充满古典风格的酒吧显得更加多金而迷人。这个时候口味还重要吗？当你从一个什么糖果都想尝试的少年成长为一个老练沉稳的中年人的时候，那种吧台上的洋洋得意就会显得有些肤浅，所以这也是很多成熟消费者对价格高于常规苏格兰威士忌两三倍的日本威士忌的朴实消费态度，因为他们已经知道自己喜欢什么以及自己的口感是什么了。究竟是喝酒还是"炒"酒，还是觉得一边炒一边喝更有滋味，其实都是个人偏好，不过可以记住这样一个概念，只要酒厂不倒，只要你还可以继续喝酒，什么限量版都是一种营销的套路，而有智慧的消费者永远都会有自己独特而清晰的判断，在这种男人的爱好上卓尔不群。你是这样的消费者吗？（2020.2.7）

抽一根无产阶级的雪茄

作为资本主义的享乐道具，一支粗大的雪茄和一杯很有分量的单一麦芽威士忌，已成为京沪两地高级酒吧的标配。尽管三十年前港产片里揸 AK47 冲锋枪的省港旗兵也想学着大老板点上一只粗大的雪茄扮扮酷，但是从雪茄屁股后面插进去的一根牙签还是暴露了菜鸟的身份。今天的年轻人更懂得如何将一根雪茄不动声色地抽到三分之二或者更多，然后炫耀地看着烟灰始终没有掉下来。虽然也有国学爱好者将雪茄结实的烟灰与艾灸搞混，但是越来越多的年轻人开始在威士忌酒吧里老气横秋地抽起一支粗大的古巴手卷雪茄，那种首都豪情或者黄浦江豪情都会不自觉地演变成一种致敬，那就是雪茄客们的两位社会主义国家偶像，格瓦拉和卡斯特罗。那种带着革命浪漫主义色彩的海报已经成为众多雪茄馆的标配，切格瓦拉和卡斯特罗在战斗中结下的革命友谊，让他们喜欢在一起煲烟。还有谁比咬着一根大雪茄吞云吐雾的时候更牛的吗？估计也就只有丘吉尔了。

古巴共和国驻上海总领事曾经对记者说雪茄不是资本主义，

朗姆酒也不是资本主义,这两样古巴人可以傲视全球的著名产品,都已经成了古巴的特产。对享受的共同追求,可以让人与人的关系更为和谐。古巴雪茄虽然在1961年时被美国禁运,但是卡斯特罗作为古巴雪茄最为知名的推广者,依旧在全球各地为数不多的出国访问中尽情展现古巴雪茄的魅力。雪茄作为古巴重要的收入来源,排在各种创汇产品的第五位,排在雪茄前面的有白砂糖、镍、渔业、旅游业,旅游业在古巴是最挣钱的行业,而雪茄则为古巴带来了不可替代的声誉。目前古巴每年生产约1.6亿支雪茄,年产值达到10亿美元。尽管在美国禁运开始之后,古巴雪茄再也无法出口至美国,但是每年800至1000万支古巴雪茄是由美国人消费的。而当时签署禁运令的肯尼迪总统也是一个雪茄客,他每次都会让朋友从古巴带些雪茄到白宫,还好,这个禁运总算是在卡斯特罗去世前解除了。以往美国的规定是美国人到古巴旅游,可以携带价值100美元的古巴商品包括雪茄回国,但是美国人到第三国家譬如英国、法国和墨西哥时,则不可以购买古巴雪茄,美国商务部后来撤销了这个禁令,美国人由此可以合法购买古巴雪茄。

卡斯特罗的西班牙父亲来自加利西亚,他对雪茄烟和西班牙葡萄酒的爱好深深影响着年轻的卡斯特罗。他父亲非常欣赏精美的雪茄,也喜欢喝品质上佳的西班牙里奥哈葡萄酒,他的烟龄从15岁开始计算,一直到他59岁成功戒烟,在之后将近30年中,他都没有再抽过雪茄。在他抽雪茄的这段时间,他只有两次停止抽雪茄,这是因为种植园的农民起义对雪茄制造产生影响,从而使烟草产量下降,为了声援他们,卡斯特罗一段时间内停止抽雪茄，当然在生产恢复之后，卡斯特罗继续开始享受雪茄的美好，这是他极少情况下不抽雪茄而改抽香烟的背景。1985年8月26日，古巴人因为普遍出现的健康问题而发起全国性戒烟运动时，卡斯特罗终于开始带头戒烟，最初他并没有做出承诺，也仅仅是在电视机镜头前以及公众场合不抽雪茄，私下他还保持着把一支雪茄放在嘴里的习惯，在一个只有外国人参加的会议上，他还是准备抽雪茄。后来他觉得自己必须以身作则来真正参与到这个戒烟运动中，便开始戒烟了。从戒烟来看，卡斯特罗是一个意志力坚强的战士，他接受美国记者采访时骄傲地说他甚至在家里也不抽雪茄，因为他觉得为了抽烟你需要有一个小团伙，有人买雪茄给你，还需要有人帮你清洁烟灰，这样的话，最少要有三四个人知道你在抽雪茄，而他不想让这几个人觉得他在欺骗全国人民，所以便决定一根都不抽了。

当人们问卡斯特罗为什么喜欢雪茄时，他说："我喜欢它的香气、它的味道以及它燃烧时的样子。"雪茄为古巴带来了荣誉，也为古巴带来了其他国家所不具备的优质雪茄。多年以来全世界的人都看到卡斯特罗右手拿着一支硕大的高希霸导师雪茄（Cohiba Esplendido），这支长约178毫米、环径47毫米的标志性产品，是古巴国有雪茄公司利用特有的技术开发出来的，口感绵长而浓郁，味道要比看上去的更加浓烈，卡斯特罗认为这个款式的雪茄燃烧更加均匀。高希霸这个品牌是1961年由古巴烟草管理局专门为他创立的，这个名字最初来自印第安人对雪茄的叫法，而不是烟草和雪茄的名称。在投身革命之前，作为学生的卡斯特罗喜欢抽不同品牌的雪茄，从罗密欧的丘吉尔型到H Upmann，或者

Bauza 以及 Partagas 等。等到他发现高希霸的时候，他觉得这款雪茄竟如此柔软，不是一支过于紧凑的雪茄，他认为值得为此建立一个雪茄工厂，而今天这是一款全世界雪茄爱好者所公认的全球最优秀的雪茄品牌之一。他早年在山区打游击的时候，经常有人从山下偷送雪茄给他，他总是把最后一支放在上衣口袋里，等待着有好消息或者坏消息时才会抽。

有趣的是，卡斯特罗出于对雪茄的热爱而坚决不抽香烟。他的看法非常有意思，他认为香烟是需要吸到肺里去的，所以可能会导致肺癌。而雪茄在全世界被很多聪明人享用，包括很多医生，他们认为抽雪茄的风险并不比骑着摩托车飞驰或者滑雪运动更多。所以卡斯特罗坚持锻炼身体以增强肺活量，他一直认为雪茄对身体的危害更小，即便香烟有了过滤嘴之后也依旧很危险。但是也有医生说抽一支雪茄相当于抽一包香烟的尼古丁含量，而且至少含有 60 种致癌物质，所以雪茄爱好者罹患口腔癌以及咽喉癌的风险是一般吸烟者的 8~10 倍。由于雪茄燃烧时产生的气体为碱性，而香烟为酸性，碱性气体令口腔以及食道黏膜更容易吸收尼古丁，加上雪茄没有滤嘴设计，用外层直接包裹加工后的烟草，所以会加速吸收尼古丁，其吸收速度约为香烟的 8 倍。卡斯特罗在戒烟多年后力陈抽烟的害处，他说："这盒雪茄最好的用途，就是拿来给你的敌人。"（2016.12.5）

20世纪流行的十杯酒

卡佛很喜欢喝酒,他在小说《凉亭》中写道:"喝酒很有趣。我回头想起,我们所有重要的决定,都是在喝酒的时候做出的。即使在讨论以后要少喝一点酒这个话题时,我们也是坐在餐桌边上或者野餐时,手里晃着一杯啤酒或者威士忌。在决定是否搬来这里担任经理这个职位时,我们一起度过了很多个夜晚,一边喝酒一边讨论事情的好处和不足。"

其实喝酒的时候我们都会感受到酒精刚刚好达到一个临界的状态,那个时候既放松又亢奋,可以随口说出大段的词汇然后又很放肆地溜到一边偷乐,这种自由不羁的状态也许就是酒精的魅力吧!那种"Hold不住"但是又很想凑近一些感受贴身的险恶,刺激和沉湎是接踵而至的。人们都说最开始的时候是人喝酒,之后就是酒喝酒,最后是酒喝人。

虽然西方的烈酒一直随着经济形势的变化而变化,我们喝着威士忌、金酒、朗姆酒、伏特加,喝着各种各样的鸡尾酒以及各种各样的啤酒,虽然它们进入中国也就是20世纪的事情,但是在过去的一百年中，人们经历了巨大的膨胀，也许过去一百年喝的酒的数量超过了之前的四百年，酒精的消耗量以及多样性无不随着越来越多的人群开始增长，这些杯中物在当下这个时代并不是横空出世的，在西方世界已经流行多时，而我们依旧感觉我们把浮一大白和众多历史结合在一起，使它们成了一个时代的指标或者代表。

烈酒至今活跃在我们的生活中，而且在不断发展。

1900 年代

维多利亚时代，一切冒险精神都受到鼓励，享受与放荡是世纪之交海上文明受惠者的生活主题。依靠海洋贸易而迅速致富的港口城市的居民无一例外选择了热情的鸡尾酒。一个新时代到来，依靠殖民征服以及坚船利炮，醉酒成为享乐主义以及公众骚乱的同一个理由，新时代的到来被寄予了新的希望，这是喝酒的理由吗？

原产于瑞士的苦艾酒，经常被描述为一种极危险且容易上瘾的精神药物，它以白葡萄酒为基酒，掺入苦艾等十几种香草药草以及花瓣，最后加入烈酒调制而成，它最著名的案例就是梵高喝完这种酒之后把耳朵割了下来。

喜欢富贵险中求的人们，无论生活在危险之中还是糜烂之中，这种销魂的杯中物迅速传播到英伦三岛，无论在鸦片馆还是妓院都可以买到，维多利亚时代的绅士们尽情享受这迷幻的烈酒。

它的拥趸众多，知名的包括海明威、波德莱尔、保罗·魏尔伦、兰波、梵高、王尔德等众多充满波希米亚风情的艺术家。到了1914年，当它在法国被禁止的时候，它一年的销量是3600万升。

1910年代

鲜奶油加琴酒的喝法虽然有传闻是纪念爱德华七世与亚历山大王妃的婚礼而发明的。19世纪的皇宫已经成为过去，在20世纪的前十年，这是一个英美两国的消费者可以负担得起的饮料，也是维多利亚时代的社交生活中闪亮的招牌酒。

1920年代

禁酒时期的无数传说和故事，类似于我国在同时期租界时代发生的各种黑帮故事。国家法律禁止的烈酒运动，间接促成了黑帮的崛起，很多金盆洗手的烈酒公司所谓的第一桶金就来自这个混乱的推手。腐败的警察执法部门以及各种期待分一杯羹的黑帮团体，在这个禁酒时代迅速成长。

月光Moonshine被称为白威士忌，这是一个家庭私酿的产品，基本酿造方法为玉米加糖、酵母和水。直到今天，美剧《大西洋帝国》中还在津津乐道地谈论爵士乐时代难忘的鸡尾酒。由于其酒精含量极高，私酒集团的成员说已经可以用这种月光威士忌当作发动机燃料飞驰地逃离执法现场了。

1930年代

禁酒令颁布之后的黄金十年，终于可以喝点鸡尾酒了。

随着轿车越来越普及也越来越为社会所接受，女性开始在公共场合如男子汉一般地豪饮起来，饮酒在美国已经成为不可或缺的社交活动，大家都热衷于享受更为复杂的鸡尾酒，以免给人留下凄风苦雨的惨淡印象。

威士忌酸（The Whisky Sour）：威士忌、柠檬汁、砂糖，再加上少许蛋清，配上柠檬片和樱桃，成为一种流行款式。同期流行的鸡尾酒还有"粉红女郎""汤姆·柯林斯"和清新爽快的"金利奇"。

1940年代

当全世界都需要喝一杯的时候，那是一件多么残酷的事情啊！

战士在前方打仗，无论是非洲还是亚洲或者是寒冷的欧洲，到处都硝烟弥漫。饥饿与战争是这个时代的背景，为了加强战士们的勇气以及应付各种食品供应管制，朗姆酒成了这个时期的主角。战争导致了粮食短缺，用于酿酒的粮食受到严格控制，来自拉丁美洲的朗姆酒是用甘蔗酿制的，这种可以随便喝上一壶的烈酒再次红极一时。第二次世界大战彻底完成了欧洲自1914年开始的自我毁灭，自此建立了美国在战后两极世界对峙中的一极地位。

这个世界是残酷的，最初，朗姆酒是在第一次世界大战期间由法国士兵带到潮湿阴冷的战壕里，之后又在第二次世界大战中由美国士兵发扬光大的。

同时期的几款鸡尾酒都是以朗姆酒为基酒的酒吧常青树，如著名的"大吉利"，以及以美国著名影星玛莉·皮克福德命名的鸡尾酒。

1950年代

闪亮、媚俗加上商业，这是20世纪50年代美国郊区中产阶级的消费主义标题。

大批从朝鲜战场归来的退伍军人在商业领域里打拼,在郊区买了大房子,感受着新生活。美式家庭文化在全世界开始兴起,更多的享受更多的乐趣是那个时代最有意思的标签,美剧《广告狂人》的故事背景就是这个时期,Mai Tais 是甜蜜生活的体现,这个在大溪地语里表示"最高"的词汇,来自一位传奇调酒师的突发奇想,他用牙买加朗姆酒加上柳橙、凤梨还有柠檬等果汁调成,献给来自大溪地的游客,那群人喝完之后欣喜若狂,纷纷致谢"Mai Tai",因此得名。

夏季的灿烂阳光下,纷纷前往海边度假的美国人,喝着这样的杯中物,更加感叹生活的美好。

同时期还出现了著名的"海风"和"新加坡司令"等长盛不衰的鸡尾酒。

1960 年代

冷战时代的不朽回忆,那句"摇匀,不要搅拌"的经典台词,和摇摆的 20 世纪 60 年代永远纠缠在一起。

全世界最出名的间谍邦德先生所选择的鸡尾酒伏特加 Martini,已经和他高产的系列广告代言形象紧紧地结合在一起,在过去的 50 年,每一位邦德先生都在卖力地推广着 Martini 的王牌形象,虽然他在最近一部电影里开始喝喜力啤酒了。Martini 已经成为美好生活的代名词,它在很大程度上是成熟且富裕男人的第一选择,喜欢 Martini,无论加金酒还是伏特加配橄榄,都是一个纯粹的 Martini 主义的拥护者。

在雅皮士开始流行的年代,它是最好的选择。

1970 年代

时髦、新鲜加上快乐,这是整个 20 世纪 70 年代西方流行文化的主题。

"哈维撞墙"(Harvey Wallbanger)是这个时代的代表,它是和著名的"螺丝批"鸡尾酒一样出名的酒款,它多加了几滴茴香利口酒,加利安诺酒这种由草药、茴香加上香草浸制的利口酒,代表着一种迷幻的感觉,更多的果味以及更多的回味,可以让你喝了以后昏迷撞墙!

那个年代流行的几款鸡尾酒还有"椰林飘香"和"雪球"。

1980 年代

20 世纪 80 年代,年轻人开始琢磨如何找到更好玩的烈酒,各种探险心态出现在西方的饮酒文化中,年轻人希望在各处都可以寻找到更好的机会,于是他们开始玩各种起名字的小游戏。"The Kamikaze"是美国人在 80 年代最喜欢的一种鸡尾酒,口感辛辣,风格宛如二战时期在太平洋战争中给予美军重创的神风敢死队,它用伏特加加柠檬汁加冰块,口感非常犀利。在这美好的十年中还诞生了一些名字非常滑稽的鸡尾酒,譬如"The fuzzy navel",字面意为"长毛的肚脐",当然国内更好的叫法是"迷雾之晨",其做法为桃子烈酒加橙汁,杀伤力也是不容忽视的。"Slippery nipple",国内的叫法是"滑乳",显然它不是牛奶公司的广告产品,有酒精浓度的在杯子底部,然后分层呈现,烈酒是不可少的。

1990 年代

随着世纪末的临近,一部反映纽约都市生活的电视剧加上剧中四位都市熟女形象，凭借她们无远弗届的影响力，居然让一款鸡尾酒火遍全球，就好像邦德永远选择Martini一样，《欲望都市》中的凯莉、萨曼莎、米兰达和夏洛特把这个世界的粉红色饮料给独占了，她们用一款非常合适的清洗剂回味了一把20世纪90年代的油渍文化。

这是一款永远陪伴趾高气扬都市女性的"柯梦波丹"鸡尾酒，将伏特加、君度酒、红色蔓越莓汁和大量冰块一起摇动，充满底气十足的女人味，除了那迷人的粉红色外，它也算是一款比较强壮的鸡尾酒。其他都市女孩还喜欢的鸡尾酒款，包括"曼哈顿"和"热带Martini"（Flirtini）。（2013.5.29）

金宇澄绘画作品《梅花落满南山》硬纸板丙烯 64x49cm 2014

一杯朗姆酒的历史风云

朗姆酒的生产和伏特加、干邑、威士忌都不一样，其他三种酒都是需要将造酒的原料转化成糖，而朗姆酒则直接用糖或糖浆来生产，这种诞生于盛产甘蔗的热带殖民地的烈酒，从问世之日起就与各种殖民地传说及海盗、战争、军队相关联。

从殖民地时代的海外侵略到后殖民时代的风起云涌，南美洲的热情与残酷、广袤无垠的种植园、大海中航行的无敌舰队……各种画面里都有一个心花怒放的形象傲然挺立。欧洲人带着朗姆酒去掠夺殖民地，而殖民地又造就了更好的朗姆酒，继续促进着殖民地的扩张。每每你的眼前浮现出时髦的殖民地画面的时候，摇曳的老风扇下面总会摆着一杯后劲十足的朗姆酒。

正如今天烈酒的地位一样，在欧洲最金贵的应该就是富饶的葡萄园里的各种产物，无论是干邑还是葡萄酒，威士忌的超然地位始终坚如磐石。而由于葡萄酒和啤酒在运输途中难以存放，天涯海角的另一头开始尊崇朗姆酒，它的后劲以及它的低廉令啤酒都有些不好意思了。

英国人以及傲慢的荷兰人、瑞典人都紧紧抱着干邑的时候，初见文明的印第安人已经开始"上道"了，他们被朗姆酒控制了，这种低廉而朴实的烈酒破坏了他们的希望与和平，也毁掉了他们的家园。而对浴血奋战的殖民地官员来说，可以用朗姆酒摆平野蛮人，那是一件多么神奇的事情啊！

在船主把朗姆酒作为工资发给船员的年代，朗姆酒桶被开启就如发薪日一般激动人心。

法属殖民地的廉价糖蜜烈酒，成就了美国建国之初的各种财富积累，因为可以用朗姆酒向英国商人支付购买非洲黑奴的费用，这种"帮助了美国建国"的甜腻腻的烈酒一直是美国老百姓的最佳饮品。由于成本低廉且易于运输，它使得美利坚这块英国殖民地改变了枯燥贫瘠的生活方式，它是穷人和富人共同的至爱，因为随便花上几块钱就可以喝得烂醉，而二者唯一的区别居然是容器——富人喝酒的杯子更讲究！而让穷人更开心的是，一个工人一天的工资就可以买到足够喝一个礼拜的朗姆酒，生活中的各种不如意以及体力劳动的疲乏都在朗姆酒面前消失得无影无踪。

了解美国的历史就会发现，在那个每年消费1500万吨朗姆酒、人均年消费4加仑（相当于12升）朗姆酒的年代，烈酒就是当地殖民官的钱袋子。那个时候美国的新英格兰殖民地刚刚开始在弗吉尼亚种植烟草，但是烟草还没有像朗姆酒一样盛行。由于看到了朗姆酒丰厚的利润，英国人开始对法属殖民地的糖蜜征税，而产自英国的蜂蜜则是免税的，尽管当地的酿酒商固执地认为法属殖民地的糖蜜质量更好。当殖民官员宣布增加制造朗姆酒糖浆的税率的时候，当地的农民则开始使用黑麦酿造威士忌了，美洲大陆的黑麦威士忌应运而生。如同美剧《大西洋帝国》中那句经典的台词一样，烈酒商认为自己是贩卖欲望的人。

哈瓦那俱乐部

海洋文化的昌盛令朗姆酒走遍了全球，如果说哪里还有一些空白的话，我只能说，应该是我中华大地吧，毕竟黄河文明远离蓝色海洋，我们自己的各种本地产物，依旧是各个阶层消愁解闷的杯中之物。

如果想更多地了解这样一种追随全球扩张历史的烈酒，不如多喝几杯靠谱的朗姆酒，买上一套尼尔·弗格森的历史大作，看个昏天暗地喝个五迷三道，没准儿醉了以后你可以调整一下偏颇的历史观，站在全球的角度看看文明是如何扩张的。如果你到今天都还没有拿历史下酒的经历，试试看，真的，朗姆酒很猛！

他们都喝朗姆酒

如果把酿酒师 Pedro Diago 称为朗姆酒之父的话，那么伟大的哥伦布则应该被称为朗姆酒的祖父，因为要是没有他将甘蔗引进古巴，那前者可真是难为无米之炊。

英国海军将领霍雷肖·纳尔逊中将在1805年特拉法尔加海战中阵亡，之后他的遗体用朗姆酒浸渍着运返本国，这一做法除了开发了朗姆酒的另类功能之外，也让朗姆酒有了"纳尔逊之血"的称号，融入了英雄的荣耀与战斗的豪情。

海明威是朗姆酒的狂热爱好者，他生前经常光顾的位于哈瓦那老城区教堂广场的"五分钱"小酒馆至今还保留着他书写的遒劲字迹："我的莫吉托在五分钱小酒馆。我的大吉利在小佛罗里达餐馆。"下次要找写文章的灵感，不妨试试大师的推荐。

菲德尔·卡斯特罗这位叱咤风云的领袖平生有四大嗜好——留大胡子、穿绿军装、吸古巴雪茄、喝朗姆酒。1959年4月，卡斯特罗访美时给当时的美国副总统尼克松带去的礼品就是整整100箱朗姆酒（每箱12瓶）。哦对了，肯尼迪和切·格瓦拉也是朗姆酒的绝对拥趸，朗姆酒照着他们去战斗，为自由和民主。

约翰尼·德普的荧幕形象已经与朗姆酒香脱不了干系了，无论是神神叨叨的杰克船长，还是《朗姆酒日记》里落魄迷失的新闻记者，朗姆酒总是无可争议的最佳配角，它烘托角色不羁的形象，让人物的精气神随着酒劲儿一起活生生地跳脱出来，让观众也不知不觉地沉醉了。（2013.4.24）

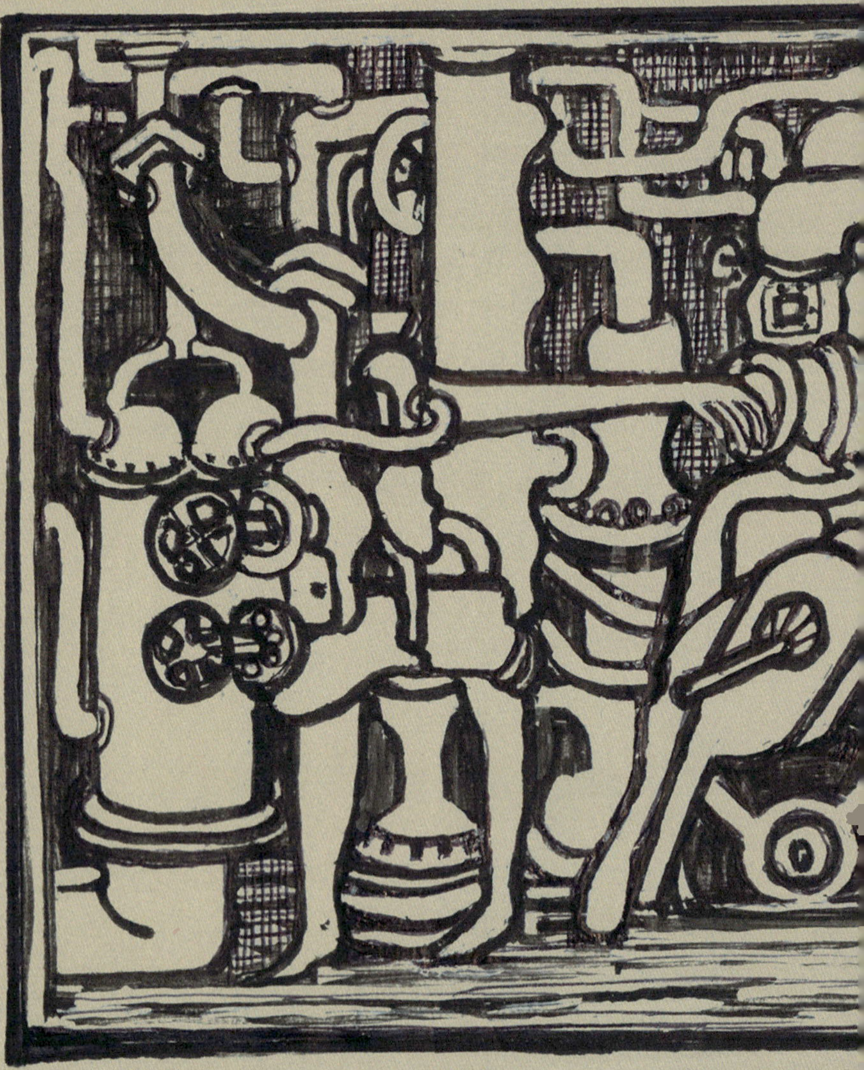

金宇澄 创作草图

CHAPTER 4
艺文

金宇澄：当一切归于平静

我们经历和感受的很多事物，最初都是经过各种推广，以及类似广告式的叫卖或网络推送而引发关注的，这些以评论、转发或者跟帖为形式的消费意见或提示，将各种艺术形式的作品纷杂地呈现在我们面前，以至于我们在进入一个艺术空间的时候，很难对艺术家的过往完全一无所知。去看金宇澄先生的版画展《错影》前的一个周末下午，我在家里翻阅我读过的他的第一本书，不是小说《繁花》，而是记述他父母的传记《回望》。

金宇澄对他父母的描述是这样的："他们那时年轻，多有神采，凝视前方的人生仿佛无一丝忧愁。他们是热爱生活的一对。"1947年拍摄的一对年轻人在太湖的留影中，男的28岁，是某报社的记者，女的20岁，是复旦大学中文系大二的学生，两个人分别身着西装和连衣裙，朴素而体面。湖面的风吹起男青年的领带和女青年的发梢，意气风发，完全看不出男青年刚从日伪监狱里释放，准备奉命回苏北根据地接受审查。女青年准备跟随男青年去北方参加革命，两人一起憧憬着美好的未来。

他们的未来跟这个年轻的国家的未来息息相关，多年后他们的儿子出生，成年后也和那时大部分年轻人一样，在风华正茂的年龄去了寒冷的北方农场经历广阔天地的再教育。再过了一段时间，照片上那对年轻人经历了数年的苦难和无情的牢狱之灾，他们逐渐衰老，他们的儿子开始潜心创作。

当阿宝和蓓蒂坐在巨鹿路的屋顶上看着落日的时候，金宇澄的个人经历已经成为那一代上海人对上海这座城市的集体回忆。小说的热销以及改编后的影视剧上映，更多版本的《繁花》在印刷厂里装订成册准备送往全国各地，当一切都归于平静，金宇澄开始了他的版画创作。

这次展览酝酿了很久，水准极高，由于不可抗力，之前制作的"爱老虎油"藏书票在兔年的正月十五傍晚才送到前来参加开幕式的朋友们手上。金宇澄站在艺博画廊门口充满歉意地跟大家表示，本来是虎年的纪念，现在看来只有"老虎油兔"了。

沪上著名作家小宝为画展撰写了精彩的序言，把金宇澄对上海的热爱与伍迪·艾伦对纽约的关注相提并论。作为一个过去三十年间现象级的畅销书作家，金宇澄用一支笔书写小说中"巨富长"地区的上海，用另外一支笔恣意地挥洒着他脑海里的前法租界梧桐区的白日梦。

挑高空间让艺博画廊更有一种肃穆的气氛，而经过沪上著名装饰公司布展的作品，按照尺幅的顺序排列，横跨不同颜色的墙体，从红色过渡到青灰色。

金宇澄的作品中反复出现马匹与丰满女人身体的交织，这源于他在东北农场养马的经历。夸张而流畅的线条令画面超凡脱俗，它们似乎在讲述着一个父母被整肃的少年在青春期的彷徨和无助，但是青春的生命力又让那些难以磨灭的经历变得充满活力。他最终选择了一种活力去演绎自己对过往经历的回望，青色与灰色的组合让我们感受到那个年代的冷酷。而巨大的法式建筑群被命运的大手轻轻提起，大提琴一样美妙的胴体外紧紧裹着白色衬衫，彪悍的骏马奔腾着，裸女紧紧抱着马匹疾驰而过。

透过窗格望向街道对面的洋房，房间里的模特衣架犹如被剥去外衣的赤裸男女立在阳台的门前，女模特衣架被做成了鸟笼，一只乌鸦安静地站在鸟笼里，鸟笼外是慵懒的白猫在打盹儿。气宇轩昂的一对模特衣架仿佛是要出门参加派对的红男绿女，残败的蕨类植物被凌乱无序地切割下来，扔在精致的地毯上。

金宇澄的作品中总是出现这样凌乱而精致的斗室一角，不经意间会看到露台上丰腴白皙的美人背对着屋内，黑猫的出现酝酿着一丝诡异的阴谋，而滑板上一个上身唐衫下身瑜伽裤的无头女性模特衣架正滑向露台，一双白色的夹脚拖鞋放在露台的入口处，精巧的靠背椅子感觉余温尚存，从屋顶上延伸下来的白炽灯照耀在一盆硕大的珊瑚摆件之上，让屋内有了些不合时宜的珠光宝气，远处大楼的轮廓更像是巨鹿路众多五层洋楼外的风景。

上海就这样成为不断重复出现在窗外的风景，就好像是金宇澄偶然看到的一样。当我的目光扫过画面，一开始没有注意到的一个人物似乎正要离开这幅画，她在看什么？她在想什么？就好像金宇澄的所有作品一样，我会被吸引着回头再看一遍。

北方寒冷天空的色彩与明亮的上海城市上空的晚霞相对应，

那是一片城市的天际线剪影。冰冷的白桦林与城市生活的热情搅拌在一起，这些岁月的形成激发了金宇澄独特的白日梦。雄峻的马匹奋力一跃的英姿飒爽与后面游乐场旋转木马的喧哗形成了对比，淡淡的绿色树枝、小舟、湖水、泛波而下的鸭子都构成了背景，而玩具木马随意地出现在画面的角落里，画家运用想象力和观察力，加上自己的梦境，创作出了不可预测的画面。丰满的裸妇俯身抱起浴缸里的小马公仔，陶瓷浴缸下面防滑垫上的白色花朵与浴室瓷砖上的白色花朵同样盛开着，窗外的阳光照射在裸妇的臀部，乌黑的长发掩盖了妇人的面庞，一杯咖啡放在窗台上，精致生活神秘而不可知。

长长的餐桌在画廊的中央摆好了，白色桌布上精美的刀叉以及一瓶瓶麦卡伦单一麦芽威士忌都在静静地等待着晚宴开始。六十多位金宇澄的好友正等待着他的致辞，年近七旬的他像一个羞涩的孩子，大声地感谢着艺博画廊赵建平先生的大力支持，希望朋友们在此度过一个美好的夜晚。

新冠肺炎疫情结束后的第一个春节聚会，那种跌跌撞撞的、前进一步后退一步的节奏，让我们对好消息总是心怀不信任。我们一起碰杯，在每幅作品前都有人等着跟金宇澄合影，大家都希望跟上海精神的书写者以及绘制者合影。说起上海精神，似乎大而无当，但是说起《繁花》，又觉得在这里生活的每一个人的孤独与梦想都非常相似。在金宇澄的版画作品中，街道的神秘与忧郁，还有城市的光影与眩晕，可以感到欲望被升华为一种想象，一种可以触摸的遐想。

金宇澄像是一个看戏的人，他坐在喧哗的人群里偷偷看着他的主题，看着他画里的男女从一幅画走到另外一幅画。他像导演一样安排着现场，然后跟任何一位真正的艺术家一样，不那么优雅地点燃了人们的想象力和更为冷静的思考，那种明显带有疏离感的思考，思考着这座城市以及市民们如何忙碌地生活着。

若干年之后，如果我们回忆起上海，我们也许不会再想起今晚聚会的细节，但是我们会记住金宇澄的那些作品，会回想起聚会时每一个人说话的神态，他们的面孔可能会有些模糊。无论那个时候我们生活在哪里，我想我们都会想念上海，想念金宇澄小说里的上海和他画笔下的上海。不是因为上海曾经的好，也不是因为上海曾经的糟，只是因为这座城市曾经容纳了我们，容纳了这些孤独的人，这座城市也拥有了我们，因为我们知道为什么爱这座城市。（2023.2.10）

金宇澄绘画作品《自画像》纸本丙烯 51x44cm 2017

中国当代艺术家们的聚宴

分子料理的创始人、"厨神"费兰·阿德里亚曾说过："任何有创造力的人都想成为毕加索，因为他总是充满破坏性。"活到91岁的毕加索其长寿的原因据说是他只吃新鲜的鱼，喝一点酒，吃大量的蔬菜和水果。对毕加索而言，厨房是家庭的中心，也是温暖和寄托的来源。人们总能在厨房里找到一个熟悉的角落或者一段难以忘怀的记忆。

2020年11月，我参加了上海当代艺术博物馆举办的张恩利最大规模个展《会动的房间》。展览上，我看到了多次在画册上看过的著名的《盛宴4号》的原作，作品中一群变形的人围绕在烟雾缭绕的饭桌前，高度戏剧化的饭局上人们觥筹交错，那些被中国高速发展的经济裹挟的都市人类，释放着人性中无法描述的情绪。在物资供应逐渐丰富并且可以持续保障的时代背景下，艺术家们在冷静地观察着这个日新月异的时代以及新旧交替的冲突，用画笔记录着人们内心的变化、生活的消耗与记忆的痕迹。

拥有几千只摄像机镜头的庄杰，应该是中国最早追踪城市文化的摄影艺术家之一，他同时也是当年上海最火爆的夜店"VIP俱乐部"的股东。他用相机记录了大量的私人派对以及各种非官方艺术展的 after party，他用经过改装的工业镜头拍摄派对上人们的笑容以及出神的状态。2005年6月，法国蒙彼利埃中国当代艺术双年展从400多位中国艺术家中挑选了36位艺术家的作品参展，庄杰以参展艺术家们的肖像为作品跻身其中。他在上海拍摄这些艺术家肖像的同时，分别请他们在他自己开的"大碗鱼"餐厅吃饭，并在餐厅宴客的包房里安装了各种摄像器材以及录音装置，当几十顿酸菜鱼吃完后，他以一个摄影师和展会物流供应商的身份与艺术家们一起，不设防地探讨什么是当代艺术，在艺术家们不知情的背景下，一部与艺术家对话的纪录片也同期完成了。由于庄杰的精益求精和江浙人特有的谨慎，纪录片始终没有杀青，按照他自己的说法，这些对话的内容再过20年回看应该更有意义。

如今，中国已经成为全球艺术品收藏市场的中心，中国的当代艺术家们走过了圆明园画家村的漂泊之旅，黎明的曙光已经照耀在他们眼前的道路上。从圆明园到宋庄，当年那些追求自由创作的青年艺术家，用30年的时间书写了中国艺术品市场兴衰起伏的一段往事。

1980年10月8日，北京第一家个体经营的饭店悦宾饭馆在邻近五四大街的翠花胡同开业。位于五四大街的中国美术馆当时是全中国艺术家的圣地，1979年9月27日在中国美术馆的露天花园举行的"星星美展"，就是中国新兴艺术领域的重要事件。而陆续在美术馆周围开业的众多美术用品商店也成了画家们购买画材的首选地,在那个信息封闭的时代,与同行交流是艺术家们非常重要的社交活动。位于胡同里的悦宾饭馆地方不大,菜肴简单实惠,虽然在今天看来蒜泥肘子、糖醋排骨、丸子汤、炸馒头片和西红柿炒鸡蛋都是非常普通的家常菜,但是在40多年前,除了国营餐厅,这样一个民营小饭馆儿几乎就是今天类似大大小小咖啡厅的"第三空间"。于是悦宾饭馆就成了购买完颜料、画布或者刚刚在美术馆看完展览的艺术家们首选的碰头之地,在看完展览后交流一下心得体会,更能激发创作灵感。

1983年9月26日,马克西姆餐厅在北京崇文门饭店二层开业,毕业于中央美院的宋怀桂女士担任餐厅的总经理。这家在20世纪80年代由皮尔·卡丹先生投资数百万美元成立的高级西餐厅,迅速成了首都艺术界的文艺沙龙之地,这里不但是中国摇滚乐的圣地,也是早期中国当代艺术家们的聚会地点。

40多年过去了,翻看众多艺术家的回忆文章,会发现一个有趣的现象:无论是悦宾饭馆还是马克西姆餐厅,众人各种美好的回忆中似乎都有意无意地回避了对菜品的感受,他们更多在讲述当年聚会的场景以及交流的火花碰撞,而对引起食欲的食物都早已淡忘。也许在艺术家们的日常生活与艺术创作之间,早已严格地划分了界线,好像若是让人们更详细地了解到当代艺术家们在那个时代吃了些什么,就会让他们的浪漫主义神话变得更加人性化,这或许就是日常仪式和艺术家工作方式之间的鸿沟。

20世纪90年代初的北京,市场经济无形的手把更多的外地务工人员推向餐饮市场。当私营企业瞅准机会开始在餐饮行业大展拳脚,不要说一直没有解决的早餐问题,连以前只在沿海地区出现的宵夜也开始流行起来。依稀记得当时各种小饭馆儿仿佛都在卖红焖羊肉,火锅也开始逐渐兴起。随着市场经济的大力发展,各地的艺术家们开始聚集在北京寻找新的发展机会,20世纪90年代初期开始逐渐成形的圆明园画家村,就是生产力配合上层建筑的一种改变:市场经济的发展推动了独立画家群体的迅速成长,而早期的市场弄潮儿们在获得人生第一桶金之后,也随着驻京外交官们一起开始了最早的艺术品收藏。到了2008年北京奥运会开幕前的一段时间,京城某著名的海鲜酒楼的座上宾中有不少都是艺术品藏家和艺术家,艺术家们也迎来了享用鲍参翅肚的高光时刻。

画家们习惯了在画展开幕后,在会场附近的餐厅举办一场晚宴,晚宴的水准则由作为主办方的画廊来把握。在一位经常参加画展开幕仪式的藏家看来,水准最高的晚宴通常来自各大奢侈品牌赞助的画展,不但宴会的场地环境优雅,菜式也非常精致考究,四五道菜之间的酒水搭配更是可圈可点。至于各种私人画廊或者各官方美术机构举办的晚宴,水准则是见仁见智了:有的时候更像一场中式婚宴,席开几十桌,大家热热闹闹欢聚一堂相互敬酒。

艺术家们的画室如今都已经配有专职厨师,以便在创作之余邀请一些朋友小聚,饭菜可口而随意,邀请什么客人则是更让艺术家们操心的问题。北京的艺术家们似乎更带有北方人的豪放,有时会相约川菜馆或者火锅店,讲求的是更好地交流。川美艺术家对四川火锅的推广功不可没,火锅的随意以及那一直沸腾的红汤,就好像一桌流水席,永远等待着新的艺术家加入,也特别适合在席间开展一个新的话题继续小范围地促膝长谈。

如今在上海聚会，"50后""60后"的艺术家们依旧会怀念早年黄河路半岛酒楼的通宵达旦。在各种艺术展的官方晚宴结束之后，他们还是喜欢来这里再聚一下，有些不愿意出席官方晚宴的朋友们都会如期而至，因为没有比这里更加放松的聚会了。相比"60后""70后"的艺术家，"80后""90后"的艺术家们更讲究选酒，有的时候会带几瓶好酒，更加有一种掌控全局的气势：把波尔多名庄酒摆在餐桌上，显然要比关照餐厅厨师的出品更能彰显魄力。毕竟餐厅不是自己的，但是一瓶"山崎"或"波摩"25年威士忌还是可以安排的。

有朋友告诉我，某位顶级艺术家虽然早年也会先去雪茄店买一根雪茄再去参加同好的晚宴，但是如今其江湖地位显然已经不再需要经常参与各种社交性的聚会，反而是在私密的家宴上才会有更为推心置腹的交流。在画室边一家普通的川菜馆，也可以接待国际顶级画廊艺术总监，一切都是那么随意，艺术家毕竟还是要靠作品说话的。

有一个关于艺术圈的段子是这样说的："国美"的老师每人都有一个精致的茶馆，上海的艺术家每人都有一个常去的专属俱乐部，而北京的艺术家则是每人都有一个常去的安静的"苍蝇馆"。"成名之后、腐烂之前"的艺术家们的生活方式，虽然不像明星那样招摇过市，但这些精神贵族也的确拥有与普罗大众不同的生活享受，虽然这些享受可能不仅仅是在新荣记餐厅特别定制一桌新鲜鱼类的晚宴，但是精神生活更为丰富的一群人在一起总是会蓬荜生辉的。

没有社交就没有当代艺术，比起隆重晚宴上的杯觥交错，发达的艺术市场为艺术家们提供了更多创作的热情。当他们回忆起青年时代的往事，也许那些乏善可陈的膳食不太可能成为创造性工作的燃料。享用一顿美好晚餐的效果，在很多方面就跟欣赏一幅伟大的作品一样，它可以让艺术家们激发出更多的创作欲望。

（2022.8.12）

挂在餐厅里的艺术品

距离第一次去阿山饭店吃饭,想想都快有20年了,那个时候阿山饭店的老板薛胜年先生经常戴着白色厨师帽坐在收银台旁边抽烟。而彼时上海的富而思进,仍然会让不少老食客对热情的20世纪80年代充满了怀旧情怀。

开业已经40多年的阿山饭店保留着20世纪的装修风格,简陋的瓷砖墙壁上贴满了身为全国先进劳动者和长宁区人大代表的薛先生与全国文艺界名人的合影,从那一张张熟悉的面孔中,可以看到时间的流逝,也会让人想起安迪·沃霍尔的名言:"那些在当下发生时你并不在意的时刻,往往到头来成了你人生整段时期的标记。"后来薛老去世了,朋友们几乎再也没有去过这家上海动物园附近的传统上海菜餐厅。

如果说现代娱乐明星与餐饮业者的合影是一种人看人以及被人看的视觉体验,那么更为早期的艺术家以及餐饮业者之间的关系,则更像一种朋友般的亲密无间。在最具传奇色彩的洛杉矶中餐厅"Mr.Chow",创始人周英华先生与众多著名艺术家的交往为餐厅留下了不少艺术瑰宝。安迪·沃霍尔、让-米切尔·巴斯奎特,基思·哈林甚至可以为周先生画一幅肖像,更不要说他与大卫·霍克尼或小野洋子等艺术家留下的社交佳话了。在这间餐厅里,食评家喋喋不休的恶评根本无法阻止消费者们奔赴心中传奇之地的向往,味道和价格已经沦为次要位置。无独有偶,艺术家达明·赫斯特(Damien Hirst)为伦敦东区的 Tramshed 餐厅创作的艺术作品《公鸡和公牛》,则是艺术与餐饮结缘的另一个经典案例。

在香港这个被认为是金钱至上的城市,众多高级餐厅为赚钱的人和花钱的人提供了豪华的设施与优质的服务,餐厅里的艺术作品也比比皆是。在 2010 年摘下米其林二星的香港港岛香格里拉大酒店珀翠餐厅,入口处悬挂的陈逸飞先生的作品《中国仕女图》已经令人叹为观止,更不要说酒店内那幅横跨十多个楼层的巨大绢画《大好河山》了,似乎 20 世纪 90 年代的酒店都喜欢留一个巨大的天井,为达到震撼的视觉效果留下足够的挑高空间。港岛香格里拉酒店于 20 世纪 90 年代初开业,在过去 30 多年的时间里,以收藏著名艺术家为酒店专门定制的艺术品成为全国各地香格里拉酒店的特色:上海静安香格里拉酒店大堂的巨幅曾梵志作品,以及深圳福田香格里拉酒店的巨幅周春芽作品都给人留下了难忘的印象。

位于香港地区中环德辅道中 2A 旧中银大厦顶楼的"中国会"(China Club)的墙壁上同样挂满了艺术品,展厅正中央悬挂着中国台湾地区著名艺术家郑在东为收藏家徐展堂先生绘制的画像。这家由著名慈善家邓永锵先生开设的私人俱乐部,曾经是香港地区显赫一时的银行家聚会场所。郑先生回忆曾经的一次聚会，依旧兴奋地说，俱乐部的地板上站着全世界最有影响力的一群男女，而我则带着他们跑出去喝酒了。

另外一家高级餐厅都爹利会馆更是在餐厅里单独开辟出精致的画廊空间，定期举办艺术展。曾经去过邓永锵先生开在伦敦The Dorchester酒店里的高级中菜馆"唐人馆"（China Tang），那曾经是伦敦最贵的中餐厅，在餐厅入口处的半圆形酒吧侧面的墙上也挂满了他收藏的众多摄影作品和小幅油画。记得那一晚我坐在吧台旁，穿着白色礼服的光头意大利调酒师为我调制了一杯浓烈清香的Martini。幽暗的餐厅里摆满了装在白色瓷瓶里的茅台酒，我看着墙上挂着的那幅巩俐的昔日黑白照片，感受着旧时上海滩的装饰风格如何让这家中式餐厅成为伦敦的时尚地标。

在香港地区已有近九十年历史的陆羽茶室，早就贵为众多名人富豪的饭堂。20世纪50年代，国画大师张大千离别香江之际，特意创作了一幅《黄山松云》赠予陆羽茶室。装修儒雅的中式茶楼配上这幅尺幅180厘米的书画作品，感觉画家的创作有意迁就着茶室的风格，画卷上的题字更是体现了张大千与陆羽茶室的深厚感情："客居香瀣，匆匆经岁，不时与二三朋旧，啜茗陆羽，往来既久，遂成熟客，尝戏为口号云'满堂争看张夫子，识得虬髯不用猜'。"

张大千先生应该是中国艺术家中顶尖的美食爱好者，不但会吃而且会做，他宴客的菜单都会成为拍卖市场的天价艺术品，曾经看过他的一份菜单：玉兰片、金钩翅、宫保鱿鱼、烩千张火腿、炒菜苔、狮子头、青豆泥、棒棒鸡、六一丝、粉蒸肉、红烧排骨、樟茶鸭、水煮牛肉、炒米粉。在他的宴请菜单上，时常会出现几样知名菜式：鱼翅、樟茶鸭、狮子头、东坡肉，还有曾被苏东坡推广并名满天下的葱烧乌参。

比起张大千的大宴宾客，画家采风也成了在新时代管窥蠡测的视角，广州东方宾馆接待过众多名家大师，住在暂驿酒店的众多艺术家们也留下了丰富的墨宝。20世纪80年代，在北京饭店成立了全国第一家酒店画廊之后，1982年东方宾馆也开办了酒店画廊，开始为酒店客人提供艺术品购买服务。1984年，刘海粟先生以九十岁大寿的名义，为东方宾馆留下了巨幅作品《黄山图》。广州花园酒店在1985年开业后，陆续收藏了关山月、黎雄才、赖少其、林墉等众多名家的作品。改革开放初期中国大陆屈指可数的五星级酒店，成了中国艺术家最早接触商业社会的重要桥头堡，同时也成为普罗大众一窥富裕生活的有趣窗口。

罗大佑的一曲《上海之夜》这样描述充满美好事物的享乐主义之都："柔情万种本色难改，胭脂内的你难解的胸怀。"早在2011年，张兰女士就把在拍卖市场上耗资2200万元人民币拍得的刘小东的巨幅油画《三峡新移民》悬挂在外滩广东路的兰会所。此后开业的上海之夜KTV，更是邀请了众多艺术家一起参与了位于大楼一层的艺术饭店的创作，著名藏家乔志兵先生收藏的Theaster Gates、Danh Vo、Martin Creed、杨福东、刘韡、张恩利、周铁海、徐震、陈彧君、高伟刚、仇小飞、王兴伟等艺术家的作品出现在KTV空间里。乔先生认为艺术饭店既是一个艺术项目，也是一个商业场所，艺术品不应该仅放在白盒子里，也可以跟大众有更近距离的交流。而且当客人们穿梭经过这些艺术作品的时候，所能感受到的艺术活力肯定是和在博物馆里观看艺术品大不一样。

自从房地产开发商向商业地产发力之后，上海市内黄金地段大兴土木，众多大型购物商场拔地而起，各种高级餐厅在商业地产的催谷之下应运而生。上海世博会之后，更是获得了法国米其林美食指南的加持，2016年上海成为中国大陆首座拥有米其林美食指南的城市，这让上海的餐饮行业获得了更大的成就感。上海的餐饮企业也陆陆续续把更多的艺术品摆放在餐厅中，比如上海熙玺府餐饮集团旗下的众多餐厅将收藏的艺术品陈列出来，从新天地誉八仙茶室里郑在东的作品《华鹤亭天竺石》，到狮餐厅中陈漫的"红系列"摄影作品；从太古汇孔雀厅的韩国艺术家Kim Joon的超现实摄影作品 *BirdLand-breitling*，到港汇广场海上传席餐厅中丁雄泉的《蜻蜓扇》、著名作家金宇澄的版画《一栋欧式建筑》，以及新晋挂在前滩太古里开业的逍遥楼中的常玉版画《黄色花篮》，无不体现着经营者们的用意：力图通过展示艺术作品为前来进餐的消费者提供理想的自我投射。

那些或精细或恢宏的艺术作品，似乎能赋予人们一种与众不同的想象空间，人们渴望成为这些作品所代表的人群中的一分子，渴望生活越来越好，渴望梦想更早实现。这些渴望刺激着物质的消费，推动人们去超越索然无味的生活，也让更多人看到进步的希望和生活的动力。消费的行动与心中的渴望是息息相关的，通过消费实现渴望的自由，这也许就是人们渴望沸腾年代而厌恶倒退的最主要原因吧。（2022.8.5）

金宇澄绘画作品《轻寒 1》纸本丙烯马克笔 58x66cm 2019

他们用照片捕捉变化的时代

2023年的上海的夏天是属于浦东美术馆的刘香成摄影展的，曾经将照相作为一种非常珍贵的生活习惯的中年人，与每天随手就拍出几十张自拍的千禧一代，都会被他的作品所感动。因为刘香成用了大半辈子的心血和镜头讲述了一个关于中国国家形象以及关于这个国家进步的故事，他从一个客观存在的相关物体中试图找到一个观察时代进步的着眼点，而相机的取景器则让他感受到这个社会的形象的投射。

在摄影师们对绘画进行一场精神革命的时候，艺术家们开始用抽象的、非物质的方式来表达内心生活，就好像音乐家们不依赖物质世界意义，艺术家们的艺术也开始更加按照自己的内心想法去拥抱自己心中的缪斯。瓦西里·康定斯基1911年提出艺术从传统的物质现实中解放出来的绘画理论的时候，摄影艺术也开始突飞猛进。今天去看一张民国时代气宇轩昂的人物肖像，要比手机美图带给我们的震撼来得更加持久，虽然手机程序可以把人像修饰得更加唇红齿白，用一种几乎要溢出屏幕的不真实的饱满，来抚慰这个时代需要减肥的我们。

在杨福东对上海本土文化凝视的系列作品中,他的黑白摄影作品《国际饭店》呈现了游泳竞赛中女选手触线出水之时神采奕奕的笑容。还有那四个柳叶弯眉、朱唇皓齿,烫着波浪卷发的女孩坐在国际饭店艺术装饰风格的泳池边,洋溢着青春的气息,再现了20世纪30年代上海中西文化碰撞交融之时,引领彼时风尚潮流的月份牌广告画报中的女子。那些被提炼出来而感动创作者的元素,表现了撩人心扉的女性青春之美,无论是古旧风格的泳池还是身着旧款泳装的青春女子,都让我们感受到了人性纯朴的美好。

我们的智能手机越来越先进,我们拍摄照片的数量也越来越多,正如著名印刷企业雅昌在视频中所说的那样,没有打印出来的作品都不是好的作品。历史学家告诉我们,在20世纪80年代地球上每年诞生60亿张照片,这个犹如海洋一样巨大的照片数量养活了类似柯达这样的巨无霸公司。但是到了今天,可能仅用三天时间全世界就会产生这么多数量的照片,而将它们打印出来的数量却不得而知。我们可能错过了很多伟大的作品,因为它们可能永远葬身于数字海啸之中。我们从来没有时间去编辑我们所拍的照片,因为数字云很大,我们和我们的数字云生活在一起,尽管这些被称为照片的数字文件记录了我们生活的点点滴滴。

刘香成和杨福东是记录了这个国家以及这个时代点点滴滴的影像书写者。苏珊·桑塔格曾尖刻地说:"摄影一直对上层社会以及底层社会着迷不已。"对这两位伟大的创作者,我一直好奇他们如何面对他们作品中那种神圣的黑色。那种崇高的感觉来自照片塑造历史以及被历史塑造的方式，还有更多的个体主题与更加宏大的人类进步或倒退状况之间的伦理和美学关系，这种关系驱使着他们看得更多，看得更远。土耳其作家奥尔罕·帕慕克的小说《我的名字叫红》描述了一群忠实的书法家的辛勤劳作，他们毕生都会用最漂亮以及最细致的笔迹抄写经文，而在他们生命尽头的失明，则会被视为他们完成了他们的作品，也完成了他们的工作，因为他们耗尽了所有的精力和眼神，最后他们把眼睛献给了上帝。

当光线出现的时候，照片就出现了。只要发生曝光，光线以粒子的形式撞击着胶片或者精心设计的传感器，这就是照片的来源。而大多数照片都会在快门开始工作的不到百分之一秒的情况下开始拍摄，伟大的摄影师就会在胶卷以及传感器上累积不足一秒钟的时间内完成他们一生中最重要的一幅作品。而这一辈子的衡量标准都被定格在这一秒钟之内，想想刘香成在莫斯科克里姆林宫拍摄戈尔巴乔夫的那一秒钟，以及杨福东在浙江天台山拍摄云海与彼岸的一秒钟，新闻报道中的政治含义以及古典作品中的当代精神，都是人类历史上捕捉崇高精神的一瞬间。

刘香成花了更多的时间在记录中国改革开放后各阶层人群的生存状态，这个被称为"中国现场"的典型的新闻纪实创作，发生在一个中国所有的行业每周都有进步的时代。在展厅里我们面对一幅幅巨大的照片，我们穿越了贫困时期排队购买冬储大白菜的人群，我们进入了蓬勃发展但是还没有进入垄断的艺术世界。无论是20世纪70年代末80年初的普通人，还是21世纪经济时代的商业新贵或行业精英，每个人脸上浮现的生机勃勃都让我们不禁自问,是那个时代更幸福还是当下的我们更满足?就我个人而言,回忆在这个国家国门打开的成长时代,更加可以消除我对其中大部分的怀旧之情。但是我还会说服更年轻的朋友去探索一下这个叫作《镜头·时代·人》的摄影展,去想象一下曾经经历过的苍白无力对今天的他们来说是一种什么样的感觉。

杨福东作品中出现的充满阳刚之气的罗汉们以及洋溢着的魏晋名士"乘兴而来,兴尽而返"的高级精神质感,让大家更会对虚构作品中呈现的精神世界而心向往之,毕竟这个拥挤的都市可为我们疲惫的心灵提供神游之地的机会太少了。这位留着长发的艺术家和年轻时留着胡子的刘香成都让人们感受到他们在作品中寻找人类情感与气质的努力,我们经常认为构图是为了彰显一种精确而有力量的说服力,而摆拍则是为了表达某种审美形式的理性。但是在更多时候,他们都在创造一种秩序感,就是那种涉及观看者与作品之间的看待世界的方式。

当我们用运算速度更快的手机去敏锐地记录过去和现在的时候,让我们想象着去展望未来,照片必然会显得不那么纪实而开始转向虚构了,幸好艺术家们以及我们都不具备展开与历史作斗争的勇气,而是尝试着去逃避它。刘香成在影像泛滥的时代到来之际,用他毕生的作品为美好的胶片时代做了总结,杨福东则会在未来更多的作品中,为这个时代观察精神信仰提供一个更为广阔的想象力空间。作为摄影爱好者或者图片爱好者,我们拍摄的每一张照片都会是我们每一个人的视觉传记,它们具有与生俱来的特异性,而这就是摄影具有颠覆性的一部分。每一张照片都不可能具有永远不被解释的寓言部分,你的就是你的,你的照片就是你的，你带给照片的感受与照片本身密不可分，这就是我们要寻找的那种拍摄的感觉。快速翻动手机图片库里的照片，找到那张让我们眼前一亮的瞬间，可以激发我们的感情，可以触动我们的心灵，因为你就是你，你将会发现你自己即将成为一个伟大的摄影师。（2023.6.15）

金宇澄绘画作品《阳台》纸本丙烯 82x66.5cm 2019